漫娱文化
名家精品系列

· 末 日 卷 ·

穹顶之下（下）

刘慈欣 等 著

UNDER
THE
DOME

长江出版社
漫娱文化

序
末日的余温
文/吴岩

末日的到来通常是一瞬间的事情。

我印象中第一次经历"末日",是 1976 年 7 月 28 日夜晚的唐山地震。虽然生活在北京,当时也被那种持续几分钟的横竖晃动和低频的大地轰鸣所震惊。床在上下弹跳,地面像波浪一样起伏,房子的接榫处恐怖地喀喀作响。我父亲的一个同事当时正好回唐山探亲,在纵向晃动接近结束的时候他试着问大家还好吗,那时候还听到了妻子的反馈。但等漫长的纵向晃动结束后再问,便无回音。包括妻子和孩子在内的多口人全部跌入地裂的缝隙,唯独留下他自己。整个唐山死亡人数的官方公报是 24 万,高位截瘫者至少 8 万。各种肢体残缺者到底有多少,至今没有一个确切的数据。在那个惊魂之夜,人和自然、人和人之间的关系被撕裂。

如果说像唐山、汶川这样的末日预演是大自然毫无通知给人类制造的灾难,那 1986 年 4 月 26 日发生在前苏联切尔诺贝利核电站的事故,就是人为原因产生的一次末日自毁。当天夜里,电站得到通知要进行一次"危机演练"。由于到场工程技术人员不够,对演练的操作过程及其机理不熟悉,最终导致了真正危机的发生:整整 8 吨带有强烈辐射的物质冲向高空,迅速污染了整个地球大气。苏联政府隐瞒了事件发生的真相。迟迟获知相关信息之后的各国政府,因为种种不同的原因，继续保持对大量信息的隐瞒。有消息说，在我们这个远离乌克兰的地方，在那些事故的日子里，核辐射的水平比平时高出上百倍！

纯自然和纯人为的类末日故事可能是极端稀少的。多数类末日状态是自然加人为共同作用产生的。2003年，从广东某地开始的非典（SARS）危机，就是这两大因素聚合的产物。本书的读者可能或多或少都曾经经历过那个对非典"严防死守"的日子。而戴着九层口罩仍然受到萨斯病毒感染的医护人员壮烈牺牲的故事，至今仍令人震撼。

以上提到的都还不是真正的、将毁灭整个人类的末日。但这些事故给我们今天的人一种启示录式的通告：如果真的末日到来，只会比上面的危机覆盖面积更大，伤害范围更广。危机预演或类末日，只是某种真正末日的小范围爆发而已。

那么，真正的末日是否会到来？哪一天我们会遇到？

这个问题无人能够回答。

希伯来是最早对末日问题具有深度感触的民族。也难为这个多灾多难的种族，惧怕末日成了他们防微杜渐最主要的文化元素。难道，这才是他们得以生活到今天的秘密武器？对这个问题我无法回答。我知道的只是，今天西方科幻小说电影中所出现的种种末日故事，那些包含着最后审判、应许之地、等待与救赎等的情节，大抵都是希伯来文化的衍生品。

在古代中国，儒家是不会谈论末日问题的。怪力乱神一语足以将末日问题打入冷宫。道家原力的此消彼长，似乎也不会演化出对末日的恐惧。佛家文化中包含着"前生后世"和"轮回报应"，但这些跟末日文化所张扬的东西，根本不是一回事。其他的先秦流派，似乎也无末日讨论。也正是因为我们的原初哲学缺乏末日担忧的基因，多年以来，我们相信了时光延续，相信三十年河东，三十年河西的轮转。

任何一种想要引入旷世灾难导致灭亡的讨论，都可能被当成扰乱社会的行为受到禁止。我们的蒙学课本，会将杞人忧天一代一代地转述成精神不正常的典型症状。

但是，在我们文化盲点中的事情，真的就不会发生吗？

回答是否定的！特别是进入现代社会以来，随着科学技术和人类繁荣导致的变化速度加快，各种可能大规模摧毁我们存在的"末日机遇"的概率，正变得以前所未有的速度增加。如果我们没有对这种末日状态的基本准备，盲目相信建立在危如累卵的恐怖平衡上的暂时状况，我们就无法应对随时可能的崩塌。难怪不同时代的未来学家虽然对许多问题看法不一，但对末日危机正在临近这点上，出乎意料地一致肯定。我们需要足够的心理准备和行动预案，才能顺利地面对可能到来的种种灭亡。而在这个方向上，除了科幻文学，可能没有任何一种创造物能更深入更全面地提供广泛的公民教育。

本书所包含的八篇科幻小说，就是最近20年中国作家对末日问题的创造性的描述和文学性思考。我用了大概一个上午如饥似渴地读完了所有作品，深为他们对未来的观察、思索、推演和担忧所感动。这些故事有的非常古典但非常醇美，有些则非常现代。一些故事中具有丰富的哲理，读过之后会引起沉思。另一些小故事则充满了现实主义的烦恼，读过之后能引发你对今天人类所作所为的全新判断。

当然，所有的文学其实都是映射，它展现的是我们自己头脑中的喜好与厌恶。而末日作为一个思想实验的工具，提供了我们去杞人忧天、去重新发现一个新自己和世界的机会。

我更愿意用末日的余温作为这本书序言的标题。究其原因，不是因为我不看重作者对末日发生的种种推断，我更喜欢的是他们所展现出的那种对末日的情怀。如果寂灭或危机无法避免，如果死亡和断裂迫在眉睫，什么是拯救我们超越极限的神器？那些从末日余温中流淌出来的心灵力量，能燃起宇宙的精神，让我们的身心和世界从中获得拯救吗？

能，或者不能，都在你的阅读与感悟。你会发现，恰恰是在这种极限温度下生发的心灵花朵，才真正刻骨铭心！

是为序。

2015.清明节于北京

UNDER
THE
DOME
末日卷

目录

吞食者　文/刘慈欣 ………………………………… 009

一个末世的故事　文/飞氘 ……………………… 043

我们向何处去　文/王晋康 ……………………… 049

星潮火种　文/苏学军 …………………………… 063

末日之旅　文/宝树 ……………………………… 099

旷野　文/本少爷 ………………………………… 119

大保镖　文/李亮 ………………………………… 163

诺亚的烦恼　文/马伯庸 ………………………… 219

UNDER THE DOME

末日卷

吞食者

刘慈欣 作品

刘慈欣 男，1963年6月出生，中国作家协会会员，中国科普作家协会会员，中国新生代科幻小说的代表作家，目前已发表约400万字，包括7部长篇小说，10部作品集，16篇中篇小说，18篇短篇小说，一部评论集以及部分评论文章。

编辑导读：

　　这是一个侵掠者种族的传奇，他们如此勇悍、贪婪和强大，当他们无穷无尽的需索榨光了母星的资源，他们就毫不犹豫地冲入宇宙，进行疯狂的掠袭。他们是星海间的游牧者，宇宙中的成吉思汗，他们毁掉一切精致美妙的文明，吞食掉一个又一个星球，只为了填满自身的欲望。这一次他们遇到了前所未有的反抗，人类的科技虽然落后，然而人类的斗士顽强，不惜玉石俱焚。他们或许失败，或许取得了微不足道的成功，然而宇宙中的成吉思汗也不能不对他们表示敬意。

　　在本文的尾声中，《吞食者》的精神内核和本卷收录的《星潮火种》隐约相通，文明存续的意义胜过个人、种族和星球。"天不生仲尼，万古如长夜"，在亘古长存又瞬息巨变的宇宙中，只有文明的火种值得不惜一切去守护。

波江座晶体

▼

即使距离很近，上校也不可能看到那块透明晶体，它飘浮在漆黑的太空中，就如同一块沉在深潭中的玻璃。他凭借着晶体扭曲的星光确定其位置，但很快在一片星星稀疏的背景上把它丢失了。突然，远方的太阳变形扭曲了，那永恒的光芒也变得闪烁不定，使他吃了一惊，但以"冷静的东方人"著称的他并没有像飘浮在旁边的十几名同事那样惊叫，他很快明白，那块晶体就在他们和太阳之间，距他们有十几米，距太阳有一亿公里。以后的三个多世纪里，这诡异的景象时常出现在他的脑海中，他真怀疑这是不是后来人类命运的一个先兆。

作为联合国地球防护部队在太空中的最高指挥官，他率领的这支小小的太空军队装备着人类有史以来当量最大的热核武器，敌人却是太空中没有生命的大石块，在预警系统发现有威胁地球安全的陨石和小行星时，他的部队负责使其改变轨道或摧毁它们。这支部队在太空中巡逻了二十多年，从来没有一次使用这些核弹的机会，那些足够大的太空石块似乎都躲着地球走，故意不给他们辉煌的机会。但现在晶体在两个天文单位外被探测到，它沿一条徒峭的绝非自然形成的轨道精确地飞向地球。

上校和同事们谨慎地向晶体靠近，他们太空服上推进器的尾迹像条条蛛丝把晶体缠在正中。就在上校与它的距离缩小到不到10米时，晶体的内部突然出现了迷雾般的白光，使它那规则的长梭状轮廓清晰地显示出来，它大约有3米长，再近一些，还可以看到内部像是推进系统的错综复杂的透明管道。当上校把戴着太空手套的右手伸向晶体表面，以进行人类与外星文明的首次接触时，晶体再次变得透明，内部浮现出一个色彩亮丽的影像，那是一个卡通小女孩儿，眼睛像台球那么大，长发直到脚根，同漂亮的长裙一起像在水中那样缓缓漂动着。

"警报！呀！警报！吞食者来了！！"她惊慌失措地大叫着，大眼睛盯着上校，一支细而柔软的手臂指向与太阳相反的方向，像在指一条追着她的大狼狗。

"那你是从哪里来的呢？"上校问。

"波江座-ε星，你们好像是这么叫的，按你们的时间，我已经飞行了六万年……吞食者来了！吞食者来了！！"

"你有生命吗？"

"当然没有，我只是一封信……吞……吞食者来了！吞食者来了！！"

"你怎么会讲英语？"

"路上学的……吞……吞食者来了！吞食者来了！！"

"那你这个样子是……"

"路上看到的……吞……吞食者来了！吞食者来了！！呀，你们真不怕吞食者吗？！"

"吞食者是什么？"

"样子像个大轮胎，呵，这是按你们的比喻。"

"你对我们世界的东西真熟悉。"

"路上熟悉的……吞食者来了！！"

波江女孩儿喊叫着，闪向晶体的一端，在她空出的空间里出现了那个"轮胎"的图像，它确实像轮胎，表面发着磷光。

"它有多大？"另一名军官问。

"总的直径为五万公里，'轮胎'宽一万公里，内圆直径为三万公里。"

"……你说的公里是我们的长度单位吗？"

"当然是！它大着呢，可以把一颗行星套进去，就像你们的轮胎套一个足球一样，套住那颗行星后，它就掠夺行星的资源，把它吸干榨尽后吐出去，就像你们吃水果吐核儿一样……"

"我们还是不明白吞食者到底是什么。"

"一艘世代飞船，我们不知道它从哪里来要到哪里去，事实上，驾驶吞食者的那些大蜥蜴肯定也不知道，这个世界已在银河系中漂行了几千万年，它的拥有者一定早已忘记了它的本源和目的。但可以肯定：它被创造出来时远没有那么大，它是靠吃行星长大，我们的行星就被它吃了！"

这时，晶体中显示的吞食者在变大，渐渐占满了整个画面，显然正在向摄像者的世界缓缓降下来。现在在这个世界居民的眼中，大地仿佛处于一口宇宙巨井的井底，太空就是一圈缓缓转动的井壁，可以看清井壁表面的复杂结构，开始让上校想到了在显微镜下看到的微处理器的电路，后来他发现那是连绵不断的城市。再向上，井壁的顶端是一圈蓝色光焰，在天空中形成一个围绕着群星的巨大火圈，波江女孩告诉他们，那是吞食者尾部的环形推进发动机。在晶体的一端，女孩手舞足蹈，她那飘飘的长发也像许多只挥动的手臂，极力表达着她的惊恐。

"这就是波江座－ε星的第三颗行星被吞食时的情形。这时你要是身在我们的世界，第一个感觉是身体在变轻，这是由于吞食者巨大质量产生的引力抵消了行星引力所致。这引力的扰动产生了毁灭性的灾难：海洋先是涌向行星朝向吞食者的那一极，当行星被套入'轮胎'后又涌向赤道，产生的巨浪能够吞没云层；接着，引力异常将大陆像薄纸一样撕成碎片，火山在海底和陆地密密麻麻地出现……当'轮胎'套到行星的赤道时，吞食者便停止了推进，以后，其相对于恒星的轨道运动始终与行星保持同步，一直把这颗行星含在口里。

"这时对行星的掠夺开始了，无数条上万公里长的缆索从筒壁伸到行星表面，使得行星如同一只被蛛网粘住的虫子，巨大的运载舱频繁地往来于行星表面与筒壁之间，运走行星的海水和空气，更有无数大机器深深地钻进行星的地层，狂采吞食者需要的矿藏……由于吞食者的引力与行星引力的相互抵消，行星与'轮胎'之间的一圈空间是低重力区，这使得行星的资源向吞食者的运输变得很容易，大掠夺因此有很高的效率。

"按地球时间，吞食者对被吞入的每颗行星大约要'咀嚼'一个世纪左右，在这段时间里，行星的包括水和空气在内的资源被掠夺一空，同时，由于'轮胎'长时间的引力作用，行星向赤道方向渐渐变扁，变成……还用你们的比喻吧：铁饼状，当吞食者最后移走，从而'吐出'这颗已被榨干的行星时，行星的形状会恢复成圆形，这又引发了最后一场全球范围的地质灾难。这时，行星的表面呈现其几十亿年前刚刚形成时的熔岩状态，早已是一个没有任何生命的地狱了。"

"吞食者距太阳系还有多远？"上校问。

"它紧跟在我后面，按你们的时间，再有一个世纪就到了。警报！吞食者来了！吞食者来了！！"

使者大牙

▼

正当人们为波江晶体带来的信息是否可信而争论不休时，吞食者的一艘先遣小型飞船进入了太阳系，最后到达地球。

首先与之接触的仍是上校率领的太空巡逻队，但这次接触的感觉与上次完全不同。玲珑剔透的波江晶体代表了一种纤细精致的技术文明，而吞食者飞船则相反，外形极其粗陋笨重，如同在旷野中遗弃了一个世纪的大锅炉，令人想起凡尔纳描述的粗放的大机器时代。吞食帝国的使者也同样粗陋笨重，他那蜥蜴状的粗壮身躯披着大块的石板般的鳞甲，直立起来有近10米高。他自我介绍的名字发音为达雅，按他的外形特点和后来的行为方式，人们管他叫大牙。

当大牙的小型飞船在联合国大厦前着陆时，发动机把地面冲出了一个大坑，飞溅的石块把大厦打得千疮百孔。由于外星使者太高大，无法进入会议大厅，各国首脑就在大厦前的广场上与他见面，他们中的几个人用手帕捂着刚才被玻璃和碎石划破的头。大牙每走一步地面都颤抖一下，说话时声音像10台老式火车头同时鸣笛，让人头皮发炸，然后由挂在他胸前的一个外形粗笨的翻译器把话译成地球英语（也是路上学的），由一个粗犷的男音读出来，声音虽比大牙低了许多，仍然让听者心惊肉跳。

"呵呵，白嫩的小虫虫，有趣的小虫虫。"大牙乐呵呵地说，人们捂住耳朵等他轰鸣着说完，然后稍微放开耳朵听翻译器里的声音："我们有一个世纪的时间相处，相信我们会互相喜欢对方的。"

"尊敬的使者，您知道，我们现在最关心的，是您那伟大的母舰到太阳系的目的。"联合国秘书长仰望着大牙说，尽管他大声喊着，声音听起来仍像蚊子叫。

大牙做了一个类似于人类立正的姿式，地面为之一颤："伟大的吞食帝国将吃掉地球，以便继续它壮丽的航程，这是不可改变的！"

"那么人类的命运呢？"

"这正是我今天要决定的事。"

元首们纷纷相互交换目光，秘书长点点头："这确实需要我们之间充分的交流。"

大牙摇摇头："这是一件十分简单的事情，我只需要品尝一下——"说着，他伸出强壮的大爪，从人群中抓起一个欧洲国家的首脑，从三四米远处优雅地将他扔进嘴里，细细地嚼了起来。不知是出于尊严还是过度的恐惧，那个牺牲品一直没有叫出声，只听到他的骨骼在大牙嘴里裂碎时轻脆的卡啪声。半分钟后，大牙"噗"的一声吐出了那人的衣服和鞋子，衣服虽然浸透了血，但几乎完好无损，这时不止一个旁观者联想到了人类嗑瓜子的情形。

整个地球世界一时间陷入一片死寂，这寂静似乎无限期地持续着，直到被一个人类的声音打破：

"您怎么拿起来就吃啊？"站在人群后面的上校问。

大牙向他走去，人群散开一条道，这个庞然大物咚咚地走到上校面前，用一双篮球大小的黑眼睛盯着他："不行吗？"

"您怎么这么肯定他能吃呢？一个相距如此遥远的世界上的生物能被食用，从生物化学上讲几乎是不可能的。"

大牙点点头，大嘴一咧做出类似于笑的表情："我一开始就注意到你了，你一直冷眼看着我，若有所思，在想什么？"

上校也笑笑："您呼吸我们的空气、通过声波说话、有两只眼睛一个鼻子一张嘴、还有四个对称的肢体……"

"这不可理解吗？"大牙把巨头凑近上校，喷出一股让人作呕的血腥气。

"是的，因为太好理解所以不可理解，我们不应该这么相似。"

"我也有不理解之处，那就是你的冷静，你是军人？"

"我是一名保卫地球的战士。"

"哼，不过是推开一些小石头而已，那能让你成为真正的战士？"

"我准备着更大的考验。"上校庄严地昂起头。

"有趣的小虫虫。"大牙笑着点点头，直起身来，"我们还是回到正题吧：人类的命运。你们的味道不错，有一种滑爽的清淡，很像我在波江座行星上吃过的一种蓝色的浆果。所以祝贺你们，你们的种族将延续下去，你们将作为一种小家禽在吞食帝国饲养，到六十岁左右上市。"

"您不觉得那时我们的肉太老了吗？"上校冷笑着说。

大牙大笑起来，声音如火山爆发："哈哈哈哈，吞食人喜欢有嚼头儿的小吃。"

蚂蚁

联合国又同大牙进行了几次接触，虽然再没有人被吃掉，但关于人类命运的谈判结果都一样。

人们把下一次会面精心安排在非洲的一处考古挖掘现场。

大牙的飞行器准时在距挖掘现场几十米处降落，同每次一样看上去像一场大爆炸，震耳欲聋飞沙走石。据波江女孩介绍，飞行器是由一台小型核聚变发动机驱动的。对于有关吞食者的信息，她一解释人类的科学家就立刻明白了，但关于波江人的技术却令地球人迷惑，比如那块晶体，着陆后便在空气中融化，最后把与星际航行有关的推进部分全化掉了，只剩下薄薄的一片，能在空气中轻盈地飘行。

大牙来到挖掘现场时，有两个联合国工作人员抬着一本一米见方的大画册递给他，画册是按他的个头儿精心制作的，有上百页精美的彩图，内容是人类文明的各个方面，很像一本儿童启蒙教材。在挖掘现场的大坑旁，一名考古学家绘声绘色地描述了地球文明的辉煌历程，他竭力想让外星人明白这个蓝色行星上有多么多的值得珍惜的东西，说到动情处声泪俱下，好不凄惨。最后，他指着挖掘现场的大坑说：

"尊敬的使者，您看，这是我们刚刚发现的一处城市遗址，是迄今发现的最早的人类城市，距今已有近5万年，你们真的忍心毁灭一个历经5万年的岁月一点一滴发展到今天的灿烂文明？！"

大牙在这个过程中一直在翻看那本画册，好像觉得那是一件很好玩的东西，考古学家的最后一句话让他抬起头来，看了看大坑："呵，考古虫虫，我对这个坑和坑里的旧城市不感兴趣，倒是很想看看从坑里挖出的土。"他指了指大坑旁边的一个几米高的土堆。

听完翻译器中的话，考古学家很迷惑："土？那堆土里什么也没有啊。"

"那是你的看法。"大牙说着走到土堆旁，蹲下高大的身躯伸出两只大爪在土里挖起来，人们围成一圈看着，很惊叹他那看似粗笨的大爪的灵活。他拨动着松土，不时拾起什么极小的东西放到画册上。就这样专心致志地干了十多分钟，他端着画册直起身来，走到人们面前，让大家看画册上的东西。

上百只蚂蚁，有的活着，有的已经死了，卷成一团，仔细辨认才能看出是什么。

"我想讲一个故事，"大牙说，"是关于一个王国的故事。这个王国的前身是一个更大的帝国，它们先祖的先祖可以追溯到地球白垩纪末期，在恐龙那高耸入云的骨架下，那些先先祖建起帝国宏伟的城市……但那些历史太久太久了，帝国最后一世女王能记起的，就是冬天的降临，在这漫长的冬天中，大地被冰川覆盖，失去已延续了上千万年的生机，生活变得万分艰难。

"在最后一次冬眠醒来时，女王只唤醒了帝国不到百分之一的成员，其他的都已在寒冷中长眠，有的已变成透明的空壳。女王摸摸城市的墙壁，冷得像冰块，硬得像金属，她知道这是冻土，在这严寒时代中，它夏天都不化。女王决定离开这片先祖留下的疆域，去找一块不冻的土地建立新的王国。

"于是女王率领所有的幸存者来到地面，在高大的冰川间开始艰难的跋涉。大部分成员都在漫漫的路途中死于严寒，但女王与不多的幸存者终于找到了一块不冻土，这是一块被溢出的地热温暖的土地。女王当然不明白，为什么在这严寒世界中有这么一小片潮湿柔软的土地，但她对能到达这里并不感到意外：一个延续了六千万年的种族是不会灭绝的！

"面对冰川纵横的大地和昏暗的太阳，女王宣布要在这里建立一个新的伟大的王国，它将延续万代！她站在一座高大的白色山峰下，就把这个新王国命名为白山王国，那座白色山峰是一头猛犸象的头骨。这是第四纪冰川末期的一个正午，这时的人类虫虫还是零星地龟缩在岩洞中发抖的愚钝的动物，九万年之后，你们的文明的第一点烛光才在另一个大陆的美索不达米亚平原上出现。

"以附近冰冻的猛犸遗体为生，白山王国度过了一万年的艰难岁月。之后，地球冰期结束，大地回春，各大陆又重新披上了生命的绿色。在这新一轮的生命大爆炸中，白山王国很快达到了鼎盛，拥有数不清的成员和广大的疆域。在其后的几万年中，王国经历了数不清的朝代，创造了数不清的史诗。"

大牙指指眼前的大坑："这就是那个王国最后的位置，在考古虫虫专心挖掘下面那已死去五万年的城市时，并没有想到在它上面的土层中还有一个活着的城市。它的规模绝不比纽约小，后者只是一个二维的平面城市，而它是一座宏大的立体城市，有很多层。每一层密布着迷宫般的街道，有宽阔的广场和宏伟的宫殿，整座城市的供排水系统和消防系统的设计也比纽约高明得多。城市有着复杂的社会结构、严格的行业分工，整个社会以一种机器般的精密和协调高效地运转着，不存在吸毒和犯罪问题，也没有沉沦和迷茫。但它们并非没有感情，当有成员死亡时，它们表现出长时间的悲伤，它们甚至还有墓地，它位于城市附近的地面上，掩埋深度为3厘米。最值得说明的是：在城市的底层有一个庞大的图书馆，其中有数量巨大的卵形小容器，这就是一本本书，每个容器中都装有成分极其复杂的化学味剂，这些味剂用其复杂的成分记录着信息。这里有对白山王国漫长历史的史诗般的记载：你能看到在一次森林大火中，王国的所有成员抱成无数个团，顺一条溪流漂下逃出火海的壮举；还能看到王国与白蚁帝国长达百年的战争史，还有王国的远征队第一次看到大海的记载……

“但所有这一切在三个小时之内被毁灭。当时，在惊天动地的轰鸣声中，挖掘机将遮盖了整个天空的钢铁巨掌凌空劈下，把包含着城市的土壤一把把抓起，城市和其中的一切在巨掌中被碾得粉碎，包括城市最下层的所有孩子和将成为孩子的几万只雪白的卵。”

地球世界再一次陷入死寂之中，这次寂静比大牙吃人的那一次延续得更长，面对外星使者，人类第一次无话可说。

大牙最后说：“我们以后有很长的时间相处，有很多的事要谈，但不要再从道德的角度谈了，在宇宙中，那东西没意义。”

加速度

▼

大牙走后，考古现场的人们仍沉浸在迷茫和绝望之中，还是上校首先打破寂静，他对周围的各国政要说："我知道自己是个小人物，只是因为两次首先接触外星文明而有幸亲临这些场合，我只想说两句话：一，大牙是对的；二，人类的唯一出路是战斗。"

"战斗？唉，上校，战斗……"秘书长苦笑着摇头。

"对，战斗！战斗！战斗！！"波江女孩大喊，此时她所在的晶体片正飘飞在人们头上几米高处，在阳光下的晶体中，那长发女孩在兴奋地手舞足蹈。

有人说："你们波江人也战斗了，结果怎么样？人类得为自己种族的生存着想，我们并没有义务满足你那变态的复仇欲望。"

"不，先生，"上校对所有人说，"波江人是在对敌人完全陌生的情况下进行自卫战争的，加上他们本来就是一个历史上完全没有战争的社会，所以失败是不奇怪的。但在这场长达一个世纪的惨烈战争中，他们对吞食者有了细致深刻的了解，现在这大量的资料通过这艘飞船送到了我们手中，这就是我们的优势。

"冷静地初步研究这些资料，我们发现吞食者并没有最初想象的那么可怕。首先，除了其不思议的庞大外，吞食者并没有太多超出人类已有知识之外的东西。就生命形式而言，吞食者人（据说在'轮胎'上居住着上百亿个）与地球人一样是碳基生物，且生命在分子层次的构造十分相似，人类与敌人处于相同的生物学基础上，使我们有可能真正深刻地理解它们的各个方面，这比我们面对一群由力场和中子星物质构成的入侵者要幸运多了。

"更让我们宽慰的是，吞食者并没有太多的'超技术'。吞食者人的技术比人类要先进许多，但这主要表现在技术的规模上而不是理论基础上。吞食者的推进系统的能量来源主要是核聚变，它所掠夺的行星水资源除了用于吞食者人的生活外，主要是被用做聚变燃料。吞食者上发动机的推进方式也是基于动量守恒的反冲方式，并没有时空跃迁之类玄妙的玩艺儿……这些信息可能使科学家们深感失落，因为吞食者拥有几千万年的文明，它们的技术层次也就表明了科学力量的极限；同时也使我们知道，敌人不是不可战胜的神。"

秘书长说："仅凭这些，就能使人类建立起必胜的信心吗？"

"当然还有许多具体的信息，使我们能够制订出一个成功率较高的战略，比如……"

"加速度！加速度！！"波江女孩在人们头顶大叫。

上校对周围迷惑的人们解释说："从波江人送来的资料看，吞食者航行时的加速度有一个极限，在长达两个世纪的观察中，他们从未发现它突破过这个极限。为证实这一点，我们根据波江座飞船送来的其他资料，如吞食者的结构和构成它的材料的强度等，建立了一个数学模型，模型的演算证实了波江人对吞食者加速度极限的观察，这个极限是由它的结构强度所决定的，一旦超出，这个庞然大物就会被撕裂。"

"这又怎么样？"一位大国元首问道。

"我们应该冷静下来，用自己的脑子好好想想。"上校微笑着说。

月球避难所

▼

人类与外星使者的谈判终于有了一点点进展，大牙对人类关于月球避难所的要求做出了让步。

"人是恋家的动物。"在一次谈判中，秘书长眼泪汪汪地说。

"吞食人也是，虽然我们没有家。"大牙同情地点点头。

"那么，能否让我们留下一些人，等伟大的吞食帝国吃完后吐出地球，待它的地质变化稳定下来，再回来重建我们的文明？"

大牙摇摇头："吞食帝国吃东西是吃得很干净的，那时的地球将比现在的火星还荒凉，凭你们虫虫的技术能力，不可能重建文明。"

"总得试试吧，这样我们的灵魂也会安定，特别是在吞食帝国上被饲养的那些小家禽，如果记得在遥远的太阳系还有一个家，会多长些肉的，虽然这个家不一定真的存在。"

大牙点点头："可是当地球被吞下时，这些人去哪儿呢？除了地球，我们还要吃掉金星，木星和海王星太大了，我们吃不下，但要吃它们的卫星，吞食帝国需要上面的碳氢化合物和水；连贫瘠的火星和水星我们也想嚼一嚼，我们想要上面的二氧化碳和金属，这些星球的表面将是一片火海。"

"我们可以去月球避难。据我们所知，吞食帝国在吃地球之前要把月球推开。"

大牙又点点头："是的，由吞食帝国和地球组成的联合星体引力很大，有可能使月球坠落在大环表面，这种撞击足以毁灭帝国。"

"那就对了，让我们住上去一些人吧，这对你们也没有太大损失。"

"你们打算留多少人？"

"从维持一个文明的最低限度着想，10万吧。"

"可以，但你们得干活儿。"

"干活儿？！什么活儿？"

"把月球从地球轨道推开，这对我们来说也是一件很麻烦的事。"

"可是……"秘书长绝望地抓着头发，"您这等于拒绝了人类这点小小的可怜的要求，您知道我们没有这种技术力量的！"

"呵，虫虫，那我不管，再说，不是还有一个世纪吗？"

播种核弹
▼

在泛着白光的月球平原上，一群穿着太空服的人站在一个高高的钻塔旁边，吞食帝国高大的使者站在更远一些的地方，仿佛是另一个钻塔。他们注视着一个钢铁圆柱体从钻塔顶端缓缓吊下，沉入钻塔下的深井中，吊索飞快地向井中放下去，38万公里外的整个地球世界都在注视着这一幕。当放置物到达井底的信号传来时，包括大牙在内的所有观察者都鼓起掌来，庆祝这一历史性时刻的到来。

推进月球的最后一颗核弹已经就位，这时，距波江晶体和吞食帝国使者到达地球已有一个世纪。

这是一个绝望的世纪，人类在进行着痛苦的奋斗。

上半个世纪，全世界竭尽全力建造月球推进发动机，但这种超级机器始终没能建成，那几台试验用的样机只是给月球表面增加了几座废铁高山，还有几台在试运行时被核聚变的高温熔化成了一片钢水的湖泊。人类曾向吞食帝国使者请求技术支援，推进月球需要的发动机还不及吞食者上那无数超级发动机的十分之一大，但大牙不答应，还讥讽道：

"别以为知道了核聚变就能造出行星发动机，造出爆竹离造出火箭还差得远呢。其实你们完全没有必要费这么大费儿，在银河系，一个文明成为更强大文明的家禽是很正常的，你们会发现被饲养是一种多么美妙的生活，衣食无忧，快乐终生，有些文明还求之不得呢，你们感到不舒服，完全是陈腐的人类中心论在作怪。"

于是人类把希望寄托在波江晶体上，但这希望同样落空。波江文明是沿着一条与地球和吞食者完全不同的技术路线发展的，他们的所有技术力量都来自于本星的生物体，比如这块晶体，就是波江行星海洋中的一种浮游生物的共生体。对这个世界中生命的这些奇特能力，波江人只是组合和利用，也不知其深层的秘密，而一旦离开本星的生物，波江人的技术就寸步难行了。

　　浪费了宝贵的 50 多年后，绝望的人类突然想出了一个极其疯狂的月球推进方案，这个方案首先由上校提出，当时他是月球推进计划的主要领导人之一，军衔已升为元帅。这个方案尽管疯狂，在技术上要求却不高，人类现有的技术完全可以胜任，以至于人们惊奇为什么没有及早想到它。

　　新的推进方案很简单，就是在月球的一面大量埋设核弹，这些核弹的埋设深度一般为 3000 左右，其埋设的密度以不被周围核弹的爆炸所摧毁为准，这样，将在月球的推进面埋设五百万枚核弹。与这些热核炸弹的当量相比，人类在冷战时期所制造的威力最大的核弹也算常规武器。因此，当这些埋在月球地下的超级核弹爆炸时，与以前的地下核试验中被窒息在深洞中的核爆炸完全不同，会将上面的地层完全掀起炸飞，在月球的低重力下，被炸飞的地层岩石会达到逃逸速度，脱离月球冲进太空，进而对月球本身产生巨大的推进力。如果每一时刻都有一定数量的核弹爆炸，这种脉冲式的推进力就会变得连续不断，等于给月球装上了强劲的发动机，而使不同位置的核弹爆炸，可以操纵月球的飞行方向。进一步的设计计划在月面下埋设两层核弹，另一层在第一层之下，约 6000 深度，这样当上层核弹耗尽，月球推进面被剥去 3000 厚的一层时，第二层接着被不断引爆，使"发动机"的运行时间延长一倍。

　　当晶体中的波江女孩听到这个计划时，认为人类真的疯了："现在我知道，如果你们有吞食者那样的技术力量，会比他们还野蛮！"

但这个计划使大牙赞叹不已："呵呵，虫虫们竟能有这样美妙的想法，我喜欢，喜欢它的粗野，粗野是最美的！！"

"荒唐，粗野怎么会美？！"波江女孩反驳说。

"粗野当然美，宇宙就是最粗野的！漆黑寒冷的深渊中燃烧着狂躁的恒星，不粗野吗？！宇宙是雄性的，明白吗？！像你们那种女人气的文明，那种弱不禁风的精致和纤细，只是宇宙小角落中一种微不足道的病态而已。"

一百年过去了，大牙仍然生机勃勃，晶体中的波江女孩仍然鲜艳动人，但元帅感到了岁月的力量，一百三十五岁，是老年人了。

这时，吞食者已越过冥王星轨道，它从由波江座一ε星开始的六万年漫长的航程中苏醒了，太空中那个巨大的轮胎变得灯火辉煌，庞大的社会运转起来，准备好了对太阳系的掠夺，吞食者掠过外围行星，沿着陡峭的轨道向地球扑来。

人类的第一次和最后一次星战
▼

月球脱离地球的加速开始了。

推进面的核弹开始爆炸时，月球正处于地球白昼的一面，每次爆炸的闪光，都让月球在蓝天上短暂地映现一下，这使得天空中仿佛出现了一只不断眨巴的银色的眼睛。入夜，月球一侧的闪光传过近四十万公里仍能在地面上映出人影，这时还能在月球的后面看到一条淡淡的银色尾迹，它是由从月面炸入太空的岩石构成的。从安装在推进面的摄像机中可以看到，月面被核爆掀起的地层如滔天洪水般涌向太空，向前很快变细，在远方成为一条极细的蛛丝，弯向地球的另一面，描绘出月球加速的轨道。

但人们的注意力都集中在天空中出现的那个恐怖的大环上：吞食者此时已驶近地球，它的引力产生的巨大潮汐已摧毁了所有的沿海城市。吞食者尾部的发动机闪着一圈蓝色的光芒，它正在进行最后的轨道调整，以使其绕太阳运行的轨道与地球保持同步，同时使自己与地球的自转轴线对准在同一直线上，然后它将缓缓向地球移动，将其套入大环中。

月球的加速持续了两个月，这期间在它的推进面平均两三秒钟就爆炸一枚核弹，到目前为止已引爆了 250 多万枚，加速后的月球环绕地球第二圈的轨道形状已变得很扁，当月球运行到这椭圆轨道的顶端时，应元帅的邀请，大牙同他一起来到了月球面向前进方向一面，他们站在环形山环绕的平原上，感受着从月球另一面传来的震动，仿佛这颗地球卫星的中心有一颗强劲的心脏。在漆黑的太空背景下，吞食者的巨环光彩夺目，占据了半个天空。

"太棒了，元帅虫虫，真的太棒了！"大牙对元帅由衷地赞叹着，"不过你们要抓紧，只再有一圈的加速时间了，吞食帝国可没有等待别人的习惯。我还有个疑问：我们下面 10 年前就已建成的地下城还空着，那些移民什么时候来？你们的月地飞船能在一个月时间里从地球迁移十万人？"

"不会迁移任何人了，我们将是月球上最后的人类。"

听到这话，大牙吃惊地转过身去，看到了元帅所说的"我们"：这是地球太空部队的 5000 名将士，在环形山平原上站成严整的方阵，方阵前面，一名士兵展开一面蓝色的旗帜。

"看，这是我们行星的旗帜，地球对吞食帝国宣战了！"

大牙呆呆地站着，迷惑多于惊讶，紧接着，他四脚朝天摔倒了，这是由于月面突然增加的重力所至。大牙一动不动地趴在地上，他那庞大身体激起的月尘在周围缓缓降落，但很快月尘又扬起来，这是从月球另一面传来的剧烈震波所致，这震动使平原蒙上了一层白色的尘被。大牙知道，在月球的另一面，核弹的爆炸密度突然增加了几倍，从重力的急增他也能推测出月球的加速度也增加了几倍。他翻了个滚，从太空服胸前的口袋里掏出硕大的袖珍电脑，调出了月球目前的轨道，他看到，如果这剧增的加速度持续下去，轨道将不再闭合，月球将脱离地球引力冲向太空，一条闪着红光的虚线标示出预测的方向。

月球径直撞向吞食者！

大牙缓缓地站了起来，任手中的电脑掉下去。他抬头看去，在突然增加的重力和波浪般的尘雾中，地球军团的方阵仍如磐石般稳立着。

"持续了一个世纪的阴谋。"大牙喃喃地说。

元帅点点头："你明白得晚了。"

大牙长叹着说："我应该想到地球人与波江人是完全不同的两个物种，波江世界是一个以共生为进化基础的生态圈，没有自然选择和生存竞争，更不知战争为何物……我们却用这种习惯思维来套地球人，而你们，自从树上下来后就厮杀不断，怎么可能轻易被征服呢？！我……不可饶恕的失职啊！"

元帅说："波江人为我们提供了大量重要的信息，其中关于吞食者的加速度极限值就是人类这个作战方案的基础：如果引爆月球上的转向核弹，月球的轨道机动加速度将是吞食者速度极限值的三倍，这就是说它比吞食者灵活三倍，你们不可能躲开这次撞击的。"

大牙："其实我们也不是完全没有戒备，当地球开始生产大量核弹时，我们时刻监视着这些核弹的去向，确保它们被放置在月球地层中，可没有想到……"

元帅在面罩后面微微一笑："我们不会傻到用核弹直接攻击吞食

者，地球人那些简陋的导弹在半途中就会被身经百战的吞食帝国全部拦截，但你们无法拦截巨大的月球，也许凭借吞食者的力量最终能击碎它或使其转向，但现在距离已经很近，时间来不及了。"

"狡诈的虫虫，阴险的虫虫，恶毒的虫虫……吞食帝国是心肠实在的文明，把什么都说在明处，可是最终被狡诈阴险的地球虫虫骗了。"大牙咬牙切齿地说，狂怒中想用大爪子抓元帅，但在士兵们指向他的冲锋枪前停住了，他没有忘记自己也是血肉之躯，一梭子子弹足以让他丧命。

元帅对大牙说："我们要走了，劝你也离开月球吧，不然会死在吞食帝国的核弹之下的。"

元帅说得很对，大牙和人类太空部队刚刚飞离月球，吞食者的截击导弹就击中了月面。这时月球的两面都闪烁着强光，朝向前进方向的一面也有大量的岩石被炸飞到太空中，与推进面不同的是，这些岩石是朝着各个方向漫无目标地飞散开，从地球上看去，撞向吞食者的月球如一个披着怒发的斗士，任何力量都无法阻挡它！在能看到月球的大陆上，人山人海爆发出狂热的欢呼。

吞食者的拦截行动只持续了不长的时间就停止了，因为他们发现这毫无意义，在月球走完短暂的距离之前，既不可能使它转向更不可能击碎它。

月球上的推进核弹也停止了爆炸，速度已经足够，地球保卫者要留下足够的核弹进行最后的轨道机动。

一切都沉静下来，在冷寂的太空中，吞食者和地球的卫星静静地相向飘行着，它们之间的距离在急剧缩短，当两者的距离缩短至50万公里时，从地球统帅部所在的指挥舰上看去，月球已与"轮胎"重叠，像是轴承圈上的一粒钢珠。

直到这时，吞食者的航向也没有任何变化，这是容易理解的：过早的轨道机动会使月球也做出相应的反应，真正有意义的躲避动作要在月球最后撞击前进行，这就像两名用长矛决头的中世纪骑士，他们骑马越过长长的距离逼近对方，但真正决定胜负是在即将相互接触的一小段距离内。

银河系的两大文明都屏住了呼吸，等待着那最后的时刻。

当距离缩短至 35 万公里时，双方的机动航行开始了。吞食者的发动机首先喷出了上万公里的蓝色烈焰，开始躲避；月球上的核弹则以空前的密度和频率疯狂地引爆，进行着相应的攻击方向修正，它那弯曲的尾迹清楚地描绘出航线的变化。吞食者喷出的上万公里长的蓝色光河的头部镶嵌着月球核弹银色的闪光，构成了太阳系有史以来最壮观的景象。

双方的机动航行进行了三个小时，它们的距离已缩短至五万公里，计算机显示的结果令指挥舰上的人们不敢相信自己的眼睛：吞食者的变轨加速度四倍于波江晶体提供的极限值！以前深信不疑的吞食者的加速度极限，一直是地球人取胜的基础，现在，月球上剩余的核弹已没有能力对攻击方向做出足够的调整，计算表明，即使尽全力变轨，半小时后，月球也将以四百公里的距离与吞食者擦肩而过。

在一阵令人目眩的剧烈闪光后，月球耗尽了最后的核弹，几乎与此同时，吞食者的发动机也关闭了。在死一般的寂静中，惯性定律完成了这篇宏伟史诗的最后章节：月球紧擦着吞食者的边缘飞过，由于其速度很高，吞食者的引力没能将其捕获，但扭弯了它的飘行轨迹，月球掠过吞食者后，无声地向远离太阳的方向飞去。

指挥舰上，统帅部的人们在死一般的沉默中度过了几分钟。

"波江人骗了我们。"一位将军低声说。

"也许，那块晶体只是吞食帝国的一个圈套！"一位参谋喊道。

统帅部瞬间陷入一片混乱，每个人都声嘶力竭地叫喊着，以掩盖或发泄自己的绝望，几名文职人员或哭泣或抓着自己的头发，精神已到了崩溃的边缘，只有元帅仍静静地站在大显示屏前，他慢慢转过身来，用一句话稳住了局面："我提请各位注意一个现象：吞食者的发动机为什么要关闭？"

这话引起了所有人的思考，是的，在月球耗尽核弹后，敌人的发动机没有理由关闭，因为他们不可能知道月球上是否还剩有核弹，同时考虑吞食者的引力捕获月球的危险，也应该继续进行躲避加速，继续拉开与月球攻击线的距离，而不可能仅仅满足于这四百公里的微小间距。

"给我吞食者外表面的近距离图像。"元帅说。

大屏幕上出现了一幅全息画面，这是一个飞掠吞食者的地球小型高速侦察器在其表面五百公里上空传回的，吞食者灯光灿烂的大陆历历在目，人们敬畏地看着那线条粗放的钢铁山脉和峡谷缓缓移过。一条黑色的长缝引起了元帅的注意，在过去的一个世纪中，他已记熟了吞食者外表面的每一个细节，绝对肯定这条长缝以前是不存在的，很快别人也注意到了：

"这是什么？一条……裂缝？"

"是的，裂缝，一条长达五千公里的裂缝。"元帅点点头说，"波江人没有骗我们，晶体带来的资料是真实的，那个加速度极限确实存在，但当月球逼近时，绝望的吞食者不顾一切地用超限四倍的加速度来躲避，这就是超限加速的后果：它被撕裂了。"

接下来，人们又发现了另外几条裂缝。

"看啊，那又是什么？！"又有人惊叫，这时吞食者的自转正使它表面的另一部分进入视野，金属大陆的边缘上出现了一个刺目的光球，如同它那辽阔的平线上的日出一般。

"自转发动机！"一名军官说。

"是的，是吞食者赤道上很少启动的自转发动机，它此时正在以最大功率刹住自转！"

"元帅，这证实了您的看法！！"

"尽快用各种观测手段取得详细资料，进行模拟！"元帅说，但在这之前一切已在进行中了。

经一个世纪建立起来的精确描述吞食者物理结构的数学模型，在从前方取得必需的数据后高速运转，模拟结果很快出来了：需近四十小时的时间，自转发行动机才能把吞食者的自转速度减至毁灭值之下，而如果高于这个转速，离心力将使已被撕裂的吞食者在十八个小时内完全解体。

人们欢呼起来。

大屏幕上接着映出了吞食者解体时的全息模拟图像：解体的过程很慢，如同梦幻，在漆黑太空的背景上，这个巨大的世界如同一团浮在咖啡上的奶沫一样散开来，边缘的碎块渐渐隐没于黑暗之中，仿佛被太空溶解了，只有不时出现的爆炸的闪光才使它们重新现形。

元帅并没有同人们一起观赏这令人心旷神怡的画面，他远离人群，站在另一块大屏幕前注视着现实中的吞食者，脸上没有一点胜利的喜悦。冷静下来的人们注意到了他，也纷纷站到这个屏幕下，他们发现，吞食者尾部的蓝色光环又出现了，它再次启动了推进发动机。在环体已经被严重损伤的情况下，这似乎是一个不可理解的错误，这时任何微小的加速度都可能导致大环解体。而吞食者的运行方向更让人迷惑：它正在缓缓回到躲避月球攻击前所在的位置，谨慎地建立与地球同步的太阳轨道，并使自己和地球的自转轴对准在一条直线上。

"怎么？这时它还想吃地球？"有人吃惊地说，他的话引起了稀疏的笑声，但笑声戛然而止，人们看到了元帅的表情：他已不再看屏幕，双眼紧闭，苍白的脸上毫无表情。一个世纪以来，作为抗击吞食者的精神支柱之一，太空将士们已经熟悉了他的音容，他们从来没有见到他像这样。人们冷静下来，再看屏幕，终于明白了一个严峻的现实：

吞食者还有一条活路。

吞食地球的航行开始了，已与地球运行同步自转同轴的吞食者向着这颗行星的南极移动。如果它慢了，会在自转的离心力下解体；如果太快，推进的加速度可能使其提前解体。吞食者正走在一条生存的钢丝绳上，它必须绝对正确地把握住时间和速度的平衡。

在地球的南极被套入大环前的一段时间，太空中的人们看到，南极大陆的海岸线形状在急剧变化，这个大陆像一块热煎锅上的牛油一样缩小着面积，地球的海水在吞食者引力的拉动下涌向南极，地球顶端那块雪白的大陆正在被滔天巨浪所吞没。

这时吞食者大环上的裂缝越来越多，且都在延长扩宽，最初出现的那几条裂缝已不再是黑色的，里面透出了暗红色的火光，像几千公里长的地狱之门。有几条蛛丝般的白色细线从大环表面升起，接下来这样的细线越来越多，出现在大环的每一部分，仿佛吞食者长出了稀疏的头发。这是从大环上发射的飞船的尾迹，吞食人开始从他们将要毁灭的世界逃命了。

但当地球被大环吞入一半时，情况发生了逆转：地球的引力像无数根无形的辐条拉住了正在解体的大环，吞食者表面不再有新的裂缝出现，已有的裂缝也停止了扩展。十四小时过去后，地球被完全套入大环，它那引力的辐条变得更加强劲有力，吞食者表面的裂缝开始缩小，又过了五个小时，这些裂缝完全合拢了。

在指挥舰上，统帅部的大屏幕都黑了，甚至连灯都灭了，只有太阳从舷窗中投进的惨白的光芒。为了产生人工重力，飞船中部仍在缓缓旋转，使得太阳从不同位置的舷窗中升升降降，光影流转，仿佛在追述着人类那已永远成为过去的日日夜夜。

"谢谢各位在过去一个世纪中尽职尽责的工作,谢谢。"元帅说,并向统帅部的全体人员敬礼,在将士们的注视下,他平静地整理了一下自己的军装,其他的人也这样做了。

人类失败了,但地球保卫者们已经尽到了自己的责任,对于尽责的战士来说,这一时刻仍是辉煌的,他们接受了平静的良心授予自己的无形的勋章,他们有权享受这一时光。

尾声 归宿
▼

"真的有水啊!"一名年轻上尉惊喜地叫出来,面前确实是一片广阔的水面,在昏黄的天空下泛着鳞鳞波光。

元帅摘下太空服的手套,捧起一点水,推开面罩尝了尝,又赶紧将面罩合上:"嗯,还不是太咸。"看到上尉也想打开面罩,他制止说:"会得减压病的,大气成分倒没问题,硫磺之类的有毒成分已经淡了,但气压太低,相当于战前的一万米高空。"

又一名将军在脚下的沙子中挖着什么,"也许会有些草种子的。"他抬头对元帅笑笑说。

元帅摇摇头:"这里战前是海底。"

"我们可以到离这里不远的 11 号新陆去看看,那里说不定会有。"那名上尉说。

"有也早烤焦了。"有人叹息道。

大家举目四望,地平线处有连绵的山脉,它们是最近一次造山运动的产物,青色的山体由赤裸的岩石构成,从山顶流下的岩浆河发着暗红的光,使山脉像一个巨人淌血的躯体,但大地上的岩浆河已经消失了。

这是战后 230 年的地球。

战争结束后，统帅部幸存的一百多人在指挥舰上进入冬眠器，等待着地球被吞食者吐出后重返家园。指挥舰则成为一颗卫星，在一个宽大的轨道上围绕着由吞食者和地球组成的联合星体运行。在以后的时间里，吞食帝国并没有打扰他们。

战后第 125 年，指挥舰上的传感系统发现吞食者正在吐出地球，就唤醒了一部分冬眠者。当这些人醒来后，吞食者已飞离地球，向金星方向航行，而这时的地球已变成一颗人们完全陌生的行星，像一块刚从炉子里取出的火炭，海洋早已消失，大地覆盖着蛛网般的岩浆河流。他们只好继续冬眠，重新设定传感器，等待着地球冷却，这一等又是一个世纪。

冬眠者们再次醒来时，发现地球已冷却成一个荒凉的黄色行星，剧烈的地质运动已经平息下来，虽然生命早已消失，但有稀薄的大气，甚至还发现了残存的海洋，于是他们就在一个大小如战前内陆湖泊的残海边着陆了。

一阵轰鸣声，就是在这稀薄的空气中也震耳欲聋，那艘熟悉的外形粗笨的吞食帝国飞船在人类的飞船不远处着陆，高大的舱门打开后，大牙拄着一根电线杆长度的拐杖颤颤地走下来。

"啊，您还活着？！有 500 岁了吧？"元帅同他打招呼。

"我哪能活那么久啊，战后 30 年我也冬眠了，就是为了能再见你们一面。"

"吞食者现在在哪儿？"

大牙指向一个天空的一个方向："晚上才能看见，只是一个暗淡的小星星，它已驶出木星轨道。"

"它在离开太阳系吗？"

大牙点点头："我今天就要启程去追它了。"

"我们都老了。"

"老了……"大牙黯然地点点头，哆嗦着把拐杖换了手，"这个世界，现在……"他指指天空和大地。

"有少量的水和大气留了下来，这算是吞食帝国的仁慈吗？"

大牙摇摇头："与仁慈无关，这是你们的功绩。"

地球战士们不解地看着大牙。

"哦，在那场战争中，吞食帝国遭受了前所未有的创伤，在那次大环撕裂中死了上亿人，生态系统也被严重损坏，战后用了五十个地球年的时间才初步修复。这以后才有能力开始对地球的咀嚼。但你知道，我们在太阳系的时间有限，如果不能及时离开，有一片星际尘埃会飘到我们前面的航线上，如果绕道，我们到达下一个恒星系的时间就会晚 17000 年，那颗恒星将会发生变化，烧毁我们要吞食的那几颗行星，所以对太阳系几颗行星的咀嚼就很匆忙，吃得不太干净。"

"这让我们感到许多的安慰和荣誉。"元帅看看周围的人们说。

"你们当之无愧，那真是一场伟大的星际战争，在吞食帝国漫长的征战史中，你们是最出色的战士之一！直到现在，帝国的行吟诗人还在到处传唱着地球战士史诗般的战绩。"

"我们更想让人类记住这场战争，对了，现在人类怎样了？"

"战后大约有 20 亿人类移居到吞食帝国，占人类总数的一半。"大牙说着，打开了他的手提电脑宽大的屏幕，上面映出人类在吞食者上生活的画面：蓝天下一片美丽的草原，一群快乐的人在歌唱舞蹈，一时难以分辨出这些人的性别，因为他们的皮肤都是那么细腻白嫩，都身着轻纱般的长服，头上装饰着美丽的花环。远处有一座漂亮的城堡，其形状显然来自地球童话，色彩之鲜艳如同用奶油和巧克力建造的。镜头拉近，元帅细看这些漂亮人儿的表情，确信他们真的是处于快乐之中，这是一种真正无忧无虑的快乐，如水晶般单纯，战前的人类只在童年能够短暂地享受。

"必须保证它们的绝对快乐，这是饲养中起码的技术要求，否则肉质得不到保证。地球人是高档食品，只有吞食帝国的上层社会才有钱享用，这种美味像我都是吃不起的。哦，元帅，我们找到了您的曾孙，录下了他对您说的话，想看吗？"

元帅吃惊地看了大牙一眼，点点头。屏幕上出现了一个皮肤细嫩的漂亮男孩，从面容上看他可能只有 10 岁，但身材却有成年人那么高，他一双女人般的小手儿拿着一个花环，显然是刚刚从舞会上叫过来的，他眨着一双水灵灵的大眼睛说："听说曾祖父您还活着？我只求您一件事，千万不要来见我啊！我会恶心死的！想到战前人类的生活我们都会恶心死的，那是狼的生活、蟑螂的生活！你和你的那些地球战士还想维持这种生活，差一点儿真的阻止人类进入这个美丽的天堂了！变态！您知道您让我多么羞耻，您知道您让我多么恶心吗？呸！不要来找我！呸！快死吧你！！"说完他又蹦跳着加入到草原上的舞会中去了。

大牙首先打破了尴尬的沉默："他将活过 60 岁，能活多久就活多久，不会被宰杀。"

"如果是因为我的缘故十分感谢。"元帅凄凉地笑了一下说。

"不是，在得知自己的身世后，他很沮丧，也充满了对您的仇恨，这类情绪会使他的肉质不合格的。"

大牙感慨地看着面前这最后一批真正的人，他们身上的太空服已破旧不堪，脸上都深刻着岁月的沧桑，在昏黄的阳光中如同地球大地上一群锈迹斑斑的铁像。

大牙合上电脑，充满谦意地说："本来不想让大家看这些的，但你们都是真正的战士，能够勇敢地面对现实，要承认……"他犹豫了一下才说，"人类文明完了。"

"是你们毁灭了地球文明，"元帅凝视着远方说，"你们犯下了滔天罪行！"

"我们终于又开始谈道德了。"大牙咧嘴一笑说。

"在入侵我们的家园并极其野蛮地吞食一切后，我不认为你们还有这个资格。"元帅冷冷地说，其他的人不再关注他们的谈话，吞食者文明冷酷残暴的程度已超出人类的理解力，人们现在真的没有兴趣再同其进行道德方面的交流了。

"不，我们有资格，我现在还真想同人类谈谈道德……'您怎么拿起来就吃啊！'"

大牙最后这句话让所有人浑身一震，这话不是从翻译器中传出，而是大牙亲口说的，虽然嗓门震耳，但他对3个世纪前元帅的声调模仿得惟妙惟肖。

大牙通过翻译器接着说："元帅，您在300年前的那次感觉是对的：星际间的不同文明，其相似要比差异更令人震惊，我们确实不应该这么像。"

人们都把目光焦聚在大牙身上，他们都预感，一个惊天的大秘密将被揭开。

大牙动动拐杖使自己站直，看着远方说："朋友们，我们都是太阳的孩子，地球是我们共同的家园，但我们比你们更有权力拥有她！因为在你们之前的一亿四千万年，我们的先祖就在这个美丽的行星上生活，并创造了灿烂的文明。"

地球战士们呆呆地看着大牙，身边的残海跳跃着昏黄的阳光，远方的新山脉流淌着血红的岩浆，越过六千万年的沧桑时光，曾经覆盖地球的两大物种在这劫后的母亲星球上凄凉地相会了。

"恐——龙——"有人低声惊叫。

大牙点点头:"恐龙文明崛起于一亿地球年之前,就是你们地质纪年的中生代白垩纪中期,在白垩纪晚期达到鼎盛。我们是一个体形巨大的物种,对生态的消耗量极大,随着恐龙人口的急剧增加,地球生态圈已难以维持恐龙社会的生存,接着又吃光了刚刚拥有初级生态的火星。地球上恐龙文明的历史长达 2000 万年,但恐龙社会真正的急剧膨胀也就是几千年的事,其在生态上造成的影响从地质纪年的长度看很像一场突然爆发的大灾难,这就是你们所猜测的白垩纪灾难。

"终于有那么一天,所有的恐龙都登上了 10 艘巨大的世代飞船,航向茫茫星海。这十艘飞船最后合为一体,每到达一个有行星的恒星就扩建一次,经过 6000 万年,就成为了现在的吞食帝国。"

"为什么要吃掉自己的家园呢?恐龙没有一点怀旧感吗?"有人问。

大牙陷入了回忆:"说来话长,星际空间确实茫茫无际,但与你们的想象不同,真正适合我们高等碳基生物生存的空间并不多。从我们所在的位置向银河系的中心方向,走不出两千光年就会遇到大片的星际尘埃,在其中既无法航行也无法生存,再向前则会遇到强辐射和大群游荡的黑洞……如果向相反的方向走呢,我们已在旋臂的末端,不远处就是无边无际的荒凉虚空。在适合生存的这片空间中,消耗量巨大的吞食帝国已吃光了所有的行星。现在,我们的唯一活路是航行到银河系的另一旋臂去,我们也不知道那里有什么,但在这片空间呆下去肯定是死路一条。这次航行要持续 1500 万年,途中一片荒凉,我们必须在启程前贮备好所有的消耗品。这时的吞食帝国就像一个正在干涸的小水洼中的一条鱼,它必须在水洼完全干掉之前猛跳一下,虽然多半是落到旱地上在烈日下死去,但也有可能落到相邻的另一个水洼中活下去……至于怀旧感,在经历了几千万年的太空跋涉和数不清的星际战争后,恐龙种族早已是铁石心肠了,为了前面千万年的航程,吞食帝国要尽可能多吃一些东西……文明是什么?文明就是吞食,不停地吃啊吃，不停地扩张和膨胀，其他的一切都是次要的。"

元帅深思着说："难道生存竞争是宇宙间生命和文明进化的唯一法则？难道不能建立起一个自给自足的、内省的、多种生命共生的文明吗？像波江文明那样。"

大牙长出一口气说："我不是哲学家，也许可能吧，关键是谁先走出第一步呢？自己生存是以征服和消灭别人为基础的，这是这个宇宙中生命和文明生存的铁的法则，谁要首先不遵从它而自省起来，就必死无疑。"

大牙转身走上飞船，再出来时端着一个扁平的方盒子，那个盒子有三四米见方，起码要四个人才能抬起来，大牙把盒子平放到地上，掀起顶盖，人们看到盒子里装满了土，土上长着一片青草，在这已无生命的世界中，这绿色令所有人心动。

"这是一块战前地球的土地，战后我使这片土地上的所有植物和昆虫都进入冬眠，现在过了两个多世纪，又使它们同我一起苏醒。本想把这块土地带走做个纪念的，唉，现在想想还是算了吧，还是让把它放回它该在的地方吧，我们从母亲星球拿走的够多了。"

看着这一小片生机盎然的地球土地，人们的眼睛湿润了，他们现在知道，恐龙并非铁石心肠，在那比钢铁和岩石更冷酷的鳞甲后面，也有一颗渴望回家的心。

大牙一挥爪子，似乎想把自己从某种情绪中解脱出来："好了朋友们，我们一起走吧，到吞食帝国去，"看到人们的表情，他举起一只爪子，"你们到那里当然不是作为家禽饲养，你们是伟大的战士，都将成为帝国的普通公民，你们还会得到一份工作：建立一个人类文明博物馆。"

地球战士们都把目光集中的元帅身上，他想了想，缓缓地点点头。

地球战士们一个接一个地上了大牙的飞船，那为恐龙准备的梯子他们必须一节一节引体向上爬上去。元帅是最后一个上飞船的人，他双手抓住飞船舷梯最下面的一节踏板的边缘，在把自己的身体拉离地面的时候，他最后看了一眼脚下地球的土地，此后他就停在那里看着地面，很长时间一动不动，他看到了——

蚂蚁。

这蚂蚁是从那块盒子中的土地里爬出来的，元帅放开抓着踏板的双手，蹲下身，让它爬到手上，举起那只手，再细细地看着它，它那黑宝石般的小身躯在阳光下闪闪发亮。元帅走到盒子旁，把这只蚂蚁放回到那片小小的草丛中，这时他又在草丛间的土面上发现了其他几只蚂蚁。

他站起身来，对刚来到身边的大牙说："我们走后，这些草和蚂蚁是地球上仅有的生命了。"

大牙默默无语。

元帅说："地球上的文明生物有越来越小的趋势，恐龙、人、然后可能是蚂蚁，"他又蹲下来深情地看着那些在草丛间穿行的小生命，"该轮到它们了。"

这时，地球战士们又纷纷从飞船上下来，返回到那块有生命的地球土地前，围成一圈深情地看着它。

大牙摇摇头说："草能活下去，这海边也许会下雨的，但蚂蚁不行。"

"因为空气稀薄吗？看样子它们好像没受影响。"

"不，空气没问题，与人不同，在这样的空气中它们能存活，关键是没有食物。"

"不能吃青草吗？"

"那就谁也活不下去了：在稀薄的空气中青草长得很慢，蚂蚁会吃光青草然后饿死，这倒很像吞食文明可能的最后结局。"

"您能从飞船上给它们留下些吃的吗？"

大牙又摇头："我的飞船上除了生命冬眠系统和饮用水外什么都

没有，我们在追上帝国前需要冬眠，你们的飞船上还有食物吗？"

元帅也摇摇头："只剩几只维持生命的注射营养液，没用的。"

大牙指指飞船："我们还是抓紧时间吧，帝国加速很快，晚了我们要追不上它的。"

沉默。

"元帅，我们留下来。"一名年轻中尉说。

元帅坚定地点点头。

"留下来？干什么？！"大牙轮流着看看他们，惊讶地问，"你们飞船上的冬眠装置已接近报废，又没有食品，留下来等死吗？"

"留下来走出第一步。"元帅平静说。

"？"

"您刚才提过的新文明的第一步。"

"你们……要做为蚂蚁的食物？！"

地球战士们都点点头。

大牙无言地注视了他们很长时间，然后转身拄着拐杖慢慢走向飞船。

"再见，朋友。"元帅在大牙身后高声说。

老恐龙长长地叹息了一声："在我和我的子孙前面，是无尽的暗夜、不休的征战，茫茫宇宙，哪里是家哟。"人们看到他的脚下湿了一片，不知道是不是一滴眼泪。

恐龙的飞船在轰鸣中起飞，很快消失在西方的天空，在那个方向，太阳正在落下。

最后的地球战士们围着那块有生命的土地默默地坐了一会儿，然后，从元帅开始，大家纷纷掀起面罩，在沙地上躺了下来。

时间在流逝，太阳落下，晚霞使劫后的大地映在一片美丽的红光中，然后，有稀疏的星星在天空中出现，元帅发现，一直昏黄的天空这时居然现出了深蓝色。在稀薄的空气夺去他的知觉前，更令他欣慰的是，他的太阳穴上有轻微的搔动感，蚂蚁正在爬上他的额头，这感觉让他回到了遥远的童年，在海边两棵棕榈树上拴着的一个小吊床上，他仰望着灿烂的星海，妈妈的手抚过他的额头……

夜晚降临了，残海平静如镜，毫不走样地映着横天而过的银河，这是这个行星有史以来最宁静的一个夜晚。

在这宁静中，地球重生了。

UNDER
THE
DOME
末日卷

一个末世的故事

飞氘 作品

飞
氘

青年科幻作家，北京师范大学文学院研究生，主攻科幻方向 ，现就读于清华大学
中文系。已发表数十万字的科幻、奇幻文学作品，短篇科幻小说《一个末世的故
事》被翻译成意大利文，收录在世界科幻奇幻年选集《ALIA》。科幻电影剧本《去
死的漫漫旅途》荣获"第二届扶持青年优秀电影剧作计划"奖。已出版小说集《纯
真及其所编造的》、《讲故事的机器人》、《中国科幻大片》。

编辑导读：

　　热恋中的男女，眼中只有彼此，除此之外，整个世界都属多余。争吵中，"这个世
界上男人 / 女人死绝了我也不会嫁 / 娶你！"常常脱口而出，还伴随响亮的摔门而去。
然而当气话变成现实，最后的人类执手相依，爱情的热度，是否足以温暖末世的空寂？

我妈年轻的时候对我爸说，就算全世界只剩下他一个男人，她也不会嫁给他。这句话深深地伤了我爸的心，他化悲愤为力量，发奋图强，终于成了一名空间常驻维修员，一个人守在几万英尺的高空，如愿以偿地远离人类，远离地球，远离我妈。

　　后来世界上只剩下我爸一个男人，我妈嫁给了他。

　　我爸在那个幽暗压抑的空间站和星星作伴的时候，在工作之余，全力以赴地增加对我妈的愤恨，发誓一辈子都不再爱女人。后来我爸回到了地面上，娶了我妈，因为那时候世界上只有她一个女人了。

　　他们别无选择。

　　在不远的过去，人类都没有意识到自己快要消亡了，因为这种盲目乐观，人们在灾难来临时毫无戒备。

　　失踪有条不紊地进行着。经过统计，消失的人包括如下类型：好好先生、泼皮无赖、英雄好汉、恶棍流氓、绝色美人、超级恐龙、世界巨富、街头乞丐……总之，只要有人的地方就有人消失，对所有人均一视同仁，体现了超乎善恶的公平原则。

人类为之苦恼了那么多年的人口问题有望得到根本性的解决。

上帝为之苦恼了那么多年的人类问题有望得到根本性的解决。

引起的恐慌不值得一提，不过是一场世界末日前的片刻混乱。

后来人们最喜欢谈论的就是，某某人今天"被弄没了"。这个短语结构简单，表意清楚，恰到好处。有人说，是上帝在进行清理工作。另一些人则认为，是外星人因为某种企图在绑架人类，比如说攫取劳动力。有些想象力丰富的作家认为，有些高级的文明正在把可爱的地球人接到更美好的异次元时空，去过一种更高尚的生活。当然，这种话因为太扯了，没人理会。

整个地球安静下来，大家停止了一切争斗，有史以来第一次也是最后一次地团结一心同仇敌忾，决心要阻止这种卑劣的行径。一切资源都动用起来为此服务，全地球都组织起来。世界各地都涌现出一批异常活跃的文学家，书写出累计几千万卷的充满了末世情绪和终极人文关怀的作品。这些人大部分很快就被弄没了，所以留下来许多未完成的千古绝唱。哲学家们分秒必争，在不知道自己哪天就没影儿了的恐慌下，迅速地建立了若干套新鲜的理论体系。所有的哲学和神学都不再关心人是怎么来的，而是致力于阐释人是怎么没的。当然，最务实最可敬的还是要属科学家们，他们联合起仅存的千千万万劳动者，以惊人的速度迅速建立起一套全球自服务生存系统（GSSS），以确保将来侥幸存活下来的人能够存活下去，把香火传宗接代发扬光大，以图人类文明的东山再起。

该项目完成的那一天，全球还剩下最后五十来个科学工作者，大家看着自己的杰作唏嘘不已感慨良多，直到此时人们才发现什么叫做团结一心排除万难五十个诸葛亮一百五十个臭皮匠，可惜这种感人的国际主义精神来得稍微晚了些，不然生活本可能更美好一些。

当晚，这些人中之杰决定彻夜不眠，非要看哪个朋友会不会在众目睽睽之下消失。

翌日晨，五十位人杰全部失踪。

此事引起当时全体人民的悲愤，大家对这种蔑视人类尊严的做法感到无比愤慨，经过商议，决定发起最后的抗议。于是仅存的一万来人都奉献出自己的隐私，甘愿让遍布各地的 GSSS 的摄像头全天候地关照自己，让系统记录下每个人的一分一秒，就算某些人没影儿了，总会有人留下来看到录像。

非要看看人究竟是怎么没的！

"死也要死个明白。"大家这么想。

于是，在某一刻，具体是哪一刻不太好说，一万来个人一下子全被弄没了。

生活是多么的残酷，最后总让人屈服。

等到世上只剩下一个男人和一个女人的时候，这场浩劫似乎停止了。至少他们都是正常死亡的，而不是被弄没的。

地球上还剩下一对男女，他们要面临的，应该说比当年的亚当和夏娃面临的，容易一些，毕竟还有个了不起的 GSSS 让他们衣食无忧。这么看起来，人类文明一息尚存，若要断点续传也并非绝无可能。

由于失踪呈现出随机分布的特征，这造成了许多麻烦，像人事管理这种领域，遭遇了尤其可怕的灾难：一条命令从构思到发布到最后正确执行，几乎没啥可能。这个问题非常有趣，有待以后研究，在当时它造成的最不幸的事件之一是：由于管理混乱，我爸差点被遗忘在太空。要不是后来某个决策者在某个时候于某种场合因为某些原因意外地想起了某些事情然后发布了某条指令并且得到某种程度的正确执行，我爸必然将被即将灭亡的人类同胞抛弃在几万英尺的寒冷空间里和星星做伴。当然，要是那样的话，没准儿对他是种解脱。

总之，后来他回到地面了。

一出舱门，我爸就看见 GSSS 的那些自动机器——无人侦察机、无人采掘机、无人运输机、自动供热器、自动收割机、自动按摩机、自动汉堡包机以及诸如此类的玩意儿，在他身边若无其事地飞来飞去、不慌不忙地工作着。

没有鲜花和掌声，没有一个人在乎他。

放眼望去，普天之下，四海之内，一副安宁和谐的太平盛世模样。整个世界一点儿毛病都没有，只不过看不见一个人，那叫一个荒凉。

然后，我爸来到管理整个 GSSS 的巨型计算机前，颤抖着双唇问："告诉我，我是最后一个吗？"

计算机飞速地扫描着整个地球，然后低沉地回答说不是，他还有一位伴侣。

我爸找到了我妈，和她结婚了。

尽管他们曾经用最恶毒的语言互相伤害，但当世上仅仅剩下两个人的时候，他们意识到，彼此之间再也不可能分开。他们必须结合，这是一种义务和责任，也是一种灵魂深处的需要。

从那时候起，他们很少交谈，总是默默地对视，对所有事都能达成共识。他们生活在一起，这是上天的安排。

他们在乡下找了间破败的小教堂，穿戴整齐。没有人问他们问题，他们出神地盯着对面的十字架，说了两声："我愿意。"

借着 GSSS 的帮助和保护，他们在全世界漫游。从尼亚加拉大瀑布到非洲沙漠，从金字塔到长城，从卢浮宫到帝国大厦，他们有的是时间和精力，在空旷的地球上闲逛。

他们坐着自动驾驶的飞机，越过高山和大海，迎着万丈光芒，在云层中孤零零地飞翔。

这场漫长的蜜月悠闲极了，也悲伤极了。他们白天总是手牵着手，夜晚也互相抱着入睡，一刻也不能离开对方，生怕一眼照顾不到，再也不能看到另外一个身影。他们只愿意同生共亡，坚决不愿一个人没影儿，丢下对方，面对无边的悲伤。

他们再没有别人可以依靠，彼此相依为命。

我妈生我之后，得了产后忧郁症。有一天她觉得不再需要我爸，于是趁他睡着时松开了许多年来一直握在一起的手，起身离开了。她走到很远的地方，割断了自己的动脉，静静躺下。

我爸找到了我妈，把她埋葬了。

从那时起，我爸变得很阴郁。他把我拉扯大，从来没有对我笑过，当然也并不凶。等我开始懂事了，能够自己去学习的时候，他忽然一夜间衰老得不成样子。他死的时候紧紧握着我的手，说他一生都没有真的恨过我妈，他爱她。

如今他们安息了，留下我一个人孤苦伶仃的。有时候我会想，也许是上帝不忍心见到人世间的怨恨，所以暂时请所有无关的人退场，单单留下我爸和我妈，让他们学会好好相处。

我们向何处去

王晋康 作品

王晋康

男，1948年生于河南南阳。科幻界重要作家，他的作品在中国科幻文坛上独树一帜，风格苍凉沉郁，冷峻峭拔，富有浓厚的哲理意蕴。现为中国作协会员，中国科普作协会员兼科幻文艺委员会委员，河南作协会员，世界华人科幻协会副会长。至2014年共获科幻银河奖18次（含三次提名奖），包括97国际科幻大会颁发的银河奖创作奖，及长篇《与吾同在》《逃出母宇宙》获2012、2013年银河奖特等奖。获世界华人科幻大会星云奖2010、2012年度的长篇小说奖，2011年度的最佳作家奖（与刘慈欣并列）。

编辑导读：

有些国度的覆灭在惊心动魂的瞬间，有些却在漫长而绝望的岁月里。在最后的土地被淹没前很久很久，人民的内心，已经抛弃了它。我想起《日本沉没》里壮观的陆沉，逃离的日本人坚信他们能在异土之上，重建他们的国家，守护他们的文明。然而《我们向何处去》里面发生的故事，却似乎更接近于流离之民的现实。

"月明星稀，乌鹊南飞。绕树三匝，何枝可依。"一个发生在遥远的澳洲大洋里的故事，却与曹操的这首《短歌行》有着微妙的呼应。故事里的爷爷还能最终撤走与家人团聚，如果即将遭受灭顶之灾的是我们这个地球呢？或许有一天，当洪水袭来，我们每个人都无枝可依。

就在爸爸要去被淹没的图瓦卢接我爷爷的头天晚上，我做了一个梦，梦见爷爷已经死了。

梦中我可不是在澳大利亚的西部高原。这儿远离海边，傍着荒凉的维多利亚大沙漠，按说不该是波利尼西亚人生活的地方。可是28年前一万多图瓦卢人被迫撤离那个八岛之国时（波利尼西亚语言中，图瓦卢就是八岛之群的意思。实际上应再加上一个无人岛，共为九岛），只有这儿肯收留这些丧家之人，图瓦卢人无可选择。听爸爸说，那时图瓦卢虽然还没被完全淹没，但已经不能居住了，海潮常常扑到我家院子里，咸水从地下汩汩冒出来，毁坏了白薯、西胡芦和椰子树。政府发表声明，承认"图瓦卢人与海水的斗争已经失败，只能举国迁往他乡"。

后来我们就迁到澳洲内陆。我今年12岁，从来没有见过大海。但在梦中我非常真切地梦见了大海。我站在海面上，极目远眺，海平线上是一排排大浪，浪尖上顶着白色的水花，在风的推拥下向我脚下扑来。看不见故乡的环礁，它们藏在海面之下。不过我知道它们肯定在那里，因为军舰鸟和鲣鸟在海面下飞起，盘旋一阵后又落入海面下，而爸爸说过，这两种鸟不像小海燕，是不能离开陆地的。当波利尼西亚的祖先，一个不知名字的黄皮肤种族，从南亚驾独木舟跨越浩翰的太平洋时，就是这些鸟充当了陆地的第一个信使。然后我又看见远处有一团静止的白云，爸爸说，那也是海岛的象征，岛上土地受太阳曝晒，空气受热升到空中，变成不动的白云，这种"岛屿云"对航海者也是吉兆，是土地神朗戈送给移民们的头一份礼物。最后我看到白云下边反射着绿色的光芒，淡淡的绿色像绿宝石一样漂亮，那是岛上的植物把阳光变绿了。爸爸说，当船上那些濒死的男人女人（他们一定在海上颠簸几个月了）看到这一抹绿光后，他们才能最终确认自己得救了，马上就能找到淡水和新鲜食物了。

然后我看到了梦中的八岛之群。最先从海平线下露头的是青翠的椰子树，它们静静地站立在明亮的阳光下；然后露出树下的土地，由碎珊瑚堆成的海滩非常平坦，白得耀眼。九个珊瑚岛地面都很低，几乎紧贴着海水。岛上散布着很多由马蹄形珊瑚礁围成的泻湖，平静的湖面像一面面镜子，倒映着椰子树妖娆的身姿，湖水极为清澈，湖底鲜艳的珊瑚和彩斑鱼就像浮在水面之上。这儿最大的岛是富纳富提，也是图瓦卢的首都，穿短裤的警察光着脚在街上行走，孩子们在泻湖中逗弄涨潮时被困在里面的小鲨鱼，悠闲的老人们在椰子树下吸烟和喝酸椰汁，猪崽和小个子狗（波利尼西亚人特有的肉用狗）在椰子林里打闹。

这就是图瓦卢，我的故乡。我从来没有见过它，但它在我的梦中十分清晰——是因为爸爸经常讲它，还是它天生就扎根在一个图瓦卢人的梦里？但梦中我也在怀疑，它不是被海水完全淹没了吗？图瓦卢最高海拔只有 4.5 米，当南极北极的冰原融化导致海平面上涨时，图瓦卢是第一个被淹没的国家，然后是附近的基里巴斯和印度洋上的马尔代夫。温室效应是工业化国家造的孽，却要我们波利尼西亚人来承受，白人的上帝太不公平了。

我是来找爷爷的，他在哪儿？我在几个环礁岛上寻找着，转眼间爷爷出现在我面前。虽然我从没见过他，但我一眼就认出来了。他又黑又瘦，须发茂密，皮肤松弛，全身赤裸，只有腰间围了一块布，就像是十字架上的耶稣。他惊喜地说：普阿普阿，我的好孙子，我正要回家找你呢。我说爷爷你找我干吗，你不是在这儿看守马纳吗？爸爸说图瓦卢人撤离后你一个人守在这里，已经守了 28 年了。

爷爷先问我：普阿普阿，你知道什么是马纳吗？

我说我知道，爸爸常对我讲。马纳（与圣经中上帝给沙漠里的摩西吃的神粮不是一回事）是波利尼西亚人信奉的一种神力，可以护佑族人，带来幸福。不过它也很容易被伤害——就像我们的地球也很容易受伤害一样。如果不尊敬它，它就会减弱；马纳与土地联在一起，如果某个部族失去了土地，它就会全部失去。所以爷爷你一直守在这里，守着图瓦卢人的马纳。

爷爷说：是的，我把它守得牢牢的，一点儿都没有受伤害。可是我老了，马上就要死了，我要你来接替我守着它。

爷爷，我愿意听你的话。可是——爸爸说我们的土地已经全部失去了呀。明天是十月一日，是图瓦卢建国 80 周年的日子。科学家们说，这 80 年来海平面正好上升了 4.5 米，把我们最后一块土地也淹没了。爷爷你说过的，失去土地的部族不会再有马纳了。

就在我念头一转的时候，爷爷身后的景色倏然间变了。岛上的一切在眨眼之间全部消失，海面漫过了九个岛，只剩下最高处的十几株椰子树还浮在水面之上。我惊慌地看着那边的剧变，爷爷顺着我的目光疑惑地回头，立即像雷劈一样惊呆了。他想起了什么，急急从腰间解下那块布仔细查看，不，那不是普通的布，是澳大利亚国旗。不不，不是澳大利亚国旗。虽然它的左上角也有象征英联邦的"米"字，但旗的底色是浅蓝而不是紫蓝，右下角的星星不是六颗而是九颗——这是图瓦卢国旗啊，九颗星星代表图瓦卢的九个环礁岛。爷爷紧张地盯着这九颗星，它们像冰晶一样的晶莹，闪闪发光，璀璨夺目。然而它们也像冰晶一样慢慢溶化，从国旗上流下来。

当最后一颗星星从国旗上消失后，爷爷的身体忽然摇晃起来，像炊烟一样轻轻晃动着，也像炊烟一样慢慢飘散。我大声喊着爷爷！爷爷！向他扑过去，但我什么也没有抓到。爷爷就这样消失了，只余下我独自一人在海面上大声哭喊：

爷爷！爷爷你不要死！

爸爸笑着说：普阿普阿，你是在说梦话。你爷爷活得好好的。今天我们就要去接他。

爸爸自言自语道：他还没见过自己的孙子呢。你12岁，而他在岛上已经守28年了，那时他说过，等海水完全淹没9个环礁岛之后，他就回来。

爸爸叹息着：回来就好了，他不再受罪，我也不为作难了。

爷爷决定留在岛上时说不要任何人管他。他说海洋是波利尼西亚人的母亲，一个波利尼西亚人完全能在海洋中活下去。食物不用愁，有捉不完的鱼；淡水也没问题，可以接雨水，或者用祖先的办法——榨鱼汁解渴；用火也没问题，他还没有忘记祖先留下的锯木取火法，岛上被淹死的树木足够他烧了。说是这样说，爸妈不可能不管他。不过爸妈也很难，初建新家，一无所有，虽然图瓦卢解散时每家都领到少量遣散费，那也无济于事。族人们都愿意为爷爷出一点力，但大部分图瓦卢人都分散了，失去联系了。爸爸只能每年去看望一次，给爷爷送一些生活必需品，像药品、打火机、白薯、淡水等。虽然每年只一次，所需的旅费（我家已经没有船了，那儿又没有轮渡，爸爸只能租船）也把我家的余钱榨干了，弄得28年来我家没法脱离贫穷。妈妈为此一直不能原谅爷爷，说他的怪念头害了全家人。她这样唠叨时爸爸没办法反驳，只能叹气。

今天是2058年10月1日，早饭后不久，一架直升机轰鸣着落到我家门前空地上，三个记者走下飞机。他们是接我们去图瓦卢接爷爷回家的——也许说让他"离家"更确切一点。他们是美国CNN记者霍普曼先生，新华社记者李雯小姐，法新社记者屈瓦勒先生。这三家新闻社促成了世界范围内对这件事的重磅宣传，因为——据报纸上说，爷爷提卡罗阿是个大英雄，以一人之力，把一个国家的灭亡推迟了28年。那时国际社会达成默契，尽管图瓦卢作为国家已经不存在，但只要岛上的图瓦卢国旗一天不降下，联合国大厦的图瓦卢国旗也就仍在旗杆上飘扬。但爷爷终究没有回天之力，今天图瓦卢国旗将最后一次降下，永远不会再升起了。所以，他的失败就更具有悲壮苍凉的韵味儿。

三个记者同爸爸和我拥抱。他们匆匆参观了我家的小农庄，看了我们的白薯地、防野狗的篱笆、圈里的绵羊和鸸鹋。

屈瓦勒先生叹息道："我无法想象波利尼西亚人，一个在大洋上驰骋的海洋民族，最终被困在陆地上。"

妈妈听见了，28年的贫穷让她变得牢骚不平，逮着谁都想发泄一番。她尖刻地说："能有这个窝，我们已经很感谢上帝了。我知道法国还有一些海外属地，那些地方很适合我们的，不知道你们能不能为图瓦卢人腾出一小块地方？"

忠厚的屈瓦勒先生脸红了，没有回答，弄得爸爸也很尴尬。

这时李雯小姐在我家的墙上发现了一个刻有海图的葫芦，非常高兴，问："这是不是就是传说中波利尼西亚人的海图？"

爸爸很高兴能把话题扯开，自豪地说，没错，这是一种海图。另一种海图是在海豹皮上缀着小树枝和石子，以标明岛屿位置、海流和风向，我家也有过，现在已经腐烂了。他说，在科技时代之前，波利尼西亚人是世界上最善于航海的民族，浩瀚的东太平洋都是波利尼西亚人的领地，虽然各个岛相距几千海里，但都使用波利尼西亚语，变化不大，互相可以听懂。各岛屿还保持着来往，比如塔希提岛上的毛利人就定期拜访 2000 海里之外的夏威夷岛，他们没有蒸汽轮船，没有六分仪，只凭着星星和极简陋的海图，就能在茫茫大海中准确地找到夏威夷的位置。那时，波利尼西亚民族中的航海方法是由贵族（称阿里克）掌握着，我的祖先就是一支有名的阿里克。

李小姐兴高采烈地对着葫芦照了很多相，霍普曼先生催她说：咱们该出发了，那边的人还在等着我们呢。

我们上了直升机，妈妈坚决不去，说要留在家里照顾牲畜。当然这只是托辞，她一直对爷爷心存芥蒂。爸爸叹息一声，没有勉强她。

听说今天有几千人参加降旗仪式，有各大通讯社，有环保人士，当然也有不少图瓦卢人，他们想最后看一眼故土和国旗。所有这些人将乘"彩虹勇士"号轮船到达那儿。

直升机迅速飞出澳洲内陆，把所有陆地都抛到海平线下。现在视野中只有海水，机下是一片圆形的海域，中央凸起，圆周处沉下去，与凹下的天空相连。我们在直升机的噪声中聊着，霍普曼先生说，在世界各民族中，波利尼西亚人最早认识到地球是球形，因为，对于终日在辽阔海面上驰骋的民族来说，"球形地球"才是最直观的印象。如果哥白尼能早一点来到波利尼西亚诸岛，他的太阳中心说一定能更早提出。

直升机一直朝东北方向飞，但机下的景色始终不变，这给人一个错觉，似乎直升机是悬在不动的水面上，动的只有天上的云。法国人屈瓦勒先生把一个纸卷塞给我，说："普阿普阿，我送你一件小礼物。"

这是我第一次见到保罗·高更的这幅名画。高更是法国著名画家，晚年住在法属塔希提岛上，在大洋的怀抱中，在波利尼西亚人的土著社会中——他认为这样的环境更接近上帝——重新思考人生，画出了他的这幅绝笔之作。画的名称是：

我们从何处来，我们是谁，我们向何处去？

一个 12 岁男孩还不能理解这三个问题的深义，但我那时也多少感悟到了画的意境：画上有一种浓艳而梦幻的色彩，无论是人、狗、羊、猫以及那个不知名的神像，都像是在梦游中。他们好像都忘了自己是谁，正在苦苦地思索着。

我大声说出自己对这幅画的看法："这幅画——还不如我画的好呢。你们看，画上的人啦狗啦猫啦神像啦，都像是没睡醒的样子！"

三个记者都笑了，屈瓦勒先生笑着说：你能看出画中的梦幻色彩，也算是保罗·高更的知音了。

霍普曼先生冷峭地说："恐怕全体人类都没有睡醒呢。一旦睡醒，就得面对那三个问题中最后一个、也是最现实的一个——当我们亲手毁了自己的诺亚方舟后，我们能向何处去？上帝不会为人类再造一个新方舟了。"

图瓦卢到了。

完全不是我梦中见到的那个满目青翠、妖娆多姿的岛群。它已经完全被淹没了，基本成了暗礁，不过在空中还能看到它，因为大海均匀的条状波纹在那里变得紊乱，飞溅着白色的水花和泡沫，这些白色的素流基本描出了九个环礁岛的形状。海面之上还能看见十几株已经枯死的椰树，波峰拍来时椰树几乎全部淹没，波峰逝去时露出椰树和一部分土地。再往近飞，看到椰树上搭着木板平台，一个简陋的棚子在波涛中隐现，不用说那就是爷爷居住了 28 年的地方。最高的一棵椰树上绑着旗杆，顶部挂着一面图瓦卢国旗，因为湿重而不会随风飘扬,只有当最高的浪尖舔到它时,它才随波浪的方向展平。国旗已经相当破旧褪色,但——我看见了右下角的九颗星星,它并没有像梦中那样变成融化的冰晶。

爷爷一动不动地立在木板上迎接我们,就像是复活节岛上的石头雕像。

彩虹勇士号游船已经提前到了,它怕触礁,只能在远处下锚。船上放下两只小划子,把乘客分批运到岛上。我们的直升机在木板平台上艰难地降落,大家从舱门跳下去,爸爸拉着我走向爷爷。很奇怪的,虽然眼前景色与我梦中所见全然不同,但爷爷的样子却和梦境中非常相像:全身赤裸,只在腰间围着一块布,皮肤晒成很深的古铜色,瘦骨嶙峋,乱蓬蓬的发须盖住了脸部,身上的线条像刀劈斧削一样坚硬。

爸爸说:普阿普阿,这是你爷爷,喊爷爷。

我喊了一声爷爷。爷爷把我拉过去,揽到他怀里,没有说话。我仰起头悄悄端详他,也打量着他的草棚。棚里东西很少,只有一根鱼叉,一个装淡水的塑料壶,一篮已经出芽的白薯,它们都用棕绳绑在树上,显然是防止浪涛把它们卷走;地上有一条吃了一半的金枪鱼,用匕首扎在地板上,看来是他的早饭。现在是落潮时刻,但浪子大时仍能扑到木平台上,把我们还有几位记者一下子浇得全身透湿,等浪头越过去,海水迅速在木板缝隙中流走。我想,在这样的浪花飞雨下爷爷肯定不能生火了,那么至少近几年来他一直是吃生食吧。这儿也没有床,他只能在湿漉漉的木排上睡觉。看着这些,我不禁有些心酸,爷爷一个人在这儿整整熬了28年啊。

爷爷揽着我,揽得很紧,我能感觉到他对我的疼爱,但他一直不说话,也许28年的独居生活之后,他已经不会同亲人们交流了。这时记者们已经等不及,李雯小姐抢过来,把话筒举到爷爷面前问:"提卡罗阿先生,今天图瓦卢国旗将最后一次降下。在这个悲凉的时刻,请问你想对世人说点什么吗？"

　　他说这是个"悲凉的时刻"，但他的表情可一点儿也不悲凉。看着她兴致飞扬的样子，爸爸不满地哼了一声。连我都知道这个问题不合适，有点往人心中捅刀子的味道，但你甭指望这个衣着华丽的漂亮姑娘能体会图瓦卢人的心境。爷爷一声不吭，连眼珠都没动一下。屈瓦勒先生大概认为他没有听懂，就放慢语速重复一遍。爷爷仍顽固地沉默着，场面顿时变得比较尴尬。大概是为了打破这种尴尬，霍普曼先生抢过话头，对爷爷说："提卡罗阿先生，你好。你还记得我吗？28 年前，你任图瓦卢环境部长时，我曾到此地采访过你，那时你还指着自己的院子说，海平面已经显著升高，潮水把你储存的椰干都冲走了。"

　　原来他是爷爷的老相识了，爷爷总该同他叙叙旧吧，但令人尴尬的是，爷爷仍然一言不发，脸上也没有表情。这么一来，把霍普曼先生也给窘住了。这时爸爸看出了蹊跷，忙俯过身，用图瓦卢语同爷爷低声交谈了一会儿，然后回过头，苦笑着对大家说："他已经把英语忘了！"

　　凡是图瓦卢人都能说英语的，尤其是爷爷，当年作为环境部长，英语比图瓦卢语还要练。但他在这儿独自呆了 28 年后，竟然把英语全忘了！爸爸摇着头，感慨不已。这些年他来探望爷爷时，因为没有外人，两人都是说图瓦卢语，所以没想到爷爷把英语忘了，却记着自己的母语。这个发现太突然，我们都有点发愣。不知为什么，这句话使霍普曼先生忽然泪流满面，连声说："我能理解，我能理解。在这 28 年独居生活中，他肯定一直生活在历史中，和波利尼西亚人的祖先们在一起，他已经彻底跳出今天这个令人失望的世界了。"他转向其他记者，"我建议咱们不要采访他了，不要打扰这个老人的平静。"

　　他的眼泪，还有他的这番话，一下子拉近了他和我的距离，我觉得他已经是我的亲人了。

其他记者当然不甘心，他们好容易组织起这个活动，怎么能让主角一言不发呢，怎么向通讯社交待？不过他们没有机会了，从游船上下来一群人，欢笑着拥了过来，把爷爷围在中间而把记者们隔在外边。他们都是 50 岁以上的图瓦卢男女，是爷爷的熟人。今天他们都恢复了波利尼西亚人的打扮：头上戴着花环，上身赤裸，臀部围着沙沙作响的椰叶裙。他们围住爷爷，声音嘈杂地问着好，爷爷这时才露出第一丝笑容。

不知道他们和爷爷说了些什么，很快他们就围着爷爷，跳起欢快的草裙舞。舞会持续了很长时间，大浪不时把他们淹没，但一点儿没有影响大家的兴致。鼓手起劲地敲着木鼓（一块挖空的干木），节奏欢快热烈。男男女女围成圆圈，用手拍打着地面。女人们的赤脚踩着音乐节拍，曲下双膝，双臂曲拢在头顶，臀部剧烈地扭摆着。大家的节奏越来越快，人群中笑声、喊声、木鼓声和六弦琴声响成一片，连记者们也被感染，不再专注采访任务了，都加入到舞阵中来。

爷爷没有跳。他显然被风湿病折磨，连行走都很困难。他坐在人群中间，吃着面包果、木瓜、新鲜龙虾，喝着酸椰汁，这都是族人为他带来的。他至少 28 年没有见过本民族的土风舞了，所以看得很高兴，乱蓬蓬的胡须中露出明朗的、孩子一样的笑容。有时他用手指着某个舞娘夸奖几句，那人就大笑，跳得格外卖力。

后来人群开始唱歌，是用图瓦卢的旧歌曲调填的新词，一个人领唱，然后像波涛轰鸣般突然加上其他人的合唱。歌词只有一段，可惜我听不大懂，我的图瓦卢语仅限日常生活的几句会话。我只觉得歌声尽管热烈，其中似乎暗含着凄凉。这一点从大伙儿的表情上也能看出来，他们跳舞跳得满面红光，这时笑容尚未消散，但眼眶中已经有了泪水。爸爸这时跳累了，坐在我身边休息，用英语为我翻译了歌词的大意：

我们的祖先来自太阳落下的地方，

驾着独木舟来到这片海域。

塔涅、图、朗戈和坦加罗亚四位大神护佑着我们，

让波利尼西亚的子孙像金枪鱼一样繁盛。

可是我们懒惰、贪婪，

失去了大神的宠爱。

大神收回了我们的土地和马纳，

我们如今是谁？我们该往何处去？

他们一遍一遍地重复着，刚才跳舞时的欢快此刻已经消散，人人泪流满面。爸爸哭了，我听完翻译也哭了。只有爷爷没有哭，但他的眼中也分明有泪光。

太阳慢慢落下来，已经贴近西边的海面，天空中是血红色的晚霞。该降旗了。人人都知道，这一次降旗后，图瓦卢的国旗，包括联合国大厦前的图瓦卢国旗，将从此消失，再也不会升起。悲伤伴着晚潮把我们淹没。我们都不说话，静静地看着血色背景下的那面国旗。最后爸爸说："降旗吧。普阿普阿你去，爷爷去年就说过，让我这次一定把你带来，由你来干这件事。"

一个12岁男孩完全体会到爷爷这个决定的深义，就像我梦见过的，爷爷想让波利尼西亚人的后代接替他，继续守住图瓦卢人的马纳。我郑重地走过去，大伙儿帮我爬上椰子树，记者们架好相机和摄像机，对准那面国旗，准备录下这历史的一刻。就在这时，一直不说话的爷爷突然说话了，声音很冷："不要让普阿普阿降旗。他连图瓦卢话都忘了，已经不是波利尼西亚人了。"

我一下子愣了，爸爸和周围的族人也都愣了。我想也许我听错了爷爷的话意。但显然不是，这几句简单的图瓦卢话我还是能听懂的。

而且我立即回想起来，自从爷爷看见爸爸为我翻译图瓦卢语歌词之后，他看我的眼光中就含着冷意，也不再搂我了。我呆呆地抱着椰子树，进也不是退也不是，羞得满脸通红。爸爸低声和爷爷讲着什么，讲得很快，我听不懂，身旁一位族人替我翻译。爸爸是在乞求爷爷不要生气，他说，我一直在教普阿普阿说图瓦卢话，但图瓦卢人如今已经分散了，我们都生活在英语社会里，儿子上的是英语学校，他真的很难把图瓦卢话学好。

爷爷怒声说：咱们已经失去了土地，又要失去语言，你们这样不争气，还想保住图瓦卢人的马纳？你们走吧，我不走了，我要死在这里。

爸爸和族人努力劝说他，劝了很久，但爷爷执意不听。这也难怪，一个独居了28年的老人，脾气难免古怪乖戾。眼看夕阳越来越低，爸爸和族人都很为难，急得团团转，不知道该怎么办。几位记者关切地盯着我们，想为我们解难，但他们对执拗的老人同样毫无办法。这时我逐渐拿定了主意，挤到爷爷身边，拉着他的手，努力搜索着大脑中的图瓦卢话，结结巴巴地说："爷爷——回去——"爷爷看看我，冷淡地摇头拒绝，但我没有气馁，继续说下去，"教普阿普阿——祖先的话。守住——马纳。"想了想，我又补充说，"我一定——学好——爷爷？"

爷爷冷着脸沉默了很久，爸爸和大伙儿都紧张地盯着他。我也紧张，但仍拉着他，勇敢地笑着。我想，尽管他生气，但他不可能不疼爱自己的孙子。果然，过了很久，爷爷石板一样的脸上终于绽出一丝笑意，伸手把我揽到他怀里。大伙儿如释重负地松了一口气。

最后仍是由我降下了国旗。我、爷爷、爸爸上了直升机，其他人则乘游船离开。太阳已经落到海里，黑漆漆的夜幕中，灯火通明的游船走远了。直升机在富纳富提的正上空悬停，海岛、椰子树和爷爷的棚屋都淹没在夜色中，海面上浮游生物的磷光和星光交相辉映。登机前爷爷说，把椰子树和木棚烧掉，算是把这块土地还给朗戈大神吧。

离开前我们在它上面浇上了柴油，最后的点火程序，爷爷仍然交给我来完成。爸爸箍着我的腰，我把火把举到机舱外（怕引起舱内失火），用打火机点燃了它，然后照准海面上隐隐绰绰的木棚轮廓扔下去。一团明亮的大火立即从夜空中爆起，穿透水雾，裹着黑烟盘旋上升。直升机迅速拉高，绕着大火飞了两圈，我们在心里默默地同故土告别。爷爷把我拉进去，关上机舱门，我感觉到他坚硬的胳膊紧紧搂着我。然后直升机离开火柱，向澳大利亚方向飞去。

星潮火种

苏学军 作品

苏学军

男，北京理工大学电子工程专业毕业。科幻作家，北京市作家协会会员，中国科普作家协会会员。曾于新疆工作8年。

短篇小说《远古的星辰》、《火星尘暴》曾获得中国科幻银河奖。另著有长篇小说《雪藏》、《冰狱之火》和《星星的使者》等。

编辑导读：

　　起初觉得将同一主题的小说汇编成集是并列关系，但是看过《星潮火种》和《旷野》之后，却有了新的感受。对末世的阐述让它们在时间的序列上微妙地衔接了起来。如果说《旷野》以小人物的视角讲述着文明毁灭之后的大故事，那么《星潮火种》看起来就更加像它的前世……一个正在进行时的毁灭历程。

　　一个普通的孩子经历着繁荣到毁灭的全过程，在他的眼中，文明是那么具体而微，不在精微的科技实验室，也不在宏大的社会网络，只存在于童年的细微记忆，一衣一物，一个父母的微笑和拥抱。随着文明的毁灭，这一切也终究不可重现，生存的欲望那么强烈，而生存的意义却日益丧失。虽然小说的结尾镜头一举推送到亿万年后浩瀚星空的另一端，让文明新生的希望出现在我们面前。然而这个故事中的孩子，他的童年、他的世界已经彻底毁灭。

尼雅

　　我降生的时候，尼雅却即将死去。

　　一提起尼雅的事，父母的声音就变得忧郁，眼神中也满带哀伤，即使我的到来也没有让他们高兴起来。

　　我对世间的认识才刚刚开始，视线所及也不过几厘米范围。尼雅是谁？我一无所知，不过她所带来的忧伤与不安一定在那时候就在我心深处刻下了无法磨灭的痕迹，不然无法解释我长大后为什么很少言语，心底总泛起莫名的忧虑与烦躁。

　　尼雅，是我以及所有人类（注1）的母星。

　　我所出生的年代，正处于尼雅文明的顶峰，在本星系以及临近的米兰恒星系的每个行星上都分布着尼雅的宇航基地或者空间站；兰特尼斯号宇宙探险航船刚刚抵达一百光年处的星系；米兰四号行星矿厂出产的超大钻石正在各地巡展；尼雅也已经从过度开发的贫瘠状态中恢复过来，据环境部门的调查，除了氧气含量有所降低，现在的环境已经可以媲美 3000 万年前的古尼雅。可是文明发展了，眼界扩展了，却让几乎所有尼雅人都在唉声叹气。

人类的视野拓展到宇宙空间，这个时候才发现尼雅不过是群星中普普通通的一员，并且它现在的处境还有点不妙。

尼雅是一个典型的中等质量主序恒星系，稳定的环境才使尼雅人类延续下来并得以发展。不过这个小星系却处于一个巨大的活动星系（注 2）之中。

阿特拉斯活动星系在 1 万光年的直径内拥有四千万颗恒星。被称作活动星系是因为它的星核与众不同。星核的大小与尼雅星系类似，但如果说尼雅星系是一个平静的港湾，而星核就是一片风起云涌惊涛骇浪的死亡之海了。星核的中心，在充斥着高密度尘埃和星球残骸的吸积区（注 3）后面，隐藏着一个超大型黑洞，它的质量超过 1 亿颗恒星。

很不幸，当人类在这片世外桃源般的乐土上无忧无虑地生活的时候，尼雅正一步步滑向毁灭的深渊。当人类警醒的时候，尼雅已经距离星核吸积区不过两光年的距离了。

当然，末日不是马上就要临头，虽然尼雅最终的宿命是在超大型黑洞中被打回元素状态，那毕竟是万年以后的事情了，另一种致命的威胁却是实实在在的，尼雅人叫它星潮。

黑洞外围的星核吸积区时刻都在进行着剧烈的物理运动，比如激波、喷流和恒星爆发等，同时伴随着在各种电磁波段的巨大的能量释放。这种能量释放就是星潮了，它沿着黑洞自转轴的两端喷出，喷发的时间时有时无，强度时强时弱，变幻莫测，最大规模的星潮远达几万光年。显然星潮的高强度辐射对行星上的生命来说绝对是致命的，尼雅行星的几次史前生物大灭绝估计都与星潮有关，而现在的尼雅比任何时候都更加接近星核与黑洞自转轴心。

15 年前，人类就可以准确地预测星潮喷发的日期了，于是一个可怕的预言指向了 30 年后，史无前例的超大规模星潮将伴随着吸积区一颗恒星的毁灭而喷涌而出，毫无疑问，那一天尼雅将变成一颗死星。

我降生的时候，尼雅却即将死去，我将在有生之年目睹尼雅人类在宇宙的落幕。

焰火

我还小，对外界的认知极为有限，所以根本没有什么烦恼，偶尔大哭一次也是用来对付大人的武器，而且屡试不爽。父母的呵护让我快乐地长大，这个家就是我全部的世界。

父亲的工作时间很奇怪，经常几个月不回家，偶尔回来一次也是没几天就匆匆离去，弄得我对他疏远了许多，后来他抱着我用胡子扎我的脸蛋的时候我便大哭反抗。

其实父亲参与了尼雅文明史上最大规模的一项工程。

星潮将至，人类并没有坐以待毙，几乎在预测到星潮爆发的同时一项外星移民工程也随之启动。

一架架太空望远镜睁大眼睛瞭望着苍穹……

一艘艘探测飞船相继投向深邃的宇宙……

天文学家们埋在海量的数据中筛选着适合移民的星球。

尼雅似乎是颗很普通的行星，但是很遗憾，在一百光年的尺度内，几十个恒星系中，几百颗行星竟然没有一颗符合标准。无奈之中，天文学家们只得不顾现有宇航科技的水平，把目光投向了更远的深层空间。最终，五百光年外的桃源星系三号行星在十几颗备选星中脱颖而出，被命名为尼雅二号，这颗行星只有非常短暂的夏天，几乎常年被冰雪覆盖，好在其他地方与尼雅没有什么分别，人类已经没有更好的选择了。

在此之前，尼雅的载人飞船勉强能抵达100光年的距离，这还是经过了几代人的努力，现在要向500光年外大规模移民，那是一个几乎不可能达到的目标。但是尼雅还有选择吗？只有把这一切变为现实，人类才可能有资格继续在宇宙中生存。

设计出的火种型星际航船重达100万吨，足有一座小型城市那么大，可供两万人移民，它的推进系统可以把飞船加速到光速的三分之一，仅船内铺设的线缆就有几亿公里长。建造这样的巨无霸只有在尼雅本土进行，从外星运来的原材料简直是杯水车薪，人类开始重新开采母星的资源，刚刚恢复元气的尼雅再度贫瘠……

在我的印象里，母亲与父亲是非常融洽的，每次父亲要回家的时候，母亲总是把家里收拾得一尘不染，把壁炉里的火烧得旺旺的，让家里充满了温暖。虽然累得她腰酸背疼，但是她嘴角却带着在外面不曾有过的幸福的笑容。有的时候，我会跑过来帮她捶捶背，她就会闭上眼睛享受着，看样子一定沉浸在幸福的眩晕中。

可是那天夜里，我睡去之后，他们却不知因为什么吵了起来，吵得很激烈，声音大得吓人。我被惊醒了，透过门缝看着他们在大厅里吵，我第一次感到了害怕，那种恐惧的感觉在我得病或者旅行中突然看到什么野兽的时候都从来没有过。后来父亲摔门而去，留下母亲一个人在那里哭泣。我走到她身边，抱住她的腿轻轻摇晃，试图去安慰她，谁知她哭得更伤心了。

他们吵架之后没过多久，尼雅人类的火种一号移民飞船发射了。那是个傍晚，母亲在床边给我念着童话，我正听得津津有味，突然大地开始震动起来，开始还是微弱的，但随之猛烈起来，房子似乎也摇摇欲坠，窗户外面黑沉沉的天空瞬间变得一片火红，好像整个夜空都在燃烧。母亲抚摸着我的小手，要我别怕。但我注意到她的情绪忽然低落下来。她忽然说道："宝贝啊，爸爸要到很远的地方去了，再也不会来了，以后只有妈妈陪着宝贝了，但妈妈一定会把你照顾好的。"说着，眼泪就默默地流了下来。

移民飞船太复杂太巨大也太昂贵了，尼雅人类耗尽了所有资源也仅仅制造了 500 余艘，这些飞船只能带走 14 万人，而尼雅总计有 200 亿人口，能够登上飞船的只有人类最顶尖的精英。父亲是飞船动力系统的首席科学家之一，他的入选是理所当然的，但母亲和我却没有这样的殊荣。覆巢之下岂有完卵，尼雅毁灭在即，我们一个小家的破碎又哪有人理会呢？

火种飞船开始一艘艘离去，带着延续尼雅文明的希望没入深空之中，却留下了满目疮痍的母星和近 200 亿绝望的同伴。

父亲乘坐的火种 486 号也已矗立在发射架上。

那天夜里，父亲冒着大雨返回家里，母亲却反锁了家门，父亲不断拍打着房门，似乎要说什么，母亲只是把头蒙在被子里面痛哭。后来，我透过窗户，看到父亲孤单的背影默默地消失在雨幕中。

是父亲绝情还是母亲狠心呢？我不知道，我只知道，我们这个家不复存在了，我将再也看不到一家三口其乐融融的景象了。

飞船发射那天，母亲还是带我去了发射场。雪茄状的火种飞船像是传说中长满鳞片和尖刺的史前怪兽横卧在反重力平台上，它是如此的庞大，即使坐在几公里外的观摩台上，它的身躯依旧充满了整个视野。

观摩台上坐满了人，大多是飞船乘员的亲属，人群中弥漫着沉重的气氛，很多人在低声抽泣。我本来看着那奇形怪状的飞船很是兴奋，但周围的气氛让我感觉跟参加葬礼似的，不由得心中很不爽，也隐隐有了一丝不安。

那已经熟悉的震动再次传来，空气中似乎弥漫起一种焦糊的味道，接着一道蓝色的光影笼罩了它们，无数道细小的电光在光影中乱窜。震动骤然增大，光影也变成了红色，飞船被围裹其中像一颗耀眼的红宝石。接着飞船就像一颗热气球向空中腾去，那景象如同旭日初生一般壮观。

飞船看似庞大，但上升的速度极快，几分钟后就消失了，天空恢复了宁静，不过观摩台上已经哭成一片。

母亲哭得也很伤心，我用小手帮她擦着眼泪，可是擦去了又流下来，似乎永远也擦不净。

我抬起头在无垠的天际中去寻找飞船的踪影，父亲就在那飞船上，他已经前往遥远的宇宙另一端，永远也不会再回来了。

然而就在我收回目光的时候，我在人群中突然发现了一个熟悉的身影。他正疲惫地向我们走来。父亲的离去，我并没有特别伤心，只是有一些失落，可是再次见到他，我突然感到无法形容的亲切，于是我哇的一声哭了出来。

母亲也意识到什么，也许她和父亲本来就有心灵感应吧，她突然抬起了头，两个人的目光交织在一起，那一刻时间仿佛静止了，世间万物也都虚无了，只剩下永恒的爱在恐怖的阿特拉斯星核前闪耀。

我尴尬地看了看母亲又看了看父亲，没趣儿地停止了哭声。

父亲张开双臂把我们紧紧搂在他坚实的胸膛里，是的，他几乎失去了我们，但就在飞船起飞前的一刻，他意识到在他的生命中没有什么比母亲和我再重要了。

周围的人在哭，我们也在哭，但我们流下的是幸福与喜悦的泪水。

那个年代的孩子大多对焰火般绚烂的飞船发射场景印象深刻，而我的记忆中留下的是我们一家拥抱在一起的那一幕。

星湖

▼

所有的火种飞船离去之后，尼雅恢复了往日的平静，然而表面的平静下面却涌动着末日临近的恐慌。离去的人类命运会怎样，能否在宇宙的另一端重建文明，那都不是大家所思考的事了，即使失去亲人的人们也来不及抚平心中的伤痛，留在尼雅行星上的人类开始了末日前的挣扎。

父亲还是像从前那样很少回家，既然飞船已经发射完毕了，真不知道他还在忙什么。

一个深夜，我睡得正熟，感觉有人把我轻轻抱了起来。我蒙眬中睁开眼睛，是父亲，他低声说道："宝贝，我们要换一个地方安家了。"

车子就停在门口，母亲正在把大包小包的行李往车内装。

车子向城外驶去，我惊讶地看到周围还有很多车辆拥挤在一起，甚至还有很多人步行，整条公路变得水泄不通，各种嘈杂声透过车窗传进来，吵得人心烦意乱。

随着车子的摇晃，我又睡着了，等我再次醒来的时候已经置身于一个陌生的房间中。

房子很小，周围是没有经过粉刷的水泥墙壁，泛着冰冷的灰色微光，墙上没有窗户，所有的光源都来自屋顶上一盏小小的吊灯。房间里只有一张铁床，家里的行李散乱地堆积在角落里。我很不喜欢这个地方，不过我看到了父亲和母亲，他们都坐在床边，正微笑着望着我。

父亲说："这以后就是我们的家了，虽然简陋，但……应该是安全的。"

我们所在的地方是一座巨大的地下城，它处在地下八百米深处，上面是绵延的群山，据说这么厚的岩石和土壤可以抵挡住星潮的辐射，整座城市的居民除了一些宁死也不愿离开家乡的老人，差不多都搬到这里来了。

像这样的地下城遍布尼雅全球，距离星潮爆发的日子已经不远了，尼雅人类几乎全部迁入了地下。

生活从这天开始发生了彻底的改变，我没有精彩的动漫节目看了，喜欢的玩具也都丢在原来的家里了，没过多久，由于电池耗尽，也没有电子书可以阅读了，食物是统一供给的，味同嚼蜡。

日子一天天过去，我逐渐适应了这样的生活，我开始有了新的乐趣，我喜欢和母亲一起在水泥墙壁上用彩笔绘出一幅幅美丽的图画，喜欢伏在母亲的怀中听她讲一个个有趣的童话。

城市里每个家庭都独来独往，现在大家都拥挤在地下城中，在迷宫一样的隧道两边布满了蜂巢一样的小房间，每个房间内都是一个家庭。我认识了许多小伙伴，我们一起在昏暗的隧道里开心地玩耍，我们的笑声为这死气沉沉的地下城带来了一丝生气。

父亲依旧很少露面，其他伙伴的父母都待在房间里无所事事，似乎只有他一直不见踪影。母亲也在日夜思念着父亲，由于没有了电话联系，她也失去了父亲的消息，虽然母亲极力掩饰，但是我看得出她的情绪消沉而低落。

我在飞快地长大，但是对父亲的感情却渐渐淡漠了。

在母亲的期盼中，父亲终于回来了，我正和伙伴们玩得开心，被母亲硬拉回来。父亲坐在床边等我。几个月没见，他消瘦了许多，脸上胡子拉碴，我几乎没认出来。他一语不发，带着我就向外面走去，也没有像从前那样抱抱母亲。

我们坐上一辆汽车，向地下城深处驶去。我回过头，从车窗里看到母亲的身影逐渐远去。汽车在地下城成了稀罕物，只有政府部门才能使用，车里还坐着两个军人。

"为什么不带上妈妈？"我预感到出了什么事。

父亲仍是阴沉着脸不说话。

车子行了很久，看地势一直深入地下。前面出现一个巨大的铁门，上面写着：军事禁区，门两边站满了荷枪实弹的士兵。

车子被拦了下来。父亲下车与那些人交涉了很久，对方才不情愿地开启了大门。

里面是另一番景象，隧道比地下城宽阔了许多，明亮刺眼的灯光把周围照得明晃晃的，我恍然觉得像是回到了阳光普照的地表。

汽车又经过了几个检查站，终于来到了目的地。

父亲拉着我的手穿过一条长长的走廊，走进一个半球形的大厅。走廊里人们的着装从军装变成了白色的工作服。大厅内是一排排弧形的工作台，上面堆满了电脑和各种操作仪器，五颜六色的指示灯像是节日的彩灯。大厅的墙壁和穹顶是一幅全景屏幕，被分割成许多块，上面几乎都是外面世界的情景，分别显示着原野、森林、海洋等景象，看得我分外亲切，似乎感受到了阳光的温暖和可以自由呼吸的清新的空气。父亲带我到一张工作台后坐下，我注意到大厅里面座无虚席，大家都在忙碌着，可是我几乎听不到一点嘈杂，不过我能感受到一种沉闷紧张的气氛像乌云一样低低地横亘在大厅上空，让人喘不过气。

我左瞧瞧又看看，很是新奇了一阵，可是过了很久大厅里也没什么变化，大家都像木头人似的坐着，便觉得很无聊，看看父亲严肃的脸，也不敢多说，只得在椅子上发呆，没一会儿就睡着了。

不知过了多久，我突然被父亲摇醒了，他的力量很大，弄得我胳膊生疼。大厅里充满了人们接耳低语的嗡嗡声，大家的眼睛都死死盯着大屏幕。我预感到一定发生了什么大事，也在屏幕上搜索，可是那些画面似乎没有什么变化。

这时一幅小图像被大幅扩大，那图像我在银湖卫星见到过，正是

少年漫画作品

少年漫画作品

少年漫画作品

少年异界系（上/下）

周洪滨 作品

多多熊漫画小站·七度 作品

紫堇炎羽的 作品

紫堇炎羽的 作品

江南 作品

（少儿图·少年漫画）

电·情·林涟漪 作品

江南/阅坊主笔 作品

锋十三少 作品

魔王S 作品

步非 作品

布狮 作品

幻界耽美联盟 作品

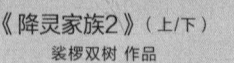

瑰丽中充满恐惧的阿特拉斯星核，不过星核中心的星潮现在扩大了数十倍，像一盏强力探照灯，正直直对准屏幕。我正看得发呆，图像突然变成一团漆黑。有人突然惊叫道："卫星完蛋了！它来啦！"声音戛然而止，继而是死一般的寂静。所有屏幕上的图像晃动了一下也都消失了。没有人说话，大家都雕像一样保持着原来的姿势。

过了十几分钟，喇叭里有人说道："启动备用系统。"大部分屏幕又都亮了起来，显示的图像与原来差不多。星潮照射尼雅的时间只有几分钟，然后便涌向更远的宇宙空间了。辐射摧毁了原来的探测器，现在开启的是存储在防护设备中的备用系统。

我睁大眼睛在画面上寻找与从前的不同。过了一阵我欣喜地确认，在经过毁灭性的星潮照耀后，地面的所有景物根本没有什么变化，树木还在和风下微微摆动着枝叶，鸟儿还在天空中翱翔……

出乎我的意料，大厅中的气氛还是沉闷的，人们的表情依旧肃然。

四天后，父亲再次带我来到大厅。刚刚踏进大门，我就被屏幕上的图像惊呆了，才仅仅四天，森林里的树木全部掉光了叶子，只剩下枯黄的树干像电线杆一样立着，蓝蓝的天空中空无一物，默默翻涌的海面飘着层层死鱼……

父亲轻轻抚着我的头，长长地叹了一口气。

尼雅已经变成了一颗死星，以后的日子将会怎样呢？我不知道。

那一年我十四岁，那幅生命绝迹的画面是我童年的终结。

余生

一切都变了，以后的日子是那么不堪回首，每每我试图去忘记，它却历历浮现在眼前。

被星潮直接照射的半球生命绝迹，连躲藏在地下城的人类也没能幸免，我们恰恰处在背面，因此而躲过一劫，但放射性尘埃在大气层中扩散，整个尼雅表面鸟兽绝迹，寸草不生。

我们在地下城又躲藏了两年，这个时候，地下城已成了人间地狱。

配给的食物不仅味道糟糕，更是少得可怜，母亲总是把她那一份分一半给我，我饿呀，推脱了几次，便忍不住接了过来，可是我的心在一阵阵刺痛，我又流泪了，不是撒娇，不是闹脾气，是真正的痛苦。有父亲时而带回一些吃的，我们还算是好的。每天都能够看到一车车饿死的尸体运往焚尸炉。城内的所有机器设备因为辐射都遭到了不同程度的损坏，空气过滤系统时好时坏，城内的空气沉闷而浑浊，臭气熏天。最要命的是供水系统，有一次连续停了5天水，渴死的人数超过1万人。

地下城的人口已经由400万锐减至不足300万人，并且形势还在继续恶化，人们在死亡的恐惧中挣扎。

幸好在这个时候，地下城临时政府宣布，星潮的辐射威胁终于过去，大家可以重返地表，开始文明的重建工作了。城内顿时欢欣鼓舞，随着尘封已久的密闭铁门缓缓开启，人们从黑暗中竞相冲向外面阳光普照的世界。母亲和我也兴冲冲随着人群走去，却被赶来的父亲拉了回去："不能出去，不要问为什么，千万不能出去。"父亲的脸是惨白的，几个月没见到他了，看上去十分憔悴。

变得空空荡荡的地下城陷入了沉寂，只有几千人因为各种原因留了下米。各种供给时断时续，我们依靠父亲时而带回的一些生活用品勉强维生。平时的伙伴们也都到外面去了，我整日闷在房间里无所事事，后来父亲派来一个军官，每天教我学习格斗术和各种生存技巧，只言片语中我感觉父亲在政府部门升到了很重要的位置。

几个月以后，忽然有人陆续返回了地下城。回来的人都显得很虚弱，目光中都流露着失望与惊恐，回来的人越来越多，外面发生了什么？难道生存环境还不如地下城吗？不仅如此，回来的人很多患了重病，每天都有许多人死去，他们甚至没有力气悲鸣，大多在沉默中停止了呼吸。一个熟悉的伙伴也回来了，他同样得了一种怪病，已经奄奄一息，血不断从他的眼角、口鼻和耳中流出。他恐惧地望着我，颤抖地说道："完了，都完了，什么也没有了……救救我……我不想死……"那情景让我感到毛骨悚然。

我第一次像个大人般站在父亲面前，严肃地询问当初为什么要让我和母亲留下来？为什么政府部门同样逗留在地下城深处，同样没有迁徙到地表去？为什么会有这么多人死去？他们患了什么病？尼雅的地表究竟发生了什么变化？

父亲的目光像蒙着一层雾："现在情况的严峻程度远远超出了当初的预计，各种机器设备在星潮过后损失惨重，我们竭尽全力也只能将维生系统勉强维持到今天，更要命的是半年前我们发现地下水也受到了污染，食物的储量也坚持不了多久了，没办法，我们只能……"父亲的泪水终于滴落下来，"外面的辐射很强，要达到正常水平至少还需要近百年，我们无论如何等不到那个时候……这里的大部分人都会死，但是我们没有别的办法……会有人幸存下来的……我们只能这样期望……"

我一阵眩晕，虽然我们躲过了星潮，然而命运已然注定，我们终将伴随着尼雅默默坠入毁灭的深渊。

人们全部返回了地下城，但一半的人倒在了阳光明媚却充满致命辐射的土地上。

越来越多的人开始患病，大多不过三两天便死去了，活着的人都沉默着，但无法抑制的怒火在沉默中涌动着，并最终猛然爆发出来，演化成一场席卷全城的暴乱。

暴乱最初源自一伙人哄抢了食品分配车，警察很快就驱散了人群，不过有个人在争抢中死去，尸体上没有伤痕，看来不是死于饥饿就是病患，但是这恰恰成了导火索。

　　没过多久，人们纷纷涌上街头，向地下城最深处的政府基地走去，一路上人越聚越多，很多人手里拿着棍棒以及五花八门的武器。检查站的军人见此情景鸣枪示警，但转眼就被汹涌的人群吞没了。军队慌忙关闭了密封闸门，这时的人们因愤怒而完全丧失了理智，棍棒和石块雨点般落在闸门上。不知道谁找到了几箱烈性炸药，一声惊天动地的巨响过后，闸门被炸开了，同时有千余人被炸死。疯狂的人们冲了进去，基地内的人都被撕成了碎片，所有能破坏的物品也都被砸碎，最后又被一场大火付之一炬。

　　消息传来，我立刻待不住了，父亲还在里面啊！我不顾一切地向外冲去，母亲哭泣着拉住我，但是被我挣脱了。

　　地下城的电力已经中断，隧道里一团混乱，浑浊的空气中混杂着刺鼻的烟尘，让人窒息，许多人举着临时制作的火把四处奔走，一伙人在焚烧什么，还有一些人在抢夺什么，周围到处是晃动的黑影，仿佛地狱一般。

　　我中途从一个小子那里抢了一只防毒面具，跌跌撞撞地来到基地中。这里更加混乱，更加疯狂。地上遍布鲜血淋漓的尸体和沾满血迹的石块，我几次险些被绊倒。我埋头在尸体中寻找，每看到一张死去的面孔心里都是一紧，幸好我没有看到父亲，他或许还活着，这个想法激励了我，我拔腿向曾经到过的指挥大厅跑去，但是我没能进去，大厅里面已经成了一片火海，炙热的火焰卷杂着浓烟从门口喷吐而出。我望着火焰呆若木鸡，父亲死了，连一声道别都没有，就这么消失在火海中了……

　　不知道过了多久，泪水从我的眼中涌出，我冲着疯狂的人们展开双手拼命晃动着："住手吧，住手吧……你们已经疯了吗？大家都醒一醒吧……"

突然，我感到头部遭到重重一击，眼前一黑就什么也不知道了。

我没有死，虽然一度挣扎在死亡线上，但是我活了下来。

几天后我睁开眼睛的时候，看到的都是熟悉的面孔，母亲、邻居莫桑叔叔、践远叔叔、我的朋友凌风和嫣语，后面好像还有许多人。我身处的地方似乎是一个原始的山洞，一支火把挂在熏黑的洞壁上。

从母亲的口中我得知，是邻居们帮助母亲把我从暴民的手中救了出来，我连续昏迷了三天三夜，好在终于挺过来了，地下城已经全部被毁，入口也被炸药炸塌了，活着的人们都跑回了地表，现在外面乱得厉害，人们都丧失了理智，烧杀抢夺的事情处处都在发生，平日熟悉的邻居自发组成了一个团结的小组，大家在地下城附近的山区里找到了一个可以容身的山洞，在这个疯狂的年代，只有团结才能获得一线生机。

我一天天慢慢好起来，额头上一道长长的伤疤是这次暴乱留下的，它一直刻入我心深处，父亲死了，这世界在我眼里变得冷酷无情。

洞中总计有 25 个人，从地下城带出来的压缩食品够坚持几个月，山洞深处还发现了一小眼泉水，尼雅曾经是人类的天堂，但是现在辽阔的大地上却只有这个黑暗的小山洞供我们栖身保命。

致命的辐射威胁像乌云一样压在每个人心头，但这还不是最危险的，现在最可怕的恰恰是我们人类自身。男人们都守在洞口处，手里拿着棍棒和石块，莫桑叔叔还有一支枪，如果有谁试图闯进洞来，他们会毫不犹豫地置对方于死地。

莫桑叔叔每天都会出去打探外面的情况，每次回来不是唉声叹气就是沉默不语。一天，我随他一起出去，我们爬上山顶向下瞭望。山下的绿野现在变成了光秃秃的黄土平原，到处灰尘飞扬；山脚下的树林只剩下稀疏的树干，并且冒着燃烧过的黑烟；远处的城市也蒙了一层灰色，看上去死气沉沉的，横贯平原的公路上横陈着数不清的车辆残骸，一群持枪的暴徒正在抢劫一个驻扎在公路边的部落，清脆的枪声隐隐传来。

我虽然有心理准备，还是被眼前的景象惊呆了。刹那间我意识到，这已经不是我曾经快乐生存的那个地方了，所有的生命，无论有多么顽强，都会伴随着最后的疯狂在这个死亡的世界里随风消散……

末路
▽

一个多月过去了，洞中有 6 个人先后死去，但剩下的人看来战胜了辐射的威胁。躲在洞中毕竟不是长久之计，要想生存下来就必须找到更多的同伴，大家互相依存才有希望。

莫桑叔叔带着两个人下山打探情况，5 天后才筋疲力尽地回来。他目光呆滞地说外面已经平静了，没有危险了，因为一路上他们没有遇到一个活着的人，城市里也没有，偌大一座城市已经变成了死城。众人面面相觑，目光中都透出绝望的眼神。

经过彻夜协商，我们还是决定向城市中迁徙，那里一定还有幸存者，我们这一小撮人是无论如何不可能独立生存下去的。

我们互相搀扶着走下山坡，经过烧焦的枯树林，走过黄土漫天的平原，沿着曾经迁入地下城的那条公路，默默走进了我们世代生存的城市。我们没有遇到一个人，一具具尸体横陈在路边，大概细菌也死于辐射了吧，尸体没有腐烂，都变成了干尸。

曾经无比熟悉的城市现在变得那么陌生，所有的建筑都蒙上了一层厚厚的灰尘，没有一个人，没有一点声音，车辆都停在路上，商店的门也紧闭着，就好像所有的人都陷入了沉睡，我多么希望这真的是一场睡梦啊。

我们在方圆近百公里的城市里游荡了 10 天，在一个地下室里终于找到了幸存者，对方的人数有近百人，众人见面默然无语，但是都紧紧拥抱着对方，人们忧郁的眼神中又恢复了理性的光辉。

毁灭性的劫难终于过去，我们一边在暗中抚慰着心灵的创伤，一边要开始新的生活了。

我们首先要解决的是生存问题，现有的食物还可供食用数月，但那以后呢？我们分头出动，到处寻找食物，后来在几个地下仓库中找到了大批密封食物，这些食物大部分已经过期了，并且也受到了辐射，但是没有人在意，对于现在的我们，只要今天能生存下去，就不敢思考明天会怎样。

这段时间，我们陆续又发现了其他一些幸存者，大家聚集在一起，总计有 3000 余人。整整 400 万人口，只剩下这些人活了下来，每个人都有经历了一场噩梦般恍然隔世的感觉，但是每多一个人，人们的心中就多了一些活下去的希望，尼雅文明已然毁灭，但我们能不能在这片废墟上重新站立起来呢？

靠近凌水河边的一座温室内，我们小心翼翼地撒下了从地下城带来的种子。出于小心，我们仅使用了四分之一的种子。经过十几天悉心地照料，却没有一粒种子发芽。一定是土壤的辐射性太强了，我们用地层深处挖来的土壤再次试验，还是不行，我们先后用尽了所有办法使种子发芽，但是都失败了，种子很快用光了，我们再次陷入绝望之中，虽然食物还够用，但如果不能在田地里种植出作物，我们的将来可想而知。

事情忽然间有了转机，一天，嫣语到我们曾经居住的山洞中给死去的母亲上坟，意外地在洞中山泉的岩缝中发现了几株已经结穗的麦子。这是上天赠与我们的礼物吗？大家围着这几株麦苗手舞足蹈。我们把这些无比珍贵的种子植入土中，昼夜不停地守护着它们，终于，8天后，绿油油的麦芽破土而出。它们的基因一定经过了变异，能够抵抗辐射的侵袭了。

一季，两季……经过两年的种植，我们已经拥有了好几亩长势茂盛的麦田，不过大家还在吃着过期的食物，舍不得食用一颗麦粒，我们的心中在憧憬着多少年以后，依靠我们的双手，绿色的原野会重新铺满尼雅的大地。

我们的愿望是好的，但现实却很不乐观。

看到不用再为食物操心，我们便试着去找点别的活儿做，大家分成了许多小组，我和另外三个人负责修复一辆汽车，但是经过几个月的努力，却被迫停了下来。那辆车大致是完好的，擦去表面的尘土简直和新的一样，只是行车控制电脑在星潮的辐射下完全毁坏了，我们检查了几百台车辆，也没有找到可替换的。大家绞尽脑汁，终于把车辆改成纯机械操作，却被另一个问题难住了，我们没办法发动它，因为没有能量。想得到电力就要建造一座发电厂，想得到化学燃料就需要一座化工厂，而这两者是我们无论如何也做不到的。

与此同时，其他小组也都一事无成。大家尴尬地发现，除了点一堆篝火取暖，用废旧钢铁制造一些铲刀，锄头之类的简单工具，我们什么也做不了。我们迎头撞上了一座无法逾越的文明之山，那些我们不久前还在使用的日常用品，现在都变成了魔法，变成了神话。大家沮丧之余不得不承认一个残酷的现实，我们已经在一夜之间退回到了蛮荒时代，要想恢复昔日的文明，至少也是几代，十几代人之后的事情了。

记忆中还是一幕幕文明生活的片段，周围都是历历在目的文明遗迹，我们却过着原始人的生活，这是一件多么悲哀的事情啊。

辐射的威胁并没有消除，虽然已经过了大规模死亡的阶段，我们的身体似乎也产生了抵抗辐射的变异，但人们的健康还是大不如前，还是不断地有人死去。

母亲的身体每况愈下。她还年轻，但是现在皱纹却爬满了她的脸庞，她的身体变得那么虚弱，需要我搀扶才能走动，她的记忆和神志也不清楚了，经常四处寻找着父亲送给她的那枚钻石戒指，那戒指当初在地下城营救我的时候就被一个暴徒抢去了，每次我提醒她，她就会大发脾气，说我把戒指藏起来了，还要我出门去找父亲回来，见我不动，甚至会打上几巴掌。我知道，是父亲的死彻底击垮了她。在母亲的生命中，父亲几乎占据了全部，父亲不在了，母亲也失去了活下去的勇气。

半年之后，在一个阳光明媚的早晨，骨瘦嶙峋的母亲静静地走了。我默默地将她埋葬在河边。我的心中没有一点悲伤，死亡也许是母亲最好的归宿呢，她和父亲一定会在另一个世界重逢吧。

这个小群体只剩下两千多人了，我们生命的全部意义就在于如何延续下去了，至于尼雅文明的复兴，只能交予我们的后代了。

二十二岁那年，我和嫣语结婚了。

没有红色的玫瑰，没有含情脉脉的烛光晚餐，在去除了世间的所谓浪漫与浮华之后，我们的爱情虽然简单，却是最真挚的，全部是为了爱情而结合，而我们结合的目的更加简单，就是为了孕育我们的后代。我们知道，为了抚养后代，我们将会有巨大的付出，孩子们降生之后也将面临这个残酷的世界，他们的生活会比我们还要艰苦万分，但是我们不怕，也乐意让孩子们去与他们的命运抗争，哪怕陷入最后的绝望。

半年后，嫣语怀孕了。

我的喜悦是无法用语言来形容的。我跳啊，笑啊，把消息告诉部落中的每一个人，喜悦的气氛环绕在营地周围。这将是我们在星潮之后迎来的第一个小生命。我变着花样地为嫣语做一些可口的食物，对她的小脾气也视而不见了，黄昏我会陪着她在河边慢慢散步，夜晚，我总是恋恋不舍地抚着她微微隆起的腹部安然入睡。那些日子是我生命中最美好的一段时光。

嫣语的产期将至，小生命就要来到这个世界，我就要做爸爸啦。讨厌的是那天是个雷雨的夜晚，我从漫天的雨点和不时划过的闪电中体味到一丝不祥的预感。我淋着雨在帐篷外面徘徊，像一头焦躁的野兽。帐篷里，几个有经验的妇女在忙碌着，不时传来嫣语痛苦的呻吟声。

突然间，帐篷内传来一声尖利的惨叫。我不顾一切地冲了进去。所有人都雕像一般一动不动，大家的目光都惊恐地盯着接生婆婆的手上。我定睛望去，恰好一道闪电划过，把屋内照得明晃晃的，我看到一个血肉模糊的东西在婆婆手上微微颤动，没有手脚，只有一个小小的躯体连接着硕大的脑袋，面孔全是扭曲的，没有眼睛也没有耳朵……我感到心中一阵绞痛，便昏了过去。

虽然我们在星潮的辐射下幸存下来，但我们的身体发生了微妙的变化，我们不再是原来的人类了，至少我们失去了生育后代的能力。我们成了尼雅上最后的人类，我们目睹了尼雅的没落和人类文明的毁灭，在我们之后，尼雅虽然还会运转几千几万年，但她已失去了灵魂，成了一颗死星。

我卧床不起，奄奄一息，连大夫也看不出什么病，其实我根本就没有病，我只是失去了活下去的信心。

嫣语拖着孱弱的身体日夜照顾我，那份温柔和体贴是我从来没有感觉到的，她一定把对孩子的母爱转移到我身上了，而我现在的脆弱与孤独也恰恰像是尼雅上的最后一个婴儿。

一天傍晚，嫣语偎依在我身边，轻轻说道："我知道你在想什么，你彻底对这个世界失望了，可是你要记住，你至少还有我，即便是为了我，你也一定要好好活下去，一定……"泪水滑过她的脸颊落在我的胸膛上，我像一株久旱的小草受到了雨露的滋润，重现出生机，我伸出手紧紧握住了她的手。

嫣语把我从死亡边缘拉了回来。是的，虽然整个宇宙都抛弃了我，但我的生命并非全无意义，我也并没有失去一切，我至少还有嫣语，为了她，我也要活下去，好好地活下去。

只要我们还有一个人活着，尼雅就没有死。

活着，就是我们对自己命运最强的抗争。

焚心

时光流逝，转眼间 6 年过去了。

我们日复一日过着简单悠闲的日子，与千万年前的原始祖先不同的是，他们生活在生机勃勃的热带雨林中，而我们这个小部落却伴着宏伟却日渐残破的文明遗迹。

说起尼雅，她的变化是巨大的，当真是沧海桑田，山河巨变。曾经喧嚣的城市日渐残破，一些低矮的建筑物已经被黄土淹没，整个城市也被厚厚的灰尘笼罩，毫无生气地矗立在平原上，像一座怪石嶙峋的山脉。城外的黄土平原彻底变成了戈壁滩，并且正在迅速地沙漠化，纵横其间的道路早被掩埋，找不到一点痕迹了。

尼雅的气候也变幻莫测，一会还是晴空万里，转瞬间就说不定暴雨倾盆。城边的凌水河曾经是那样的美丽，如同一条银色的飘带轻柔地绕城而过，如今动不动就洪水暴发，河边的麦田被冲毁过好几次。幸好河边的温室还算坚固，里面的庄稼没受到影响，以部落现有的人口，依靠温室内的收成就可以保证食用，室外种植的庄稼只不过是我们还在幻想着有一天说不定其他地方的人类有可能会迁移到这里来。

部落的人口稳定在 1500 人左右，当然，我们还是没有一个孩子出世，没有孩子的笑声和喧嚣，营地里显得是那么的冷清与落寞。

莫桑叔叔年纪大了，把族长的位置让给了我。其实当了族长也就是带着大家种植和收割庄稼，其他时间就只有坐在河边望着哗哗的河水发呆。

我总觉得不应该这样下去，我的心还没有死，也许尼雅上面还存在着一个没有被辐射污染的乐土，我们可以在那里繁衍生息；也许在尼雅的其他地方还有人活着，还掌握着文明；我总该去做些什么。

我把自己的想法告诉了嫣语。

"外面都是荒原，没有吃的也没有水，你能走多远呢？"她问。

"可以沿着凌水河走，能到达联峰山脉……"我说。

"那以后呢？"她追问。

"能走多远就走多远。"我回答。

沉默了一会儿，她说道："你想去就去吧，但是无论你要去哪里，都必须要带上我。"

事也凑巧，后来我们在一座地下仓库里发现了大批武器和高密度超导电池，武器没什么用，但电池却可以让改装过的车子重新运转起来了，营地里甚至用上了久违的电灯。

有了车辆，我的想法无疑具有了非常高的可行性。于是在一天清晨，我和嫣语开着两辆装满补给的车子出发了。

我们沿着凌水河逆流而上，走了两天，来到了瑞卡姆城，这座旅游小城有著名的人类黑暗时期的城堡遗迹，如今现代与古代的建筑全被黄沙掩埋，没有一丝生气，没有一点人类曾经生存过的迹象。

再向前，平原已然变成浩瀚的大沙漠，我们一路前行，渐渐横穿了辽阔的拉卡拉大平原，不，现在应该叫做拉卡拉大沙漠了。其间，我们又经过了四座城市，遗憾的是没有遇到一个人，即使人类的白骨也早被黄沙掩埋了，视线所及，甚至找不到人类曾经存在的痕迹。天气也十分糟糕，没有了植物的遮挡，沙漠里到处肆虐着猛烈的沙暴，我和嫣语几次险些葬身沙海。

我们终于来到了连峰山麓的拜丁，我曾经对这里抱有很大希望，它依山傍水，与庞嘉的地理环境非常相似，很可能有人幸存，但我们失望地发现，这座工业城市同样空无一人。

我们已经走了600公里，在这个没有一点生命迹象的世界里独自行进这么远，没人能够形容我们心中的那份孤独。看得出嫣语早就想家了，但是她始终没有说出口，只是埋着头默默跟随着我。

我一时彷徨了，难道整个尼雅就只有我们才幸存下来了吗？不，我不相信！

我们翻越了连峰山脉继续旅行。

我们经过了一座又一座城市，丘陵之城阿桑达，彩虹之城霓彩，绿野明珠爱美兰……

我们一次次在荒无人迹的废墟中徘徊，又一次次满怀希望地向另一座城市出发……

终于有一天，我们来到了海滨城市卡来米亚，曾经的万帆之城，这里每年都要举行太阳帆船比赛，我和母亲曾经来过，那万帆竞渡的壮观场面至今令我记忆犹新，但现在，人们好像都乘坐帆船远航到世界的另一端去了，偌大一座城市空空如也，只有风在街头巷尾呜呜地掠过。

我和嫣语手拉着手沿着海岸线默默走着，一边是波澜壮阔的大海，一边是沉寂的城市遗迹。

两行脚印一直伸向远方……

那是人类在尼雅最后的足迹吗?

清风拂过,脚印渐渐变浅,渐渐消失……

我把嫣语的手握得紧紧的,好像一不小心,她也会在风中消散,我几乎失去了所有同类,再不能没有她了。

我在一块礁石上坐了下来,眺望着茫茫的大海……

天慢慢昏暗下来,落日低垂在海天交界处,天边的云朵和海水被映衬得金光灿灿,但没过多久,随着落日沉去,一切都陷入黑暗。

太阳落下,明天还会照样升起,而人类呢?我所目睹的是不是尼雅最后的胜景?

远处峭壁上的一座灯塔亮起了灯光,灯光穿透了夜幕,在默默召唤着远方的来客,但是,没有人回答。

永远也不会再有了。

我们回到了庞嘉,回到了我们那个小小的部落。全部的希望都泯灭了,我的心反而一片平和,每天只是带着族人们日出而作,日落而息。

又是五年过去了,平静的五年,身心渐渐老去的五年。

我本来以为我的一生就会这样过去了,看着族人们一个个死去,最后亲手埋葬自己的爱人,然后默默在蓝天与艳阳下停止呼吸,但是有一天我听到了一个声音,开始它是微弱的,没有人注意到,但随着那声音逐渐强烈,我的心猛然一振,几乎遗忘的记忆重新涌上心头,我抬起头,向空中张望,果然,一架飞机出现在视野中。

刹那间,营地里一片沸腾,人们向着飞机欢呼雀跃,奔走相告,压抑已久的孤独和落寞一下子爆发为近乎疯狂的喜悦。

那是一架小型喷气式飞机,它在营地上空盘旋了两周,降落下来,一个飞行员走了出来。

我们像迎接天使一样把他拥进房间,端上我们自制的米酒和食物,对方忙不迭大吃起来，吃饱之后，他的表情却严肃起来，表示要单独与这里的族长谈谈。

房间里只剩下我和他。

"我叫米亚，谢谢你的款待，很久没有吃过新鲜的食物了。"对方说道。

"我是荆邢，你的到来让我们重新燃起了希望。"我回答。

"你一定期待着我带来其他人类的好消息。"米亚说。

我点点头，等待着他继续讲。人类的科技设备都被星潮摧毁了，米亚既然驾驶着飞机来到这里，就说明尼雅上还有一群人类没有受到多大影响，人类文明的火种还在。

"我的到来对你们来说肯定是个好消息，"米亚笑了笑，但是我注意到他的笑容有些僵硬，"的确，虽然我们走到了灭亡的边缘，但是还是有一些人类幸存，我估计大约有三四万人吧，大家都分散在尼雅各地，被沙漠和大海所阻隔，成为一些与世隔绝的小群落，但是我想你我都清楚，尼雅文明已经毁灭，我们的未来毫无光明，即使我们所有人付出怎样的努力也无法挽回了。"米亚叹息一声，忧郁地望着我。

我沉默了一阵，问道："我想，你来到这里并不是为了告诉我这些话吧。"

米亚没想到我这么问，笑道："你的成熟和沉稳与你的年龄并不相符。"

"本来我的心已经死了，但是你的到来，为我带来了希望。"我说道。

我欣慰地看到米亚点了点头，但是他的表情仍旧严肃："那可以说是一个希望，"他后来说的话开始让我感到震惊，"你看到了，我驾驶的飞机没有受到星潮的辐射，实际上我来自政府的一个秘密基地，这个基地早在星潮爆发前就建造好了，现在那里汇聚着尼雅最后的政治与科技精英，我曾经是那里的一名工程师，知道他们在做什么，他们在制造最后一艘火种飞船，现在飞船即将建成，他们准备搭乘这艘飞船离去。"

"那我们呢？"我问。

米亚摇了摇头："飞船的乘员有限，实际上，尼雅上还活着的人类全要被抛弃了，就因为这个，我才从那里逃出来，自己要可耻地逃走，却留下众多同类无助地走向死亡，我的良知无法容忍这么贪婪的行为，所以我要联系还活着的人们去反对他们。"

沉默，我被他的话惊住了，一时间被欺骗和抛弃的感觉化为一团不可抑制的怒火燃烧起来。

"需要我们做什么？"我问道。

"我需要战士！"他紧紧握住我的手，"带着你的族人，拿着能找到的武器，到那里去，要么我们一同离开，要么就共同毁灭！"

米亚匆匆地走了，他还要去联络其他地方的人类。

三天后我们也出发了。

我原本只想带走强壮的男子，但是没有人愿意留下，我们已经失去了一切，更不在乎失去生命，我们都是不怕死的战士。

长长的车队带着食物和饮用水，带着大量武器和能量电池，带着心中的一丝希望，向沙漠中行去……

我们的目标是八千公里外的千壑山脉，生存与灭亡，希望与泯灭，都将在那里走向最后的终结！

火种

我们风餐露宿，日夜兼程。

一路上仍旧没有见到一个人。

我心头甚至出现一丝疑虑，米亚真的来过吗？千壑山脉的事情是真的吗？还是我们因为极度孤独而集体产生的幻觉？

极目眺望，人类的遗迹也看不到了，岁月的刻刀真是锋利啊，才短短二十年光景，尼雅大地又重归蛮荒。

不断有人倒下，魂归尼雅的历史长卷，活着的人都变得无动于衷，大家的心中只有一个目的，只有走下去才有希望。

终于有一天，一道青色的山脉横亘在眼前，几道浓浓的烟柱正从山脉深处腾起。

翻过山峰，穿过峡谷，人类最后的基地展现在眼前，它像是十几个半球状的坟丘散落在群山环绕的谷地中，看上去并不起眼，但我们都清楚，上面的结构不过是抵御星潮的保护层，真正的主体一定深埋在地下，不知会有多么宏大。

基地附近是一片令人热血沸腾的景象，密集的枪声和爆炸声响彻山谷，许多人影在硝烟与火焰中晃动。

一定是率先到达的部落与基地发生了交火，不过看起来基地的卫戍部队站了上风，许多衣衫褴褛的部民正纷纷后撤，不时有人中弹倒下，在他们身后，身穿军装的政府士兵在装甲车的掩护下，正有条不紊地压上来。

我们的车队不经意间已经贸然闯入了战场。我的族人们有些惊惶失措，纷纷把目光投向我。大家曾经是工程师、工人、和政府公务员，后来成了彻底的农民，但是没有人当过军人，更没人经历过这样的战争场面。

一个身材高大但蓬头垢面的男子冲到我面前喊道："新来的？"

我点点头。

"还不快上？要是顶不住，大家就都完啦。"对方布满血丝的眼睛迸射着疯狂的光芒。

我二话不说，带着人冲了上去。

没有战术动作，没有进攻队形，大家一窝蜂似的拥了上去，有的人盲目射击着，有的人捂着头趴在地上瑟瑟发抖，我们根本是一群毫无战斗力的乌合之众，好在政府军见我们人数众多，又摸不清底细，暂时退了回去。

枪声稀疏下来，战斗双方终于脱离了接触。

我们与其他部族会合，这么些年见不到自己的同类，如今这么多人聚在一起，大家本应喜极相泣，但现在人们都紧绷着脸，默默埋葬着死去的同伴。

率先到达的一共有三个城市来的部族，总计 2000 余人，已经对基地发动了三次进攻，基地内的部队人数并不多，大约只有 1000 人，但是明显武器精良、训练有素，这几仗下来，部族一方折损近半，剩下的也都情绪低落，我们的到来一方面再次建立起数量优势，一方面重新鼓舞起大家的信心。

过了 4 天，米亚驾驶飞机回来了，过了一个多月，又有四个部族赶来，这下我们大约有 6000 人了，于是几天后发动了大规模进攻。经过连续几次战斗，基地方面明显不敌，纷纷退入地下，我们占领了所有表面建筑。

正在连夜商讨进攻方案的时候，基地方面却派来了谈判代表，他们提出，大家是尼雅仅存的人类，不要再互相残杀了，要求我们先退回原来的营地，然后大家坐下来就未来的命运好好商谈。

我们经过会议后，同意了对方的意见。

部族的队伍离开基地入口，向营地撤去。基地部队开始回到地面，在原来的阵地布防。但是他们没有察觉，在一栋废弃的建筑内，我和埃迪撒带着 400 人悄悄潜伏着，在我们 30 米外是一个偏僻的通风口，上面已经布设了炸药，从那里我们可以一直深入地下城。

一辆装甲车从基地中驶出，向部族的营地开去，大概是派来谈判的，基地的部队还在忙着调动，根本没人发现我们。

一声爆炸骤然响起，通风口被炸了一个大洞，我一跃而起，带着大家冲了出去。我进入通风口的时候，看到基地部队正试图向我们发动进攻，但是又被从营地杀回的部族部队纠缠住。整个地表顿时杀声骤起。

通过倾斜的通风口，来到一条宽阔的隧道。地面的枪声一下子变得微弱，几不可闻。隧道内空无一人，一片寂静，看来基地的部队都被调到了地面。

除了几个人原地留守，阻击尾随的敌人，我们向基地深处跑去。

隧道在昏黄的灯光映衬下，一直伸向黑暗中，仿佛永远也没有尽头。我忽然有一种恍然隔世的感觉，记得在星潮爆发前后的几年间，自己就是在地下城中度过的，这迷宫样的隧道，这昏暗幽深的气氛是那么的熟悉，仿佛还残留着我和伙伴们嬉戏的身影，现在我们却要在这里与自己的同类生死相搏，甚至同归于尽。

前进了几百米，我们开始遭到抵抗，但是对方的人数不多，又是仓促迎战，很快被我们肃清，我们继续向基地纵深发展。但让人头疼的是基地中复杂的隧道系统，到处四通八达，蛛网一般，连米亚也弄不清楚，我们一路上只得不断分兵探索。

一个多小时后，我们已经进入基地深处。此刻基地中到处是爆炸声和人们疯狂的嘶喊声，双方的士兵混杂在一起，乱作一团。

我身边还有20多人了，遇到的抵抗越来越顽强，对方宁死也不后退半步，不过这也使我明白，我们现在非常接近基地的核心了。对方倒下的人员都身着便装或者白色工作服，而没有了正规军人，这更加印证了我的看法。

再加一把劲，敌人就会彻底崩溃！

前面又一道防护门拦住去路，我们正布置炸药试图将其炸开，门忽然自动打开了，门后出现一片敌人，双方骤然零距离遭遇，顿时展开一阵乱战。

灼热的能量光束在人群中交织成密集的死亡之网，士兵们像收割的麦子一般一片片倒下，冲撞在一起的人们互相纠缠着，厮打着，刺刀和匕首闪着银光溅起一道道血花。

周围终于陷入沉寂，我踉跄着爬起来，目之所及到处是烧得焦炭一样的尸体，空气中弥漫着浓郁的焦糊味，我禁不住剧烈呕吐起来。

这一切都是为了什么？星潮的咆哮已经让人类陷入绝境，为什么我们不能团结一致共渡难关，反而要为了一己私利而自相残杀？

一股不可抑制的怒火在我心头腾起，说什么黑洞、星潮、辐射、饥荒，人心才是最险恶与危险的，就让人类在最后的疯狂中走向毁灭吧！

我重新端起枪，一个人向着里面冲去。

奇怪的是，一路上没有再碰到一个人。我一个人狂奔在空旷的隧道中显得有些可笑。

一个拱形的洞口出现了，我冲了进去，里面是一个半球形大厅，简直和我记忆中观看星潮来临的大厅如出一辙，大厅内坐着十几个人，他们见到我并没有表现出惊慌，反而很平静的样子，这更加激怒了我，我毫不留情地扣下扳机，死光无情地扫过大厅，把掠过的一切都彻底烧焦。

从大厅出来，我继续向前跑，我的脑海中早忘了什么飞船，逃生的概念，我现在只有一个念头，杀，杀死遇到的每一个人。

我又冲进一座建筑，这是一个很小的房间，只有一张桌子和一把椅子，一个白发苍苍的老人正坐在椅子上望着我。我没有犹豫，立刻开枪，死光将桌子熔为两半，击中了老人的腹部。我回身正准备离开，老人忽然说了两个字，我刹那间愣在当地。虽然老人的声音有些模糊，但我能听清，他在唤着我的名字"荆邢"。

我回头凝视着老人，我一下子认出来了，那正是我失散多年的父亲。天哪，我竟然杀了自己的父亲！仿佛有一道闪电击中了我，疯狂与杀戮都烟消云散，我的脑海中重新浮现出童年的景象：父亲把我举过头顶，让我俯瞰着尼雅美丽的平原、山脉和城市……父亲出现在火种飞船离去的背景中，张开他的双臂把我和母亲拥在怀中……父亲和我望着生命绝迹的尼雅，他伸出手轻轻抚着我的头……

我扔下了枪，一头扑进父亲怀中。

"是你吗？我亲爱的孩子，我是在做梦吗？"父亲喃喃说道。

我抬起头端详着父亲的脸庞，泪水已经布满我的脸颊："爸爸，是我呀，你怎么会在这里，我和妈妈都以为你死了？你为什么要抛下我和妈妈？为什么呀？"

"唉，乱世啊，"父亲叹息一声，他展开左手，母亲的那枚钻石戒指出现在他掌心，"从地下城秘密通道撤出后，我到庞嘉城找过你们几次，直到我在一个死去的暴徒身上找到了这枚戒指，很难有人在辐射中生存，所以我以为你们早就……"父亲的声音哽咽着，"这些年我天天都在想念着你们，当真度日如年，如果不是为了飞船，我早就没有活下去的勇气了。"

"妈妈临死前一直在念着你的名字，这……这个残酷的世界啊……"我抚摸着父亲焦黑的伤口，绝望地吼道："不，我只剩下你一个亲人了，我不能让你死……"

父亲像小时候那样轻轻抚摸着我的头："好啦，能够见到你，已经是命运对我的眷顾啦，我很高兴去和你的母亲相聚。"

"都是那该死的飞船，人类的最后一点良知都因它而泯灭，"我抹去泪水，抓起了枪，"我这就去毁了他，谁也别想离开，大家都来为尼雅殉葬吧。"

"冷静一些，陪爸爸坐一会儿吧，"父亲苦笑着对我招招手，"那最后一艘火种飞船根本不是用来移民的，它的体积太小了，没有人能乘着它离开。"父亲发出了一声呻吟，我连忙抱住他。

父亲和蔼地望着我，笑了笑说道："当年我没有离开尼雅，一方面是舍不得你和你母亲，另一个原因就是'火种计划'，由于时间紧迫，移民工程进行得非常仓促，直到最后阶段才发现移民的目的地，桃源星系三号星，与当初观测的环境差异非常巨大，人类根本无法在那里生存下去，但那时候一切都已来不及更改，我们只能坚持着把移民计划进行完，但愿离去的那些人类在抵达那里之后能够找到新的办法，但机会实在极为渺茫，"父亲长长叹了一口气，"大部分科学界精英都留了下来，尝试着能否找到新的办法让人类生存下去。"

"所以在地下城的时候，你们仍然在夜以继日地研究？"我问道。

父亲点了点头道："我们原本怀疑星潮的破坏性，期望星潮过后人类还能够继续在尼雅生存下去，但现实无情地击碎了我们的幻想，当然我们没想到人类社会竟然那么快陷入崩溃，真是一场惨绝人寰的灾难啊。"父亲的眼中闪烁着泪光，他的心中一定在回忆着地下城中的暴乱，回忆着一座座哀鸿遍地的城市遗迹……

"迁徙到这个基地之后，我们重新把目光投向了宇宙深处，"父亲继续说道，"经过对大量资料的重新汇总，我们失望地发现，在3000光年的范围内根本找不到一颗可以供生命繁衍的行星，而以我们的宇航能力即使1000光年也无法越过了，这说明通往群星的大门对我们紧紧关闭着，人类只有和尼雅一同走向灭亡，那些日子里，基地被绝望的气氛所笼罩，好在经历了一连串的灾难，我们已经能够冷静下来，坦然面对现实了，我们再次投入近乎疯狂的工作之中，我的研究领域是宇航推进技术，我们从前的飞船动力系统太庞大了，效率也过于低下，严重限制了远距离的宇宙航行，我发现星潮倒不全是坏处，它所喷射出的高能粒子潮恰恰可以成为飞船的动力，就像大海上的风，能够把星际飞船加速到光速的80%，一直吹向遥远的宇宙深空，这虽然是一个小小的发现，但是无疑对我们的宇航具有重要意义，"父亲的脸上显出自豪的光彩，但是我感到他的呼吸正在微弱下去，"我们还在5000光年外发现了一颗行星，那里已经有了原始生物活动的迹象；于是我们开始制造最后一艘火种飞船，我们的资源已经不能建造大型飞船了，这艘飞船很小，连一个人也坐不下，但是它的意义是此前的所有火种飞船无法比拟的，尼雅人类的毁灭已不可避免，作为文明，我们会在宇宙中彻底消失，但是我们将在宇宙深处埋下一颗种子，也许有那么一天，我们会以另外一种方式获得新生。"父亲向我投来欣慰的目光。

"开始的时候，为什么不把事情的真相告诉我们呢？"我痛苦地问道。

"我们解释过，可谁会相信呢？"父亲惨然一笑，"为了一线虚无缥缈的生机，人类的理智早被贪婪与自私淹没了，好啦，爸爸很困，我想睡啦。"

"不，不，醒一醒，你不能把我一个人丢在这里。"我拼命摇晃着父亲的身体。

这时，大地突然一阵剧烈的抖动，我抱着父亲摔倒在地，接着震耳欲聋的轰鸣声骤然响起，又逐渐远去。

"飞船发射啦。"父亲的眼中突然迸射出异样的光彩，然后又暗淡下去，直至失去光泽。

我抱着父亲的尸体，纵声大哭，但是我的哭声很快就被连续不断的枪声和爆炸声淹没了。

新生

　　尼雅默默悬浮在冰冷孤寂的宇宙之海。她曾是罕有的生命与文明的摇篮，但是现在，沙漠像瘟疫一般布满了曾经生机勃勃的绿色大陆，全球范围漂浮的沙尘暴使她的星光变得那么暗淡。

　　一艘小小的飞船拖着长长的尾焰冲天而起，瞬间没入漆黑的宇宙……它就像生命最后的一缕魂魄从尼雅上消散。

　　不，其实它也是一颗文明的火种，带着尼雅人类最后的希望，去找寻生命的另一个家园。

　　可是它的体积是那么小，怎么能跨越那么漫长的时间与空间的的旅程呢？况且它的航向也不对，它怎么正在向着阿特拉斯星核飞去呢？那里可是生命的禁区呀，正在猛烈喷发的星潮更会将它粉身碎骨，可这艘渺小的飞船仍像是投火的飞蛾，执著地向着咆哮的星潮挺进……

　　飞船已经进入星潮的滔天巨浪之中，还在向着星潮的高密度粒子区域前进。飞船的头部是一个盾形防御结构，可以暂时抵御星潮的冲击，但是在这个高能量冲击的环境中，它坚持不了多久。

　　突然间，那占据了飞船三分之一的盾形结构迎着星潮伸展开来，成为一把圆形的大伞，一道无形的薄膜从伞的边缘向四周伸展开去，那薄膜是无法察觉的，但是星潮粒子在薄膜上面反射起夺目的光彩。

　　薄膜不断伸展着，满满的，半径竟达 2000 公里，像是星潮中飘扬而起的一面巨帆。

　　终于，飞船在星潮中汲取了足够的能量，接着，它调转了航向，像是黑暗中破茧而出的蝴蝶，舒展着华丽的翅膀，向着更深的宇宙飞去……

1万年后。

这颗蓝色的星球还是宇宙的新生儿。

在高耸的雪山脚下，在灰暗阴冷的森林深处，一只雄性原生猿正在拼命奔跑，在他的身后，两只凶猛的树熊已经越来越近了。

他知道自己终究无法逃脱，他只想把它们引得越远越好，他的同伴们正躲在附近的一个树洞中瑟瑟发抖。

终于，他感到一阵撕裂般的剧痛，随即摔倒在地。

他知道自己在劫难逃了，他的生命在一秒钟之后就会消逝，他的目光掠过树熊张开的血盆大口，望见了一抹湛蓝的天空。

这个时候，一团火球划过天空，接着整个天空仿佛都被点燃了，然后一股猛烈的气浪把他连同树熊一起掀上了半空。

他苏醒之后，发现自己还活着简直是个奇迹，半个森林都不见了，变成了一个一片狼藉的巨坑，而另一半森林正在熊熊燃烧。

他茫然站立在大坑的边缘，几个幸存的同伴默默走到他身边。

在巨坑的中心，一个黑糊糊的物体悄无声息地展开，一股无法察觉的微生物像雾一样消散在空气中。

几天之后，一场致命的瘟疫开始在全球范围蔓延，数不清的树木枯萎了，数不清的动物哀鸣着死去。

这是一次毁灭性的瘟疫，最终有百分之九十的动植物死去了。

多年以后，原生猿的首领带着他的部族向草原迁徙。在这次灾难中，虽然部族的损失同样惨重，但是他和其他的几个同伴奇迹般地幸存下来，而且在他的身上发生了一些他自己也无法察觉的变化。

在他的基因序列里已然刻下了另一种生物的特殊序列！

死亡，在某种时候，也意味着另一次新生！

8000 万年后。

这是个美丽的夜晚，繁星在夜空中闪闪烁烁，大海在星光下微微涌动。

父亲和母亲领着小孩在海滩上散步。

"你们说，我是从哪里来的呢？"男孩忽然问。

"你是爸爸和妈妈相爱之后生下来的呀。"母亲回答。

"那你们是从哪里来的呢？"男孩很认真地问。

母亲被孩子这个复杂的问题问得啼笑皆非。

男孩指着一天繁星说道："我知道了，你们一定是很远的星星上来的。"

父亲的心悠然一动，最近越来越多的研究证明大家身体内的一小段神秘的基因序列并不存在于其他生物身上，男孩天真的话或许正道破了文明中最大的一个谜题。

父亲轻抚着男孩的肩膀，和他一起仰望着满天星辰，缓缓说道："也许吧，也许我们就来自哪一颗遥远的星星上。"

注1："人物"这里特指尼雅行星上的智慧生物。

注2：活动星系，是指这类星系中存在着激烈的物理过程，如激波、喷流和恒星爆发等，同时伴随着在各种电磁波段的巨大的能量释放。

注3：吸积区大约只有一个太阳系那么大，光度却非常高，其中有个超大黑洞，有100万到1亿太阳质量那么重。围绕中央的"吸积区"，往往有一个球状的"恒星形成区"，由于有很多能量注入，能生成很多新的太阳，非常耀眼。

UNDER THE DOME

末日卷

末日之旅

宝树 作品

宝树

生于1980年，北京大学哲学系本硕毕业，八零后科幻作家代表人物。出版有《三体X：观想之宙》《时间之墟》等多部长篇小说与短篇小说集《古老的地球之歌》，并在《科幻世界》《超好看》《最小说》等杂志发表数十篇中短篇作品。荣获2012年全球华语科幻星云奖短篇小说银奖、2013年中国科幻银河奖优秀奖及2014年星云奖长篇小说金奖等多个奖项。

编辑导读：

历数那些轰动一时的经典灾难巨片，《龙卷风》、《后天》、《环太平洋》……无不代表了我们这个星球的人们对欣赏毁灭性灾难的热衷。如果这种爱好不仅仅限于虚拟的特效制作，而希望能实实在在看到一个星球的毁灭，甚至故意制造一次这样的灾难呢？如果地球也因为这样的一次刺激的眼福而牺牲掉呢？

这篇短文的结局极为讽刺，末日之旅的起因来自于人类自己的狂想，这也算是一种天理循环，不作不死。

第一章
▼

2012 年 12 月 21 日。

晚上九点，上海已成了一片灯的海洋。黄浦江两岸的缤纷霓虹流到江心，变成了发光的鱼群，在潋滟江波里跳来跳去。浦西的连绵洋楼沉浸在柔曼轻靡的彩光中，仿佛在回忆往昔的沧桑历史。而在对面，新时代的东方明珠塔、金茂大厦和环球金融中心等摩天大楼带着炫目的奇光异彩直指夜空，气势磅礴，如同要点亮黑暗的宇宙。

今天是冬至，虽然天气寒冷，但外滩上的游人格外多。江滨的步行道上大都是欢声笑语的青年情侣。当然，今天是周五，明天将迎来惬意的双休日，下周又是圣诞节。但是游人如织的主要原因却并不在此。

林琳倚在江边的栏杆上，男友方岳从后面环抱着她，轻吻着她的脖颈。林琳咯咯娇笑着说："别闹！哎，你说，如果今天真的是传说中的世界末日，那会怎么样呢？"

"那我们更应该好好缠绵一下喽。"方岳在她耳边说。

"讨厌，人家问你正经的呢！"

方岳歪头认真想了想："是真的也不怕，古往今来那么多人，人人都会死，有几个见过世界末日的？我们能看到也不枉了。再说，咱俩到死还是在一起的，这就足够了。"

"哼，你什么时候学会这么甜言蜜语的？"林琳的心里一下子甜甜的。

"你们知道世界末日究竟是什么样的吗？"方岳还没有说话，一个稚气的声音在他们身边响起。

林琳诧异地转头看去，问话的是一个陌生的男孩，大概只有七八岁，穿着米老鼠图样的卡通童装，一只手正拽着林琳的裙角。和男友的情话被打断，林琳有些不悦，但看到男孩小天使的面容，却又不自禁地感到喜欢："哎方岳你看，这孩子真可爱！"

方岳却做了个鬼脸，吓唬男孩说："世界末日？可吓人了，上海那么大的小行星撞到地球上，掀起几百米高的巨浪，'哗'一下子就把上海淹没了。"

"几百米高的巨浪啊，"男孩眼中放光，"那一定很壮观！可是天上没有小行星啊。"说着抬头张望了一下。

"小傻瓜，在外太空。远着呢，你看不到的。"方岳继续逗他。

"不对，"男孩认真地说，"如果它会在今天撞击地球的话，现在最多离地球几万公里，肯定是清晰可见的。即使是在地球的另一边，电视上也该有报道啊。"

"这……我哪儿知道。"方岳有些尴尬，对林琳说，"现在的孩子，真是越来越刁钻了。"

"你怎么了，被小孩绕进去了，"林琳嘲笑他，"还以为真有世界末日啊，别忘了，明天你还得上我们家见我爸妈呢。"

"完了，这才是世界末日啊……"方岳哀号一声。

男孩的眼珠转了几圈，盯着林琳问："你是说没有世界末日吗？可是他刚才不是说小行星会撞地球吗？"

"老天……"林琳扶额。

"乖，这种事问你们家大人去吧。"方岳拍了拍男孩的头，"叔叔和阿姨还有事呢。"

"可他们不在这里，"男孩说，还是不放过他们，"到底世界末日是什么样的呢？快说快说！"

"嘿，你这熊孩子真是不知——"方岳刚要发飙，被林琳拉住了："算了，你跟孩子嚷嚷什么，走吧，我们去那边买哈根达斯吃。小朋友，你去问别人吧！"

她把方岳拉开，两人穿过人群走了，他们的位置迅速被另一对情侣占据。男孩还站在原地发怔。一个和他年岁相仿的女孩子从人堆中挤出来，拍了拍他肩膀："怎么样？问到没有？"

"真奇怪，"男孩说，"我问了好几个人，没人说得清楚是怎么回事。你那边呢？"

"差不多，有人说是超新星爆发，有人说是地震火山，还有个家伙说是僵尸来袭，每个人的说法都不一样。"

"为什么他们知道哪一天是世界末日，却不知道究竟是怎么回事？而且……"男孩指了一下四周的人群，"你不觉得他们都太开心了吗？一点不担心的样子。"

"末日综合征，很常见的。"女孩老成地说，"明知灾难不可避免，人们无法排遣内心恐慌和痛苦，因为超过了心理承受的底限，就转化成了表面上的狂欢。"

"不，我觉得有些地方不对劲，很不对劲。"男孩皱起眉头，苦苦思索着，"一定有什么地方出了问题。"

第二章

▼

两个孩子聊天的同时，在西半球，12 月 21 日的晨曦刚刚照亮尤卡坦半岛的热带雨林。在郁葱丛林间的玛雅城邦遗址，曙光透过朝霞，勾勒出高大的阶梯金字塔和古神庙废墟的轮廓。

往日在这个时段，绝大部分游客们还在酒店里睡觉，但在今天，玛雅遗址里已经挤满了人，仿佛死去千年的古城邦复活了。但和往日不同的是，很少人欢声笑语，相反，来到这里的人们大多肃穆地立在遗址内外，似乎等待着什么事情的发生。

东方的云层越来越明亮，如在熊熊燃烧的天火。终于，火红的太阳喷薄而出，将无尽光辉洒向大地，丛林由远而近被依次照亮。许多人跪下祈祷，有的人甚至开始哀哭。

"真是太美了。"观光台上，一个背着背包的金发姑娘赞叹着，对旁边的一个短发青年说，"Hi，你能帮我照张相吗？"说着递上了数码相机，摆了个可爱的姿势。

青年接过相机，困惑地端详了几秒钟，似乎不知道怎么操作，姑娘从旁指点了几句，他才明白，帮她拍了张照片，然后把相机还给了她，微笑着说了一句："我想这是这个世界最后一次日出了吧？"

"可不是吗？"姑娘笑着回应，做了一个鬼脸，"很快地球就会炸成两半的，嗳！"

"那这有什么意义呢？"青年忽然没头没脑问了一句。

"什么……有什么意义？"

"拍照。如果你知道过几个小时世界就会毁灭，一切都留不下来，为什么还要拍照片呢？"

姑娘有些奇怪地看了他一眼："你真的相信地球会毁灭？这么说，

你是和那些人一起的？"她指了指边上跪下祈祷的人们。

"他们是谁？我不认识。"

"他们是末日真理教、地球救赎教、全能神教……还有很多乱七八糟小宗教的信徒，这些人相信地球会在今天毁灭。"

"难道不是吗？到处都是这么说的啊！"青年看上去相当惊诧。

"当然不是！"姑娘斩钉截铁地说，不过又缓和了口吻，"我是说，虽然很多人相信，但你如果问我的话，我会告诉你不是这样的，什么事也不会发生。"

"但是我听到的情况是这样，"青年指着不远处黑黢黢的金字塔，"据说古代玛雅人通过天文观测，计算出了太阳系边缘有一颗行星——好像叫尼比鲁吧——会在几百年后接近地球，并在今天对撞。人类的技术无法推开它，所以只有毁灭。"

"这是那些三流小报的胡编乱造，"姑娘嗤之以鼻，"玛雅人哪有这个本事。再说，如果真有那么一颗行星存在，并且将会在几小时内和地球对撞，那么现在得比满月还大了。可是你看，什么也没有，地球的任何一个角落都观察不到有这么一颗行星存在，除非它现在以光速飞奔过来，这是不可能的。"

"光速的行星？也并非不可能……"青年倚靠在栏杆上，若有所思地望着姑娘，"当然确实可能很小。抱歉，我只是刚刚到这里，很多事情都不清楚。不过，如果你认为不会有末日的话，为什么会到这里来？我以为来这里的人都是为了纪念千年之前玛雅人的发现。"

"那些祈祷的人来到这里是为了寻找所谓的救赎和新生，都是鬼话。其他人只是来找乐子的，至于我，我叫艾米莉，美国人，在芝加哥大学社会学系读硕士，论文题目是《世界末日谣言的社会学效应》，这里可有宝贵的第一手资料啊。"

"原来如此。但是我还是不明白，如果根本没有尼比鲁这回事，为什么会有世界末日的说法？"

"这是天大的误会，"艾米莉苦笑，"今年我不知道跟人解释过多少遍了。玛雅人以冬至作为一年的开始，2012在玛雅的历法中是一个重要的年份，相当于两个纪元的转换。2012年12月21日就是旧纪元的结束和新纪元的开始，不过说到底只是人为历法的设定，和地球本身的变化毫无关系。"

"你确定？"青年目光炯炯地追问，"这是公认的说法吗？"

"当然！"姑娘有些不悦，"如果你不信的话，大可以在这里等着，看看今天会发生什么事情！"

青年望向升起的朝阳，苦笑着说："也许你是对的，不过……恐怕确实会发生一些事情，一些你想不到的事。"

第三章

▼

非洲，刚果盆地。一条清澈的小溪在山谷中蜿蜒着，百转千回，汇入密林间的湖泊。湖面波平如镜，一群河马惬意地泡在湖边的芦苇丛里，仅露出口鼻呼吸。湖的另一边，几只森林象从林中走出来，到水边用长鼻往嘴里舀水。一群大猩猩也在湖边栖息，年长的悠闲地嚼着草叶，年幼的在树下打闹嬉戏。

一个慵懒舒适的午后。

身材高大的白发老人站在湖边，静静地凝视着这一切。

这是这个世界的最后一个下午。如今的每一秒都弥足珍贵，这些无知而可怜的造物，在它们漫长的进化史上经历了不知多少万亿个这样平静的时辰，它们以为这一切理所当然会永远持续下去，以为今天是和往日一样的普通一天，会随着夜幕降临而逝去，随后迎来下一天的黎明。但它们错了，它们的生命将和这个星球的历史一起在今天终结。正是那即将到来的毁灭给了这平庸无奇的一幕以悲剧的美感。

诞生与毁灭，宇宙的两极。宇宙大爆炸，恒星点燃，行星的形成，生命的出现……在这些激动人心的伟大事件之后，就是无尽岁月的平淡无奇，直到濒临毁灭的一刻，才再度绽放出惊人的壮丽之美——蓦然，水面分开，一只巨大的鳄鱼张开布满利齿的长吻，从湖里扑上来，咬向老人的脚踝。它已经观察了这个猎物很久，确定可以一击得中。果然，老人来不及躲避，被它咬中了。

但是鳄鱼并没有尝到人肉的鲜美，却如咬到石头上一样刚硬，完全无法下嘴。这是从未发生过的情况。它容量有限的大脑无法产生惊奇感，但是已经觉察到莫大的危险，转身想向湖中蹿去。但鳄鱼发现自己无法指挥四肢，它像是被某种无形的东西托着，慢慢升起，悬浮在了空中，在老人面前盘旋，它徒劳地摆动着身体，却无法挣脱看不见的束缚，被迫接受老人的注视。

鳄鱼发出了咕噜咕噜的哀鸣声，老人看着它惊恐万分的样子，微微一笑，挥了挥手。鳄鱼便如同风中的羽毛一样飘荡着，重新飘回到湖中，缓缓落下。终于，鳄鱼感到下腹接触到了水面，同时那股力消失了。它本能地窜下去，翻起一朵浪花后就不见了。几秒钟后，刚才不可思议的经历已经从它原始的大脑中被清除，鳄鱼又在湖水深处悠游自在，寻觅新的猎物。

可怜的家伙，好好享受你剩下几个小时的生命吧。老人悲悯地想。

老人离开湖泊，沿着小溪，往上游的密林中走去。这里罕有人至，荆棘丛生，树根盘结，很难行走。但老人走过的地方，无论是树根还是石块都会在无形力场之下被推开或击碎。没有任何东西能够阻挡他前进的步伐。他在山谷间悠闲地散步，不时用智能力场抓取几只小动物来端详一番，又放它们离去。

老人很喜欢这次末日之旅，这对他来说是旧地重游。当然，在他近乎无限的生命中，已经进行过几千几万次这样的旅行。但这样的机会还是不常有的，至少最近1千年都没有过。虽然有生命的世界在银河系中俯拾即是，进化出智慧的也不少见，但是毁灭级的灾难还是不常见的，正如超新星一样，千百年来才有一次。拿这颗行星来说，上一次发生灭绝性的大灾难已经是近7千万年前的事了。

老人还记得上次来到这颗星球时的情景，那些千奇百怪的巨龙们仍在大地上和海洋中悠游，统治着整个行星的生物圈。老人见证了它们的最后时刻。天火降临之日，繁盛归于乌有。巨龙灭绝殆尽，其生态位大多被某种小型胎生动物的后裔所取代，从它们中甚至产生出了初级智慧。

而如今，又一个末日到来了，不知道这颗星球的生态系统是否还能幸存。

这次的末日之旅如同往常，他不喜欢去那些充满本地居民的大都市，看那些人绝望的哭号，或者加入那些歇斯底里的疯狂派对。在他看来那是毫无意义的恶趣味。他只喜欢一个人去没有改造过的乡野中，细细体味每个世界即将灰飞烟灭之际的自然风光。比起那些肤浅可笑的人造物，经历亿万年进化而来的自然才更值得观赏。打开星际之门的价值不菲，当然要花到最值得的地方。

"注意，出错了！"

一个紧急讯号出现在老人的意识场中，是领队抄送给所有星际游客的，被标记为最紧急级别。

"什么？"

老人随即发送了一个询问，同时也看到，在意识遥感网络中，上千个类似的询问出现了。

对方解释："寰宇智能监测系统出了差错，给了我们错误的信息。

我们刚刚进行了复核，确认这颗行星今天不会发生灭世级别事件，不但今天不会，至少未来 1 万年内都不会。"

"那么末日之旅不是……"

"很抱歉，末日不会发生，我们暂时还不知道错误是怎么产生的，但星渊集团会对此负责。现在请大家根据宇宙文明管理法案第一百五十八条第七款的规定，立刻集中并撤离这颗行星，否则——"

信号传输忽然中止了，负责人显然被某种更紧急的事态占据了意识场，老人用信息触角在遥感网络中探寻着，很快发现了问题所在：

有游客开始动手了！

第四章

"星之丸"游曳在灯火璀璨的东京湾,两边是灯火辉煌的都市夜景,倒映在粼粼波光中。彩虹大桥如一条玉带连接两岸,港湾上的各色船只星星点点,如同一只只漂亮的萤火虫。天上,一轮弯月将柔和的月光投向大海。

栗原达也和栗原由希站在船头,吹着海风,指点着岸上的高楼广厦,辨认着东京塔的方向,一时都沉醉在迷人的夜景里。

"怎么样，这次的末日之旅可遂了你的意了吧？"由希笑着对丈夫说。

"美极了！想到这美丽的一切，日本，不，人类的一切成就，即将被宇宙的暗夜所吞没，实在是令人难过。"达也叹息着。

"真的吗？"由希戳穿他说，"你真的难过吗？我看你巴不得真的是世界末日呢。这一年来你跟那些狐朋狗友大侃什么灾难啊、灭绝啊的劲头可不小呢。你们这些科幻迷就盼着看一回世界毁灭的奇观吧？

本来根本没有的事，都说得活灵活现的呀。"

"不只是科幻迷，"达也说，"历史上第一次，全人类都沉迷在这种'濒临毁灭'的意境中，这个世界末日的概念创造了多少商机啊！你都从中大赚了一笔。"

由希不由点头赞同，她是开网店的，最近半年在丈夫的建议下开始售卖所谓"末日逃生套装"，就是在一个包里放上手电筒、指南针、压缩饼干和救生绷带之类平时没用的小玩意，然后再以几千日元的高价卖出。生意居然异常红火，有时候一天可以接到上千份订单。大概在大海啸和核泄露之后的日本，人们对世界末日的概念比起其他国家更多了一份现实压迫感。

达也意犹未尽，接着抒发胸臆："末日是一种融合了惊叹和悲伤、恐惧和希望、疯狂和寂静的情结。它太壮丽，壮丽得让你忘记了残酷，太宏大，宏大得让你起不了个人的忧虑，发生的一切，存在感无比强烈，然而很快又将归于虚无，仿佛一切都能在'空'的怀抱中得到救赎。在古代诞生了《启示录》这样伟大的作品，今天，人们更是在各种虚构文学和影视中展开想象，2012 的预言就是这个古老传统的巅峰，这是第一次全人类都自觉参与的末日想象……"

"还说呢，"由希撇撇嘴，"今天马上就过去了，等明天一切恢复平常，我怕你会得末日后忧郁症。"

这话好像说中了他的心思，达也叹了口气，不说话了。

"先生，我觉得你说的不错。"一个陌生人的声音想起。达也转头，发现一个黑衣服的中年人不知什么时候已经站在了自己身边。他有些疑惑，但礼貌地微微躬身。

"末日是一个文明所能产生的最高级想象，"黑衣人说，但却没有看他，而是看着远处光辉灿烂的城市楼群，"是文明的力量最终被不可知的神秘压倒的悲剧。你知道最迷人的地方在哪里吗？一切都屈从于至高的力，一切的美，一切的思想，一切的文明和雕饰，都会在力的博弈中消失。这是我们这个宇宙最终的宿命。最终，一切都会被空间的加速膨胀而撕裂，那是最终的末日，当空间膨胀到达临界点，在整个宇宙中，连原子和电子都不会剩下，一切都会被空间本身的力彻底粉碎！"

他的容貌只是一个普通的日本人，毫无特点，日语很流利，但语感却硬邦邦的如同外国人。由希全然不知对方在说什么，不过类似的对话她听得多了，都是丈夫的那些科幻迷朋友平时胡吹乱侃的。她看到达也听得相当专注，心里嘀咕：这回丈夫又找到一个知音了。

"大撕裂理论！"果然达也眉飞色舞地赞同，"原来一切末日都是最终末日的预演……这么说来，宇宙中所有文明都会遇到末日吗？"

"这倒不是，"黑衣人说，"宇宙被广袤空间隔开，除了最终的大撕裂外，其他的自然灾变都是有限度的，如果一个文明扩展到了宇宙深处的其他星系，那么无论是小行星撞击还是恒星爆发都不可能带来根本毁灭，更不用说其他较小的灾变了。所以只要文明发展到一定程度就可以和末日的危险说再见了，毕竟宇宙的最终毁灭还是在遥远得不可思议的未来。"

"没有末日，那不是很无聊？"达也笑着打趣。

"是啊，凡是发展到这个阶段的文明，当然不会碰到什么末日，否则早就毁灭了。这种末日情结，在其文明发展中从来没有满足过。所以在其扩展到全宇宙之后，会不惜越过整个宇宙，去那些遥远的星球观赏各种原始世界的末日，寻找一点感觉。"

"好主意！但他们怎么知道哪个世界会濒临毁灭？而且越过银河系，就算以光速也要几万年吧？"

"整个宇宙的物质基层，是暗物质形态构成的超感纠缠网络，早在宇宙的上古阶段，最古老的诸文明就在其基础上建立了寰宇网，对每一个有生命的星球进行自动监测，这些世界当然平平无奇，一般感兴趣的人不多，但当末日降临前夕，相关信息会被送到宇宙各个角落的信息订购者中，然后有商业机构主持，将感兴趣的人们组成旅游团体，通过星际之门，在刹那间穿越宇宙，来到末日降临的世界上。"

达也愈发好奇地看着他："您说得好像真的一样。"

"是不是真的，很快你就会知道了。"黑衣人带着神秘莫测的笑容说。

达也正在思考他话里的意思，忽然脚下颠簸，港湾上无端出现了一个大浪，将游轮推向一边。许多人猝不及防，摔倒在甲板上。达也急忙抓住栏杆，才站稳了。

"由希，你没事吧？"达也望向妻子，他看到由希的脸色惨白，瞪大眼睛不敢相信地望向前方，不由顺着她的目光看去，很快发现了异状。

水下有某种发光的东西正在向彩虹大桥的方向游去。那东西至少和鲸鱼一样大，不，比一般的鲸鱼还要大得多。难道是敌国的潜艇？

达也还来不及多想，就看到那东西冒出了水面，立了起来，非常非常高，至少有四五十层楼那么高，它掀起的大浪让远处的星之丸也剧烈地颠簸起来。

那是一个巨大的发光椭球体，被两根长腿托起，中间有一个不断转动的圆环，好像一只妖异的巨眼。很快，从上面又伸出了无数触手状的复杂链条，每一条都比列车还长，却灵活得可怕。怪物用那些触手缠住彩虹大桥，几秒钟后，那座刚才还固若金汤的长桥像脆弱的积木一样断成数条，带着上面的无数车辆轰然坠入海水。

机械章鱼般的怪物行走了起来，看上去很笨拙，但以惊人的速度向西岸市区的方向移动，八歧大蛇般的触手开始四处绞缠，海滨的几栋大厦开始在它的撼动下倒塌，楼塌的声音如同天边的雷霆一样传来。

但几乎听不到任何人声，因为离得太远。

达也完全无法思考，只是呆呆地看着，仿佛在看一出宽银幕的灾难片。巨章鱼进入市区，触手疯狂地摧毁着一切，如同一个调皮的孩子践踏着美丽的花园。达也忽然想起自己以前看过的那些毁灭东京的怪兽片，那些荒诞不经的场景，如今竟在自己眼皮底下真真切切地发生着。

"这才是真正的末日狂欢。"黑衣人说，嘴角露出一丝微笑，"这个宇宙中最有趣的游戏。"

达也如梦初醒："你、你和那个怪物……难道……"

"他是我的同伴，"黑衣人坦承，"对一个即将毁灭的世界，文明保护法则不再适用。我们跨越星河来到这里，可不只是当看客。狂欢的时刻到了！我们有很多人，正在比谁能先毁灭这座城市，看来我也要加紧了……你们两位，愿不愿意做我的客人，来观赏这精彩的一幕呢？"

达也看到，远处的怪物已经把东京塔高高拔起，扳成两段，高高抛向夜空。他跟着望向天空，发现月光之下，不知何时已经出现了各种匪夷所思的怪物，妖异的云彩从四面八方围拢过来，遮住了一轮明月。

第五章

三千相宣夜立在静海上，用广维眼看着在群星中悬浮的蔚蓝色球体，将上面的一切尽收眼底。

通过遥感网络，他已经敏锐地察觉到那个球体上的诸多惊人变化，就在刚才的几分钟里，一座座城市被毁灭了，毁灭的方式各有不同。

有的是在反物质爆炸的烈焰中被焚毁，有的是在绝对零度中被冻结，有的是被那些粗鲁的游客亲自碾成粉末，有的是被猛然掀起的百米巨浪夷为平地……

至少是五级干涉，糟透了。三千相宣夜烦躁地发出一道空间激波，将面前立着的一面星条旗炸得粉碎。

宇宙文明联合体的公认的寰宇价值："不得以任何方式干涉低级文明的发展。"在一个文明能够加入联合体之前，只能进行外部观察，而不能加以干预，无论是善意地想帮助对方提升文明还是恶意地要消灭对方，都是被文明法则所严禁的。即使在毁灭到来之际，也不能帮助对方逃脱灭绝的危险，否则就是破坏了神圣的宇宙法则。

但末日之旅是一个例外，当确定某个世界即将迎来末日，可以在末日前最后的某个时间窗口去拜访这个世界，当然理论上仍然要以该世界智能生命的形体，通过内置的语言转换装置，以免引起本地居民的骚动。不过在最后的时刻，虽然法律上仍然有障碍，但是即使放开手脚，大肆破坏也不会有什么严重后果，既然这个世界就要毁灭了，那么给远道而来的宇宙游客们先玩一玩又有什么要紧呢？

问题是，这个世界根本不会毁灭，这个世界末日的说法根本是一个低级谣言。

三千相宣夜已经仔细检查了感应网络上传的数据，毫无疑问这是一次低级的误判。程序毕竟是程序，对于完全不同生物基础和文化途径的异星文明没有办法真正理解。当它发现这个星球上以史无前例的强度和频率传诵着某个"世界末日"的说法时，就收集了大量资料进行判别。程序认为，该星球的文明程度已经能够以一定的精确性预言可能的灭绝性灾变，而被大部分人赞同的说法可信度更高。既然末日的说法能够在本地网络上获得几百万的转发，而驳斥它的说法只有寥寥几万，因此高度采信了末日即将发生的信息，并将各种支离破碎、相互矛盾的解释进行合理化演算，编织成一个逻辑自洽的故事上传到寰宇网络，随后由星渊集团主持了这次该死的末日之旅。然后，他们在拟定的末日时刻前几个小时，将上万来自宇宙各个角落的游客传送到这个偏远的星系中。

结果，出了这么大的纰漏。在他发出纠正信息之前，大破坏已经开始了。现在死去的本地居民至少已经有10亿，也许是20亿，已经构成了最严重的干涉级别。三千相宣夜已经发送了紧急通知，让所有人立刻停止破坏，但是为时已晚。还有好些不知是什么种族的家伙，迄今仍然置若罔闻，有个疯子正在把太平洋的水都弄到近地轨道上去，要制造一个星环。

"大眼睛！"三千相宣夜叫了一声。寰宇网络打开了，为他接通了三万光年外的第十九天河，上司的三维影像在月海的尘土上波动着。

"出大麻烦了，"三千相宣夜苦恼地开始信息传输，把事情大致告诉了第十九天河。对方只是微微一笑："你能解决的。"

三千相宣夜一时无语："都这样了……怎么解决？"

第十九天河做了个表示不耐的意识势："用你的逻辑。如果这颗星球继续存在下去，遥感网络会发现我们的游客进行了破坏，而大灾变没有发生，会很快发出警报讯号给中央理事会，作为我们违背了基本文明守则的证据，这样的话，我们都会背上大麻烦的。但是如果这个行星的末日如常发生，那么这一切都不算出格，最后谁也不会知道。"

"可怎么……你难道是说——"三千相宣夜被惊呆了，"我们亲自制造一个——"

"你还有什么更好的办法？"

"可是那些游客，他们也都知道了啊。"

"放心，大伙儿到这个星球上无非是想发泄点生活压力，没有人想给自己惹麻烦。何况你以为这件事是宇宙中有史以来第一桩么？"

"什么？！"

第十九天河发了一个表示"讽刺"的闪动："你刚接手这个工作，还不太熟悉，要知道寰宇智能网络太古老了，很多地方的软件至少有几十亿年没有更新过，这种错误事实上经常发生。"

三千相宣夜栗然一惊："这么说，以前的那么多末日之旅……"

"很多情况都是类似的，至少有10%，也许占到了20%。但是谁在乎呢？游客们得到了享受，我们赚到了通用购物值，有些星球上的数码复制体还能卖了大赚一笔，只要没人傻到捅到中央理事会去，什么事也不会发生。而且就是上面也有我们的人。"

"可是那些星球……"

"不过是一些低级虫豸，不用在意。"

三千相宣夜骇然无语，良久才继续问："那我……应该怎么做？"

"这你自己决定吧。"第十九天河不耐烦地说，"反正法子多得很。"

他闪了闪消失了，寂静的月海上只剩下了三千相宣夜孤独的菱形身影。

三千相宣夜开始在数十万公里的范围内启动几台空间波仪，转动希格斯场，调整引力子分布，增大行星与卫星间的引力。他想快点干完这件差事，所以将引力调到了最大，几乎相当于一个黑洞。不久，蔚蓝色球体开始变得越来越大，就像从天上落下来一样。

月表震颤着，平原上的尘埃如倒飞的雨，扬向黑暗的天空，将蓝色行星埋葬在一片遮天蔽日的昏暗中。

第六章

海洋已经全部蒸发，所有的大陆都融为岩浆，炽红的岩浆在因地月撞击而猝然加速的自转下向赤道聚拢，变成十多公里高的洪潮，扫过早已没有任何生命气息的行星表面。许多撞击碎片飞入空间轨道，形成了一个暂时的星环。

对撞已经过去了很久。观看的游客基本都已离去，但两个发光的小人儿还在岩浆潮中嬉戏着，上上下下，舍不得离开这个乐趣无穷的新乐园，直到时间已经差不多了，才穿过地球内部喷发物和地表尘埃形成的黑云，飞向太空。

当他们从厚厚的黑云中出来时，正好看到一个大蜻蜓一样的航天器正坠入黑云，划出一道暗淡的火光后，消失在不可穿透的黑暗深处。

"那是国际空间站，"女孩说，"地球人在外太空——别笑，他们就是管低地轨道叫外太空——的唯一存在，现在也完了。"

"可惜我们没时间进行太多的数字扫描。"男孩说，"只保留了那个世界的一点点碎片。"

"别担心，其他游客会有很多扫描的，待会儿大家可以相互复制嘛，其他地方用寰宇网络的资料补全，我们会有一个仿真小地球当纪念品的。我先看看你的收获？"

"好啊，"男孩说，在面前投射出一个变幻着形状的三维体，"看，刚才那几个人。"

离木星轨道上的星门还有半个小时的路程，在这过程中，他们津津有味地欣赏起三维体中的画面来。

第七章

外滩钟楼敲响了十二点的钟声，12月21日过去了。

"我就说嘛。"出租车里，林琳靠在男友的肩膀上，喃喃说，"根本没有什么世界末日，真无聊。"

"换个眼光看，"方岳温柔地抱着她，"就当上帝又给了世界一次机会，我们应该更加珍惜自己和心爱的人，所以晚上我们还有个庆祝的 party。"

"嗯，让我睡一会儿。"林琳惬意地在方岳怀里伸了个懒腰，慢慢沉入了梦乡。

方岳抚摸着女友的秀发，心不在焉地想着见家长的事，渐渐也有些睡意。正在他眼皮将要合上时，忽然有一种怪异的感觉，似乎一刹那间，远远近近的一切消失了，满城的灯火都熄灭在深不见底的黑暗中。

方岳揉了揉眼睛，周围自然一切如常，灯下的都市里车水马龙。他不禁暗笑自己神经过敏，从兜里掏出手机给朋友发短信，说 15 分钟后就到。

UNDER THE DOME

末日卷

旷野

本少爷 作品

本少爷 一个原计划靠脸吃饭，却不小心成了靠才华混生活的作家，编剧，游戏策划。曾出版奇幻短篇小说集《江湖异闻录》、《独活十年》。对这个世界充满了各种兴趣和爱好。读书，品茶，旅行，做饭，电影，养多肉植物，游戏。独身主义者，严重拖延症患者，懒癌晚期。

编辑导读：

　　我钟爱它所描述的广漠荒凉的原野，渺小的人类聚集区里更加荒凉的人际关系，以及这绝望世间仅存的一缕温情。主角对弟弟沃迪的爱，就像沙漠中一滴映射出七彩虹霓的水珠，无比美丽、脆弱和稀有，令人不忍瞬目，惟恐片刻之后，它就将永不复现。

　　少爷选择了第一视角来写这个故事，配以他细腻的人物描写，在絮絮叨叨的独白中，残酷的生死之争变得遥远，而对爱的渴望倍加鲜明。不知不觉间，我们代入了他，戴着冷酷的面具，行走在荒凉的世界，寻觅属于我们的那一滴七彩虹霓。

第一章

　　一阵狂风把我的身体吹得像一只破烂的铁皮罐头筒。要不是滚了几圈以后我用仅余的力气死死抠住硬梆梆的冻雪，尽可能把身体平摊在地面，没准几块剩余的骨头就会互相折叠在一起，然后发出咔嚓的脆响。

　　爬起身来，我发现本来就剩得不多的东西又被这股强盗风抢走了一些。最重要的是，这里面包括小半盒火柴。

　　我的咒骂声只发出一半，就停住了。

　　那是什么！我激动得简直发起抖来。

　　我竟然终于看到了远处尖顶的形状，也许是教堂？不，管它是什么地方，哪怕那儿的十字架早就被人劈成柴烧掉了。

　　灰蒙蒙的天空好像又有下雪的迹象。

　　如果我还想活下去，我就得赶紧到达那幢房子，爬也得爬过去。

"听着，安德烈。你需要一个女人。"梅莉严肃地和我说。

那年我十六岁。用梅莉的话说，这个年纪就应该找个女人生个孩子。她就是那一年在小镇被人拉进酒吧，紧接着就怀了孕。直到把我生下来，她也没觉得这有什么大不了。肚子里没东西，那就尽情地快活折腾，有了东西，那就生下来。生活就是这么简单。

这个愚蠢的女人。

她以为一切都没变样。

事实上，食物越来越难找到了。谁还有力气折腾那些破事。

以前，在核战争后的废墟里讨生活还没这么艰难。每天我们只要出门，傍晚回家的时候总会有些收获，或多或少。有一次我甚至冒险钻入一幢早已垮塌了大半边的楼房。那是在四年前。

"别进去！"我弟弟沃迪用稚嫩的童声阻止，用手拉住我。

没错，人们警告过，一幢房子要么彻底垮得不像样，要么还稍微有点尊严地竖着一堵墙，都比这种摇摇欲坠的破楼房来得安全。

但我看了他一眼，还是从一道裂开的墙缝里钻了进去。接近地面的通道又窄又黑，不知道为什么，我总觉得尽头也许能找到什么宝藏。故事里都是这么传奇的结局，不是吗？

不幸的是，爬行了没多久，我就隐约听见了一种令人警觉的震动。

"安德烈！"我听到身后传来恐惧的叫声，那是沃迪的声音。

他竟然偷偷跟在我后面爬进来了！

紧接着，一声咚的巨响传来，也许是支撑上方半堵墙的某根柱子倒了下来。

我无法转身，我只能抱着脑袋尽可能把身体缩在一块水泥板下面狭小的空间里。地面的石块或别的什么硌得我小腹生疼，但根本转不开身来。很显然，最后斜立的这面墙塌了，大楼彻底垮下来了。

那样震耳欲聋的重物砸落声，此起彼伏，彻底埋没了我叫唤沃迪的声音。

但我还是不断地小声地，近乎于自言自语地叫唤着。

"沃迪！沃迪！"

灾难过后的黑暗里一片死寂。没人回答我。

那时候发条橙镇的生活还没这么艰难，被救出来的沃迪和我都还有机会活下来。

沃迪失去了一条腿。那年他七岁。不过他还是满不在乎地安慰我，学着大人的口气，拍着我的肩膀说："这没什么，安德烈。你当时一定以为我死了，结果你看，你错了。我能好好地活下来。"

该死的，那时候我们能够在废墟里找到的药品里根本没有麻醉药物。匆匆忙忙赶过来的巴洛大叔，他是我们镇上唯一的医生，宣布要锯断沃迪的左腿。

沃迪被几个大人按住，尖声号叫很久突然闭嘴了。当时我以为他死了，其实他是让巴洛大叔把腿锯断的时候痛晕了过去。昏死状态据说是人的一种自我保护机制。

巴洛大叔带来了仅有的一点抗生素。同时带来的可怕消息是他没有止血药物。

他指挥梅莉把铁钳烧红了去烫伤口，我闻到了一股熟肉的香气。他声称这样可以让血管收缩。一连很多天我们附近的邻居都在考虑另外找个地方容身的问题。他妈的，沃迪无休无止的哭号声就像一把生锈的锯子。

那时候真幸运，我们偶尔还能找到一些营养品，以及一些友善的邻居们。

后来显然这一切都随着物质的匮乏而开始变化。整天咳嗽的老莱尔被吊死在那间酒馆的门口,因为黑帮的老大雷克用一把锯短枪管的猎枪指着他的头,让他马上弄来一小桶英格兰麦酒。"你不如吊死我!"老莱尔抗议说,"这年头要想弄来一桶麦酒,比你找到一小管杰特还要困难!"

结果雷克就按他的说法这么干了。

灰狗雷克统治了整个小镇。他无恶不作,手底下有一帮兄弟,为他每家每户去搜刮能搜刮到的几乎一切。然后他们就在小镇唯一完好的教堂里吃喝玩乐。神父?唯一的神父早在巴洛医生赶来之前就死于胃癌了,老家伙什么都吃不下,反而呕吐了整整一个春天,我记得最后一次见到他时,是在夏季的一个黄昏,饥饿的神父薄得像一片树叶,看上去随时有可能被微风刮得飘起来。

他坐在教堂前的台阶上有气无力地对我挥着手,说:"愿上帝能拯救我们。"他头顶的枯树上站着几只饿得甚至没有力气呱呱叫的乌鸦。

上帝没有拯救我们。神父饿死以后我们连教堂都不能去了。

雷克把那儿整理成了一个交易场所,鼓励小镇上的人们带着各种废品来这里交换。他从中收取很重的税,但是他一旦看中什么就直接抢走。很快,人们都不再进去了。

巴洛大叔也险些在那一年死掉。

那时候,混蛋雷克唯一的宝贝儿子艾富里感染了肺病,整天被包在一件看上去挺暖和的狗皮大衣里一边打冷战一边咳嗽满面通红,吐出来的脓痰就和他老爹散发出来的气味一样,又腥又臭。

这小子和沃迪同龄,但天性就坏透了,脑袋瓜子里成天都在琢磨一些整人的坏主意,一旦得逞就会高兴得发出"嘎嘎嘎"的难听笑声。

巴洛大叔警告说这也许是过多吃糖果的后果。天,糖果!

坏小子艾富里尖声地哭着说："你骗人！吃糖果不会咳嗽！"神经脆弱的他仿佛因此受到了莫大的侮辱，马上去寻找他爹藏在书桌抽屉里的一把子弹上膛的手枪。

要不是当时巴洛大叔正好低头去翻查他那个破烂铁箱里仅有的一些药物，性命就这样白白送掉了。神经紧绷的艾富里开枪打中了他的右边肩膀，事后还害怕地哭着问别人："我会死掉吗？我会咳得死掉吗？"

这小坏蛋没因为肺病而死掉，真他妈是世界上最令人失望的事情之一。

一些邻居们来向我们告别，去寻找旷野上的别的小镇。大家的声音都低沉而忧伤。

"会好起来的。"他们这样说。或者互相假装相信"会找到一个适合居住的地方。"有足够的食物、热水、药品，不会走在街头随时有可能被流弹击中丧失性命。

我们都假装相信有这么一个地方，会被幸运地找到。

至于传说中战前有过的学校、百货商店、邮电局或图书馆，见鬼，这些东西长什么样子我都无法想象！

还有，千万别遇上丧尸。这些旷野上的漫游者是小镇上最大的威胁——除开我们自己。传说这些以人类为宿主的丧尸也有着高度的智慧，它们的目的是真正地占领和统治这片旷野。每当它们攻击人类得手，嗯，那也许只能意味着那个不幸的人类就此叛变了。

沃迪喜欢读书。

他断了一条腿，躲在阁楼里，只能把胳膊肘儿搭在窗台上向外看风景。他发呆的时间很长，喜欢读书以后，发呆的时间就更长了。有时候我无法理解他那小脑袋里究竟在想些什么，总觉得他思考的时候，那眼光好像就穿到了另一个世界。他乖得像条狗，每当听到我爬上阁楼的声音，他的眼睛里都会放光，期待着我从口袋里摸出几张纸给他。这年头，要想找到一本完整的书籍简直没可能。

其实那些零碎书页上的内容他根本看不懂。我是这么认为的。

尽管如此我还是不愿意让他失望，每次去废墟走一圈，我总会留意带些东西回来，一小片杂志内页，一角撕碎发黄的报纸，甚至哪怕就是一张莫名其妙的广告传单。

他最爱的是把那些捡来的破铜烂铁组装成一些奇怪的东西，然后对着它们琢磨，如果添加一些什么，能变得更好。我觉得他靠这个来打发时间真是个不赖的办法。

"安德烈，发条橙镇就在这片旷野上。"有一次他指着地图对我说。

我扫了一眼："那又怎么样？"

"它被封锁了。"沃迪说，"没人能从这里出去，在那边，有军队看到人就开枪。"

他说的是真的。后来我听好几个人这么说过。

"说真的，如果给我足够的零件，我会做一条机械腿，从铁丝网上面跨过去。"他这么跟我吹牛。事实上我很想告诉他，即便他有一条机械腿，铁丝网也不可能矮得像一堆狗屎。

一想到沃迪我就心疼。

雪果然又开始下起来。用来勒紧裤腰的那条细麻绳突然断了，裤子垮下来，险些把我绊得摔倒。我胡乱揪起裤子。穿的时候我就发现它的腰围大得就像一只敞口的袋子，几乎能装下四个我！

这条裤子是我在路上的一具尸体上扒下来的。准确地说，那还不是一具尸体。那家伙也许以前是个军人？反正他没断气，不过也就只差这么一点了。他背靠着一棵早就枯死的树，奄奄一息。在我扒下他的裤子时他甚至还动了动眼珠子，仿佛警告我说："小子，我会把你的脑袋直接拧下来！"我想象他那双灰褐色的眼睛里，一闪一闪露出凶光。不过我不在乎。

他快死了，他一动不动，僵硬地任由我摆布，我还惊喜地找到了半盒火柴和一枝钢笔。

钢笔毫无用处。我本来想要随手扔掉，转念又留了下来。

沃迪也许会喜欢。

如果我还能活着见到沃迪，或者见到活着的沃迪的话。

我看错了，有尖顶的不仅仅只会是教堂。

还有可能是房顶垮掉了一半。

幸运的是，这幢残破屋顶的房子有小镇上唯一的灯光。也许是饿得太虚弱，我试图踢开门装成一副冷酷的打劫模样时，哐啷一声铁门震响的声音让我痛得单脚在原地足足跳了三圈，才扶着门站稳，脚趾骨也许折断了？不然不会这么钻心地疼。

要不是因为这场风雪冻得全身几近麻木，可能这种疼痛还要剧烈些。

经验告诉我把自己打扮成一个可怜懦弱的垂危弱者是没用的，人们看都不会多看你一眼就会直接告诉你说："不。"然后砰的一声掩上门。他们会在第二天抬你的尸体扔得远一点的时候，一边吐着唾沫一边咒骂不绝。大家只有在钢铁般的拳头和子弹、匕首等武器面前才会显得善良些。

我感觉全身的力气都渐渐消失在这场风雪里。今年冬天真不好过，镇上稍微老实一点的人，要么死了要么跑了，来了更多的莫名其妙的人，企图占领这里，遭到了雷克和他手下的强硬驱逐。那些新来的家伙可不会像我的邻居们那么好说话，他们也有霰弹枪，甚至有三个自称来自"蝮蛇军"的黑鬼手里持有令人垂涎的火箭筒。

"他们不敢发射，"沃迪小声告诉我说，"看到那上面的自制瞄准镜没？他们不可能有很多弹药，这意味着他们的目的是来对付某个特定目标。而且，一旦他们敢开火……"

"会怎么样？"我问。

沃迪耸耸肩："所有人都会一拥而上。这件武器不可能杀光所有的人，但它值得剩下活着的人不要命去抢，明白了吗？"

我惊讶地看着沃迪。他妈的这小子真是太聪明了！他还没满九岁。果然这三个黑鬼没过两天就大摇大摆地走了。也带走了雷克最好的一把短管猎枪和一大包腊肠。灰狗雷克脸色铁青，屁股却夹得紧紧的，大气都不敢出。旷野有很多小镇，每个小镇都有黑帮，但没人敢惹蝮蛇军。他们的势力听说来自铁丝网的另一边。

我听到了拉枪栓的声音，紧接着，一个女人凶厉的声音从门后面传了出来："谁？"

我抱着脚坐在地上，大气也不敢出。屋子里的脚步声突然消失了，我能想象门后那个端着枪的女人。不，只要她打开门缝的一刹那，我没能及时跑开，我就会直接脑袋开花。这年头谁也不会轻易给别人先动手的机会。

我决定小心地、慢慢地退后，退到安全的地方去。

该死的，我不得不放弃这一次抢劫。我冒着风雪赶到这个小镇就是为了找到点活命的食物，如果能有个火炉取暖，喝点热水，那就更好了。一路上我都为这个在盘算，才有了挣扎求生的动力，现在好了，我不得不放弃这一切，回到我寒风呼啸的、令人绝望的冰冷长途中去。

我现在只担心一件事，那就是在我没有退到足够的安全距离之前，屋内的女人打开门不由分说就冲我开了一枪。我敢保证这年头的女人不会比男人更心软一点。心软的女人早就死光了。就连我那愚蠢至极的母亲梅莉，也敢冲着贸然闯入我家的醉鬼迎面就是一斧头。她是真蠢，从没想过砍死那醉鬼以后，会有别人来为兄弟报仇。不过也真够幸运的，人们判断这个冤死鬼可能是跟着别的什么人去别的什么地方混日子去了。我们把这醉鬼埋在了厨房外的院子里，虽然这有点恶心，不过，反正我们已经不会在厨房的餐桌上进食了。食物少得可怜，几乎等不到被端上餐桌，盘子就被舔得干干净净。

　　沃迪瘦得更厉害了。他已经快九岁，瘦得简直连一只餐盘都能盛下他。但没办法，梅莉每天从酒吧回来都很晚，能带回来的食物也很少。她把从各种男人身上能搜刮到的零碎都藏在乳房下面。她乳房下垂得很厉害，没人想到要去捏一把。

　　但我实在没有力气就这样悄无声息而又迅速地逃走。

　　饿得实在太厉害，天气也太糟糕了，而且我宁可脚趾不要恢复知觉，没这么疼痛更难以忍受。我转身要退开的时候这只脚根本没有服从指令，我顿时失去重心，狼狈地摔倒了，压垮了房子外面几块凌乱堆放的木板。

　　我躺在那里，听见轻微的一声响。

　　四周太安静了，安静得……我听到了击锤扳起的声音！

　　随即门被打开了一条缝。

　　"不！"我吓得伏在雪地里举起双手，一动不动，"不要开枪！"

　　有脚步谨慎缓慢地接近。

　　如果是平常，我敢打赌我会冒险趁这女人走近的时候一个翻滚就钩住她的腿，把她绊倒，或者一个倒踢踹得她捂着小腹仰天飞出去，然后扑上去恶狠狠地朝她眼睛揍一拳，打得她眼冒金星，她的腕力当然也不可能比我更强。不管怎么说我已经是个二十岁的成年男人。那支枪毫无疑问会落在我手里。

但现在别说是打架，我连用力在雪里呼吸都觉得抽空了所有力气。我只能任由一只硬底靴子踩在我背上，随即，木头枪托狠狠地砸在我的后脑勺。下手真狠！我根本来不及发出声音就直接晕了过去。

火光一跳一闪，晃得人眼珠子都鼓起来。但是，谁他妈的愿意离开这么温暖的炉旁。

我听见了肠子蠕动的声音，胃里几乎谈不上有什么东西，只能不断地收缩，收缩，挤出一些空气摩擦的声音。

"梅莉，我们把这个人怎么办？"一个稚气的声音在我身后响起来，"别再杀人了，好吗？"

梅莉？！我无法再假装处于昏迷状态，猛地转过头去。

天哪，这就是那个梅莉，又老又瘦但嘴唇仍然跟吃了烈性辣椒一般又红又肿佯装性感的妓女梅莉。我实在不能想象我会在这里再见到她。事实上，自从她被雷克派人给带走，我以为她死了。

雷克不可能会放过她。

"我没死。"她大大咧咧地笑着说，"我能陪他们睡觉，我能陪好几个。如果不杀我，我就能多陪一夜。然后，我偷了他们的枪，逃出来了。"

愚蠢的梅莉。可爱的梅莉。

我忍不住伸出手抱住她，险些把她手里端着的一碗汤给洒了。

热汤！

这算是上帝偶尔的恩赐吗，一切所梦想的都出现了，炉火、热汤、遮风的屋子，还有梅莉。我又活过来了！

……除了，除了沃迪。

"你在胡说什么？"梅莉气得满脸通红，一把夺过我手里的热汤，"这不是沃迪吗？我找到他了！我救活了他！你看，我和我的宝贝又在一起了！"

她对待那个男孩的动作远不如对待我那样粗暴，她抱他的时候小心极了，就好像稍微用点力气他就会在她的臂弯里折断颈椎骨。

也许要承认这男孩和沃迪一样瘦得不成人形，就好像随手把这么一个人揣进裤口袋里根本没什么难。我一眼能看出他的异样。肌肉萎缩，脑袋变得扁平，双腿吊在梅莉的臂弯里就像两截木柴，嘴显得很瘪，显然牙齿已经掉光了。

没错，这是核辐射引发的坏血症，和雷克家那个坏胚子艾富里一模一样的症状。

"梅莉，他不是沃迪。"我寒气直冒，喃喃地说。

梅莉愤怒地起身去找她的枪。当她再度把那杆霰弹枪对准我的脑袋时，我突然发现了一件事。

梅莉她不认得我了。也许，如果不是这个小男孩劝说，她可能为了节省子弹，把我拖进屋里以后找个随便什么铁器把我的脑袋砸个稀巴烂，毫不留情。就像去年在院子里用斧头劈那个醉鬼的颅骨一样。

我呆呆地望了她三秒钟，迅速妥协地说："你说的没错，他就是沃迪。"我舔了舔干涸的嘴唇，说，"说实话，他比我以前看到的时候长大了一些，你知道的，男孩子就是这样，会从一个人长成另一个人，像奇迹一样，简直让你认不得！男人要长四次，才会衰老。而且，他瘦多了，看上去有点儿……营养不良。"

有些话是梅莉以前和我说过的，在她还清醒的时候。

梅莉扔下枪，掩住脸哭了起来："你说的一点儿都没错。他比以前瘦多了！这真让人担心，不是吗？有时候连我都觉得我会认不出他来！"

　　我呆呆地看着那个男孩，开始盘算到底应该怎么办。

　　雷克正在追杀我，这真要命，难道我又要扔下梅莉一走了之吗？如果她还清醒的话，也许我们能结伴走得更远，走出这片简直无边无际的旷野。也许熬完整个冬天我们能到达另一个城市，住下来，继续生活。但显然不行，梅莉疯了，她现在唯一的使命就是保护这不知从哪里捡来的可怜的小家伙——他多大？我看不出来，四岁，或者七岁？

　　但沃迪其实今年已经十一岁了。而且他断了一条腿，梅莉真是一个蠢货，难道她连这个都不记得了吗？

　　简直令人头疼。

　　"我们还有多少颗子弹？"我叹了一口气，问梅莉。

第二章

　　抱着小沃迪一直向南，向南。

　　任何地方都不能逗留超过两天，否则我敢断定雷克和他的手下一定会包围我们。梅莉手里的这支霰弹枪明显不管用。我们根本不是那伙黑帮的对手，一旦被找到，杀死我们对这群畜生而言简直就是一桩快乐的享受。

　　梅莉比我乐观得多："要是被抓住了，我就让他们干，我能让他们神魂颠倒，记得吗，妖精梅莉，我有真正让男人快活的手段。"

　　我怜悯地扫了她一眼："你老了，梅莉。"

她是老得不成人形。按我的年龄计算她快三十六岁了。其实不算多老，但更老的那些女人，很多早就死了。身体吃不消的话根本扛不住这么沉重的生活。我打量着她额头上的皱纹，深陷下去的双颊在她脸上仿佛两个巨大而怪异的酒窝，那把头发枯得简直就像晒干的壁虎尾巴。我有点同情她，不管怎么样，她是梅莉，是我母亲。

我曾经差点儿看着她死掉，现在我不会了。我无法容忍自己再犯一次根本没有后悔余地的错误。

风雪停了两天。路上我们遇到过几个人。彼此警戒地远远对峙观察了半分钟就各奔前程。有两个中年男人尾随了我们很长一段路，要不是忌惮我手里的霰弹枪，用脚都能想到他们接下来准备干什么。晚上我们幸运地找到了一座好歹能避风的废弃破房子，那两个中年人其中的一个，自称山姆，来敲门说，能否容纳他们进来休息休息。我毫不留情地给了他一脚，把他赶了出去。我不会有任何怜悯之心，即便天气如他所说的，确实恶劣极了，这该死的旷野上风特别大，能把人连皮带肉都给刮得干干净净。

但我还是很紧张。我得计算我们剩余的弹药，不能白白把子弹浪费在这种垃圾身上。不过，如果真的因此构成了危险，那就很致命，因此我也会毫不留情地把所有的子弹都射出去，把这两个杂种的身体打成马蜂窝。

毕竟先得保证活下来，这比什么都重要。

如果沃迪在，也许他会想出一些奇怪的办法。他今年十一岁，我要承认他从那些乱七八糟的书里学到了某种使用头脑的方法，他显得比正常人聪明多了，判断事情也更准确。可惜的是……

我看了看在梅莉眼里熟睡的小沃迪，有点伤心。真的，不怪梅莉，有时候我都会产生一种错觉，觉得这可怜的小家伙就是我们的沃迪。

那么小小的一团，就好像一切又回到了我们的过去，沃迪童年的那段光阴。我们必须要保护和照顾他。

沃迪永远乖得像一条狗。

这幢废弃的屋子突兀而奇特。我猜测在战前它或许是一个旷野观察站或补给品仓库，诸如此类。我花了几分钟琢磨这件事，很快就决定放弃。对于战前的一些事，已经没有人系统地给我们讲解了，所谓的历史，主要是由我们的猜想来决定。这就是生存重于一切的原因，历史由活着的人来决定它究竟是怎么一回事。

"拿着！"我把枪扔给梅莉，叮嘱她说，"一旦那两个家伙发出什么动静，别犹豫，直接开枪干掉他们。"为了坚定她的信心我又补充说，"也许从他们身上还能搜出点腌肉制品。"

食物让梅莉高兴起来，她迅速地举起了枪向门口瞄准，就好像一只好斗的母鸡。她的动作蠢得令人发笑。

我没顾得上理她，开始在这破屋子里四处熟练地翻捡可能有用的垃圾，螺丝钉、几张揉成团的发黄的旧报纸，幸运的是我竟然找到了半条臭气熏天的毛毯。我放在鼻端嗅了一下，马上拿开了，一阵干呕。它臭得就像一团屎。

毛毯和几块木板都扔给了梅莉。天气太冷了，我们必须一直保持柴火燃烧才稍微没那么冷。小沃迪——可怜这小东西只有这么一个名字——躺在一块满是疮孔的雨布上呼呼大睡，缩成一团。这些天我有几次觉得他快要死了，但他总吊着一口气，温顺而崇拜的眼光一直落在我身上，像条狗。

我要承认他越来越像沃迪。没准用不了多久，我也会和梅莉一样发疯，以为这就是真正的沃迪，我们一家人都在一起。

梅莉去添柴的时候，突然一阵巨响，门被撞开了。

我从来就没有假设过房门意味着安全的习惯。但显然我此刻做任何挣扎都将是犯傻。那两个中年人手里有枪。而梅莉竟然在添柴的时候把我们唯一的武器扔在脚边，她在被人用枪指着头的时刻竟然还蠢到弯腰要去把霰弹枪捡起来。

"梅莉，不要！"我警告她。

她愣了一愣，再次打量着那两个中年人，很快就明白了，我是对的。我们应该投降。她开始从脸上挤出一丝难看之极的笑容。我很清楚她想要干什么，我心里不断地骂她真是个不折不扣的蠢货，但我也想不出别的办法来。

两个男人进了屋，用脚踢上门，把我和梅莉赶到角落里抱头蹲着，其中一个脸上有刀疤的用枪管指着小沃迪。梅莉就尖叫起来："不要！"她的音调高得好像一只被踩了尾巴的母猫，吓了我们所有人一跳。小沃迪也醒了，一动不动地睁着眼睛看着我们，他甚至没有发出惊呼声。也许他从小就已经看多了这种杀人与被杀的场面。

"求求你们，要什么你们都拿走，别碰他！"梅莉哆嗦着不断地絮絮叨叨地说，"别碰他，求你了！要我吗？啊，你想要我吗？来一次吗……"

"闭嘴，臭婊子！"忍无可忍的刀疤脸用枪托狠狠地砸在她脸上。梅莉就像一只大虾般弓着腰伏趴下去，好半天没有发出任何声音。

不过，他们确实没有碰小沃迪。

梅莉把头抬了起来，她掩着脸，用嘴巴在抽泣。也许鼻梁断了？我不确定，我能看到她指缝里的鲜血。可我什么也做不了。

那个光头男人抬起枪管，对准她。我以为他们先会干掉我。不过，这已经无关紧要了。早晚都得下地狱。大家都一样。我打赌根本没有天堂这回事。

我盯着光头，突然想到了一件很重要的事情。

"不要杀人！我们能卖给你们一些东西！"

光头的枪管移开了，他眯上一只眼睛，用阴森凶狠的目光打量了我一会儿："你怎么看出我们是流浪商人的？"

"因为你的枪。"我冷静地说，"为了抢夺这间破屋子，你们从某个地方拎出了枪。为什么把枪藏起来，藏在附近？因为你们就是只在附近徘徊，看守或保护着什么。既然是这样，那么很可能附近就有你们的一个物资中转站之类的仓库，也许就是这间你们不得不用武力抢回来的破屋子。而且你们根本不像旷野上的流浪汉。通常处于饥饿状态下，根本不可能有人养成这么好的肌肉——"

我指一指那个光头汉子："这需要足够的高蛋白质食物。"

两个男人对看了一眼，刀疤脸照着我的脑袋就甩了一个巴掌，随后哈哈大笑起来："没错，就是这样。不过你现在性命都快没了，你所有的一切都将被重新分配，我们还有什么可以交易的？"

那个巴掌并没有把我打得晕头转向，我镇定地说："我有一批抗辐射药，怎么样？"

紧接着我又补充说："杰特也有，但不多。"

两个男人眼睛像荒原饿狼一样闪出了绿光。

旷野中的食物总是那么贫乏，由于接近核爆炸中心地带，未烧掉的核燃料和被中子活化的元素，由气化状态冷凝为尘粒，沉降到地面。严重受到放射性污染的地面已经没有办法种植蔬菜。在好些年里，我们无法见到真正的绿色植物。除了那些变异的仙人掌或别的什么。人们甚至只得带着斧头尝试去砍那些看上去简直就像一摊腐肉的仙人掌，试图从令人恶心的汁液里提取些维生素。

至于肉类，双头牛与巨大的变异老鼠、疯狂乱窜的野狗和野猫变得格外凶猛，运气好的话会被人们撞到。当然，运气好或不好取决于谁在搏斗中取得了胜利。有些人被它们吃掉了，有些人则吃掉了它们。

无论如何，食物都不多。一切匮乏得厉害，这片旷野据说已经被军方封锁了，它的地域大得惊人，据说从我们小镇走到旷野边缘需要三个月，你还有可能在接近铁丝网的一瞬间，被奉命看守这里的军队把身体打得像筛子一样全是弹孔，他们根本懒得叫你滚回去。

这些流浪商人有他们神秘而不为人知的途径，他们能闯入任何地方。世界上每个角落都有他们的脚印。他们四处搜罗对于当地人来说没那么重要的一些物质，把令人诱惑的肉制品、御寒衣物或武器卖出去。过段时间他们再来的时候，和他们进行交易的总会换上另外一些人。以前那些人消失了。但不管怎么样，女人们繁殖后代的速度还是那么惊人。她们一个接一个地生，其中总有一些运气好的活下来，比如我和沃迪。

"如果你手头真的有抗辐射药，那将会是一笔令人期待的交易。"刀疤脸晃晃枪管示意我站起身来，"不过我又怎么确定你说的就是真的？如果敢骗我，我会把你的肉一片片割下来晒干了塞在你这满是谎言的狗嘴里！"

我把头一偏，看着地上的小沃迪："看到这种坏血症没有？他是我弟弟沃迪，我们要带着他去取抗辐射药，治好他的病。我知道有个地方藏着这种药品，我无意中在一间地下室发现的，但当时我不敢带在身上，那会让我随时丢掉小命。"

刀疤脸蹲下身去，捏住小沃迪的脸，察看那张牙龈肿胀得满口牙都掉光了的嘴，又看看他几乎掉光了头发的脑袋。过了一会儿他转过身来，脸上的戾气消失了。"真他妈臭。"他皱着眉吐了一口唾沫。

陌生的不知来历的小家伙，用他那典型的辐射病症状说服了对方。

他再一次救了我。

"这么说,你得罪了发条橙镇的灰狗雷克。"

刀疤下了结论,再次告诉我他叫山姆。"但你不要指望我们保护你,我们不会这么干。"他干净利落地说,"如果他们拿枪指着你的脑袋,我们不会阻止他们扣动扳机。"

这就是流浪商人的原则。他们决不参与到任何械斗仇杀里头。他们只和存活者进行交易。就是因为这么冷漠无情,反而他们没有仇家。人们总是指望活下来,然后从这些商人手里换到些非常急需的物资。要是没有他们,生活会更难以熬过去。

"发条橙镇有上百个快死掉的辐射病人。"刀疤山姆对光头吉米说,"看来这可能是一笔好的生意。"

"你要什么?"吉米问我。

我没理他,走过去扶起梅莉,把她安顿在火堆边坐好。他妈的这浓烟太呛人了,我不停地咳嗽。而梅莉似乎回过神来了,她开始掀起她肮脏的裙子擦脸。

"这婊子什么都没穿!"光头吉米用厌恶的表情说,"她怎么没给冻死?"

然后他迅速给了自己一个答案:"在这鬼地方你总能遇上各种意想不到的怪事。核爆炸以后的辐射,别说是老鼠和蝎子,似乎连上帝都可能变异了。"

在他为自己最后的一句笑话而得意的时候,刀疤山姆严肃地警告他:"不要随便拿上帝开玩笑。"

"谁告诉你的?"吉米轻蔑地笑了。

山姆认真地说:"我祖母曾说过,上帝确实存在……存在过。所有亵渎他的人都将受惩罚,没人能逃脱。"

我险些笑出声来。这群杂种！如果真的有上帝，难道现在的一切惩罚还不够吗？

屋里竟然果真有一个地窖。藏得很隐秘，但如果给我足够的时间，我就能够发现它。

"来看看！"山姆招招手，"你要什么？我们都有。"

我跟着他爬进地窖。确实，我惊呆了。虽然我能够辨认出来的只有一些罐头和酒。当然，还有墙角一个木架上的几杆枪，成箱的子弹。甚至还有一本《废土生存指南》。

一条急速划过的阴影把我吓得跳开。随即我看到那是一条泛着诡异绿光的壁虎，颜色诡异得令人起鸡皮疙瘩。

山姆哈哈大笑起来，拍拍我的肩，说："怎么样？"

他的意思是，如果我能说出藏抗辐射药的地点，我就能尽情在这个宝库里挑选自己想要的东西。

我谨慎地点点头。天知道我从这个地窖的铁梯一步步离开时有多么艰难！这些东西如果全部给我，如果能够！

在这个世界上，不贪婪的人永远没有活命的机会。但贪婪同样也会让人送命。

我极力把吞咽口水的声音压到最小，我能感觉到唾液从舌根缓缓流下喉咙时的蠕动，但仍得装得无动于衷。

"怎么样？"看守着梅莉和小沃迪的吉米眨着眼睛问。

"狗屎！贱种！臭虫！这小子狡猾得像一只蟑螂！"山姆发出一连串恼怒的咒骂，并端起了他的枪。

吉米及时抬起手中的枪撞开他的手臂："不，不能杀他。这个垃圾什么都没有，我们还得把他们的尸体扔出去。"他侧耳倾听房外的风声，"杀了他，我们什么也得不到。"

"我说，你要想活命，就必须拿出一点儿什么，足以让我们相信的东西。"吉米思考着说，"我们不会杀你，我们不是靠抢劫杀人而发财的那种人。但你如果欺骗了我们，那就没办法了。"

我紧紧闭着嘴，盯着他的眼睛。对视了几乎有一分钟，我动摇了。

我蹲下来，开始脱鞋。

山姆警觉地制止我，在我背上用枪托砸了一下。这杂种的力气真大，我直接摔了个狗啃泥。我保持那个摔倒的姿势好半天没动弹，连哼都没哼一声，我太紧张了，以至于背部的疼痛已经不算什么。

这双鞋实在太臭了。是我上个月从一具尸体上扒到的。但不管怎么破烂，它毕竟曾经是双军靴，足够我穿着它到处逃跑。鞋子前面的皮革有断裂的迹象，我用几块薄铁片加螺丝镶在上面，虽然渗水但非常稳固，唯一的缺点就是它因此无法过度弯曲，这事实上影响我跑动的速度。不过，这个冬季又长又冷，旷野上难得遇到几个活人，灰狗雷克的手下也畏于严寒而无法掌握我的行踪，跑得慢一点也就无关紧要了。

慢慢地，我从鞋子里面的一堆烂布里掏出一块火柴盒大小的布条。

"这是什么！"山姆一把夺过去，凑近了火光以便看得真切。过了五秒钟，他把它交给了吉米。吉米眯着一双眼睛把它举到离火堆很近的地方，很久。看上去像是在仔细观察，又像是在思考。

"你到底想要什么？"当他从干裂的嘴唇里迸出这句话时，我知道我胜利了。

"把我的弟弟送出去。"我慢慢地字斟句酌地说。

山姆看了一眼躺在地上的小沃迪："就是这根本活不了几天的小东西？"

我则看了一眼梅莉。她缩在火堆旁仍旧在不断地发抖，嘴里唠唠叨叨地含糊地吐着几个无意义的词。血在她脸上凝固了，火光映得她的脸既苍老又可怖。

　　"不是他。是我真正的弟弟沃迪。"我骄傲地说，"十一岁，很聪明。他知道很多东西，我听都没听过，他喜欢看书，也很听话。但他断了一条腿。我把他藏在一个非常安全的地方，那儿有食物和水，足够他活下来。"

　　"灰狗雷克——为什么要杀你？"吉米问。

　　"发条橙镇的每个人都想杀我。"我痛快地说，"如果让他们发现，我手头有他们想要的东西。你知道，坏血症几乎相当于发条橙镇的死神，抗辐射药也许是救命的唯一药品。灰狗雷克的儿子艾富里也没能逃脱这种噩运。"

　　"他们，"山姆用手指指外面，插嘴说，"是怎么知道你手头有一批这种玩意儿的？"

　　我垂下头去。

　　那个地下军用品仓库被我发现是很久以前的事情。它就在沃迪一条腿被压得粉碎的那幢废墟的大楼下面。一个隐蔽的地下室。也许是上帝的垂怜，即使是那儿给沃迪降下了厄运，我仍一直幻想着在那里能够掘到宝藏，我不止一次在一无所获的时候爬进来，一次次失望，直到最后我找到了地下室的入口。那里以前很可能是个冷冻储藏室。

　　其实我不止一次从里面带些东西出来。我很小心，带的东西总是数量少到完全不露形迹，而且，我尽可能不拿那些可能引起人疑心的东西，这很危险。只有一次例外，我在那个储藏室的角落里找到一本和机械制造有关的书，里面密密麻麻的符号和注释、图案，只需要花三秒钟我就敢判断这辈子都不可能弄明白它们。但沃迪不一样，他肯定会高兴得疯掉，用那两只比椅子腿还细的胳膊紧紧抱住我，把头抵在我的后颈，这是他表达感激和爱的方式。

有时候我感觉我就像他父亲。是的，反正我们也不知道父亲是谁。梅莉压根儿没想过要找到让她怀孕的那些男人，她反正随便。

那天是沃迪的生日。我把书本带回家，扔给沃迪，他在阁楼上简直就像迎来了生命中最珍贵的生日礼物，箍着我的脖子不松手。过了一会儿，我发现脖子热热的，我把他放下来，伸手摸到了鲜血。

是的，沃迪在流鼻血。最近他瘦得更厉害了，我也发现他在掉牙齿，几乎没法进食，那条好好的腿似乎也有更加萎缩的迹象。我知道这是坏血症，小镇上很多人都得了这种病，没过多久就被埋掉了。人们处理尸体的手段要么是扔要么是埋，通常不会有什么哭声。

但我一点也不担心，我知道我能救他。我拥有一个秘密宝库。

抗辐射药很有效。

为了让沃迪补充更多的营养，把身体恢复过来，我开始冒险从仓库里携带更多的东西。肉罐头、压缩饼干，甚至还有一小块奶酪。看着沃迪狼吞虎咽，我觉得幸福极了。我总是逼他多吃一点，其实我知道我每跑一趟，冒险带出来的东西总是那么少，那么少。

梅莉被蒙在鼓里。不，她很善于在那些男人中间找到生存的办法。我顾不上她。而且她那么没心没肺，一旦被她知道了这个秘密，可能在第二天晚上被陌生男人灌两杯酒就会把一切都说出来。

这个秘密只能存在于我和沃迪之间。这是我们兄弟间最幸福的秘密。

但那天黄昏，巴洛医生匆匆地跑了进来，他的声音古怪而恐怖："安德烈！这是怎么回事？"

梅莉这个疯婆子，她在又一次被男人灌了那种劣质的白酒以后声称坏血症决不是什么治不好的病，因为她家那个整天让她揪心的断腿的小沃迪莫名其妙地就自动痊愈了。

"这得看什么人。"她装出一副很懂的样子，"有些人就是运气好。"

第三章

不管怎么样这件事会飞快地传到正为艾富里发愁的雷克的耳朵里。小镇上什么事都瞒不过他。巴洛大叔只来了一分钟，我们家的歪歪斜斜的门就被一脚踹开了。灰狗雷克亲自赶了过来，他那肥胖的身体根本挤不上阁楼，爬了一半就给卡住了。

"该死的，把我拽下来！"他两只脚在空中乱踢。

他的几个手下忍着笑费了很大力气才把他拉回地面。雷克被擦伤了肋下的皮肤，觉得非常丢脸，大发脾气，命令我把沃迪拖下阁楼。没人敢违抗他的命令。

小沃迪虚弱地趴在我背上，被雷克捏住脸蛋，把一只指头搅进他的嘴巴，撑开了察看，然后笑着问我："这是怎么回事？"

好心的巴洛大叔叹着气说："我手头有最后一点药物，要不是看着他没办法——"

他话没说完就挨了巴掌，被打倒在地。"把他带走！"雷克吼叫着，然后盯了我一眼，我垂下头装作驯服可怜的样子。他只喜欢看着别人这么做。

巴洛大叔被带走以后，沃迪叹一口气说："安德烈，你必须逃跑。"

我明白他的意思。雷克只需要多审问几句，老实的巴洛大叔的谎言就会漏洞百出。然后，雷克肯定会再次带人上门来。

我的心砰砰直跳，我知道，该死的梅莉，她宣告了我们的末日。

"把我放下来！"沃迪在我背上挣扎着，用仅剩的一条瘦腿踢我。我没理他，我紧张死了，背着他从后门出来沿着巷子就往外跑，活像一只光天化日下贴着墙仓皇寻找归宿的老鼠。

"你如果再挣扎，只会耽误活下来的机会。"我警告沃迪。他不动了，乖乖地把身体贴在我背上，我能感觉到他的呼吸，一顿一顿，微弱地存在着。

离开小镇之前我紧张得双腿都在发抖，要是有人恰好从这条路上望过去，就能望见小镇外荒凉旷野上我背着沃迪的身影。幸好，天黑下来了。

"那是什么声音？"沃迪用一种惊惶不安的腔调轻微地提醒我。

我屏住呼吸，聆听了一会儿。我犹豫了。

没错，那是梅莉的声音从远处传来，虽然细微但很尖厉。她仿佛在哭叫，在喊着"畜生，快放开你的手"这种根本于事无补的话。

"是妈妈。"沃迪再次小声地说。

我们站在墙角的阴影里直到那个尖哭声消失。然后我咬牙背着沃迪离开了。背上忽然湿了。我知道，那不是汗水，肯定不是。

我指望着巴洛大叔或梅莉能说服雷克，虽然我也知道这种可能性微乎其微。

而沃迪更冷静。

"那本书。"他说。

我想起来了，我送给他的那本关于机械制造的书。雷克一定会在阁楼上找到它。它没那么简单，它有正规编号和一个变形的黑色羽毛印章。懂行的雷克一看就知道它的来历，这个变形的黑羽毛徽章是战前一支叫做"黑鹰"的特种兵部队的标志。他们消失已久，如果有人能拿出带着他们徽标的物资，那通常意味着这物资不止是零零星星的一点。

我把沃迪藏在了那儿。的确，他只能像一只活在黑暗中的老鼠，没有阳光，没有别的声音，他只有一个人。

沃迪曾经指望过我和他过一样的日子。但我做不到。我知道雷克正在四处搜索我的下落，背着一个残废人，我不可能走很远，而且我们无法带上足够的食物和装备去起程，这将大大拖缓我们行进的速度。这片战后废墟离发条橙镇很近，虽然人们传说这里的辐射污染太厉害了，要尽可能少来，但它也有可能成为雷克仔细扫荡搜索的目标之一，毕竟我带着沃迪可以藏身的地方不多。

这片旷野太贫瘠了，地貌也很单一，我有时候甚至想过如果我的视力能到达无限远，天气又不是那么永远灰蒙蒙的一层雾，也许我能直接从阁楼上看到最远处地平线上的铁丝网。

我们在这被隔离的污染区苟且偷生。世界已经遗忘和放弃了我们。

必须离开这片旷野，到更远的地方去。我有把握那儿将会比我们现在的处境好一百倍。无论如何，只要能出去，越过那片铁丝网，生活总是还有希望。

我们首先要活下来，不能被雷克找到。要达到这个目的，我就必须在野外亡命地奔逃，既要保住性命，又得吸引雷克和他手下的注意力，让他们产生错误的判断。

"这么说来，黑鹰仓库确实存在。"吉米犹豫着再次看看手中那块肩章。它是我从一件防辐射服上撕扯下来的。

"如果我带你们到那个仓库，你们就会动手。"我悲哀地说，"那将是我的葬身之地。"

"我们不会！我可以发誓！而且，我们是商人，我们只需要交易，没必要杀人！"山姆举起一只手保证说。

我摇摇头："我信不过任何人。"

我又挨了一枪托。

"臭狗屎！"山姆咒骂着。

我躺在地上，确实像一堆狗屎般，一动不动。确实，他们要么杀了我，要么说服我。否则的话，即使用一根铁棍戳进我的肺，我也不会多说半个字。

我向沃迪发誓说我有办法让他活着离开旷野。即使用我的性命来换，我也要做到这一点。我从来没有骗过沃迪。

"听着，你以后将听到关于灰狗雷克暴毙的消息，然后你再把药品交出来。"吉米赶我们出门的时候叮嘱说，"但你不能造谣说那是我们干的，我们有自己的原则，我们不会动手杀任何人，除非别人对我们造成了致命威胁，明白吗？"

我点点头。

天亮了，我和梅莉，还有趴在我肩上的小沃迪不会再回到这里。这个流浪商人的临时仓库将成为我们的禁地，一旦我们再涉足，就会被判定为打这个仓库的主意，或偷或抢。他们会真的开枪，这点我根本不怀疑。

有时候我觉得这片旷野真正的主人不是我们，不是雷克和别的镇上的黑帮首领，只能是这帮神出鬼没的流浪商人。他们把我们的血和性命放在交易台上，神情冷漠。

那支弹药不多的霰弹枪还给了我们。梅莉坚持要拿着它。

"我能杀死任何敢靠近的杂种。"她坚定地说，"它本来就属于我。"

直到半天以后我们彻底往西走到再也看不见废屋的地方。前方出现一个废弃的垃圾场，堆满了乱七八糟的各种垃圾。梅莉频频回头，担心那两个流浪商人会跟踪我们。

"他们不会那么蠢。"我笑着安慰她说，"我不可能随便回去的，沃迪在地下室里活得很好，如果我暴露了他藏身的地方，那我们全完了。"

梅莉忧心忡忡地说："我还是不放心。如果甩掉他们，我们必须回去一趟，我们一家人得在一起。要知道……"她突然掩着脸抽泣起来。

"我已经很久很久没有见到可怜的沃迪了，我想他，我想得很厉害。"

我拍拍她的后背，抚摸她瘦骨嶙峋的背部。她的骨头简直快要戳出皮肤，她确实又瘦又老。我也觉得很心酸。

"会好起来的。"我喃喃地自语着，遥望着灰蓝色的天空怔忡。

这个冬天真的太漫长了。还会有一场雪降临吗？

我们在一辆连车门都被拆走的锈蚀严重的货车面前停了下来，也许这里可以暂时做我们今晚的宿处，它看上去能挡住一些风。

我坐下来，把孩子放在一旁，开始拧开那只凹凸不平的铁制水壶，忽然，一种本能的危机感让我停止了动作，悚然心惊。

不对，跟随我们逃亡的这个孩子，究竟是怎么回事？

梅莉，不是失去了记忆吗？当初她在那间残破的屋子里根本认不出我来，一口咬定这个孩子就是沃迪，她从什么时候开始恢复了记忆，想起了真正的沃迪？

我嘴唇都颤抖起来，我觉得无比干渴。

我望着梅莉，我的眼光里有巨大的伤痛。她正在擦拭那杆霰弹枪的枪管，似乎是我的目光灼痛了她，她抬起头来勉强冲我笑了一笑。她门牙掉了两颗，笑得真难看。

紧接着，梅莉端起了霰弹枪。

"别动。"她警告说。

是的，这么一个瘦弱又上了年纪的女人怎么可能从雷克那帮壮汉的手底逃出来。

"为了在雷克的威胁下讨生活，你要亲手杀了我？"我难以置信地望着她，"梅莉，你有爱过我吗？"

"趴下，混蛋！"她厉声喊道。

我来不及有多余的反应，抱着头就地翻开。

"砰！"

几乎同时，一声残酷的枪响。

我的背上顿时溅上了一大片浓稠的血浆。没等我反应过来，梅莉冷静地又扣动了扳机。这一次，我听到了身后有东西倒下去，重重地砸在废旧车厢的墙上。一些模糊的血肉四散在地上，发出阵阵腥臭。

是——丧尸！

梅莉手中的霰弹枪显然救了我一命。我心有余悸地爬起身，向她跑过去，回头便看到一个身体千疮百孔的丧尸，从货车铁板上机械地滑倒在地，然后，又缓缓地再次站起身来。他只剩了一条胳膊和半张脸，摇摇晃晃的，仍不死不休地朝我们缓慢地踱来。

他身上还有一些被子弹击碎的皮肤和血肉，东一条西一块，鼻涕一样地挂着。

梅莉的第三枪，再次轰中了他的脑袋。这下，这条令人恶心的丧尸终于扑倒在地，不甘心地蠕动了两下，停止了动弹。

梅莉松了一口气，冲我咧嘴一笑，随即捂住了鼻子。

"你他妈真臭！"她冲着我鄙夷地比了个手势。

我根本没法回答她，我只是紧紧地盯着一个方向。我甚至连呼吸都停顿了。是的，没错，还有一具丧尸，正缓缓地，向着小沃迪的方向走过去。

而梅莉的枪膛里已经没有了子弹。

突然我觉得我无法控制地冲上前去。这是沃迪，这是沃迪。

这是我生来就要保护的家人。即使，即使用我的性命。

我迅速捡起地上的一根木柴，狠狠地劈在丧尸脑袋上。那具完全不知疼痛的丧尸回过头来，用一种空洞无神的眼神打量我，我被它缓慢的转身动作麻痹了。也许只花了半秒钟，它的一只皮粗肉厚的利爪已经闪电般搭上了我的肩头。我往下一闪，真要命，竟被地上的什么东西给绊倒了！

我向后连滚带爬地逃走，肩头一阵火辣辣的疼痛。狗娘养的，它抓伤了我！

不，我是没法徒手战胜一具丧尸的，它的皮肤已经生出了厚厚的一层角质，指甲变得厚长坚硬，最要命的是它完全没有痛感，任何的击打都无法令它疼痛而畏怯。

"梅莉！"我只能向她求救。幸运的是她及时回过神来，重新装好了子弹，就在丧尸大踏步快要追上我的一刹那，"砰"的一声，她扣动了扳机。也许是太紧张，这一枪偏了，打中了丧尸的膝盖，它立即跪倒在地，双爪离我距离更近了。我已经嗅到一股浓腥的血的气息。

我随手捡起地上的木柴，狠狠地击开它伸出的爪子。一道黑光从我耳际掠过，是梅莉。当我回过神来时，看到她双手握着一根铁撬棍，那根铁棍穿透了丧尸的脑袋，从它的一只眼眶里插进去，又从颞骨穿透，将它彻底地打倒。天！她什么时候有过如此巨大的力气！

直到确定了周围再没别的潜伏的丧尸，我全身就好像散了架一样，瘫坐在地上喘不过气来。梅莉把她仅剩的裙子撕下一条，试图给我包扎，我阻止了她。

"你会死的，你会死的。"她哭了。

我一把推开她，爬起身来，抱起小沃迪。是的，霰弹枪是这么可怕的一种武器，你根本没法控制。子弹的碎子儿在梅莉开枪的刹那已经击中了他，其中一枚嵌在他的太阳穴，一丝鲜血从他脸上淌下来，这小家伙太瘦弱了，他能流的血都已经不多。他闭着眼睛，看上去像是睡熟了似的，非常安详，一点儿痛苦也没有。

梅莉颤抖着从我手里把他接过去，然后紧紧地，抱住了他。不知道为什么，我觉得这就真的是沃迪，我的弟弟沃迪。否则我不会这么不顾性命地去救他。

我们很久都没有说话。

"雷克答应了你，只要找到我的下落，他就会放过你。"我轻轻的，用一种类似自言自语的声音说。

梅莉摇了摇头："我没办法，我想活下来。"

泪水在她的眼眶里打转。

"我不想你死。"她哽咽着说，"我不想你死。"

"可以的！我们可以不死！"我激动地冲她嚷嚷，"一切都来得及！你看，我们手里有枪，而且我们能依靠吉米和山姆把灰狗雷克杀掉！只要雷克死了，我们就安全了！我们就有活下来的机会！"

梅莉悲伤地摇着头，用一种几乎是喉嗫的声音说："不，我们逃不掉的，我们只能在发条橙镇活着。"

"为什么？"我简直要被她气疯了。但我还试图说服她，"为什么不去努力寻找更好的生活环境？我们还有机会！"

"我受够了。"梅莉神情麻木地嘟嚷着，"受够了。"

我不明白她的意思，我瞪大了眼睛看着她。

"我们回去，他们想要什么，全都给他们。我们还能继续生活。"

她说。

我严厉地说："我不会这么干的！"

"我去找过他，告诉他，我家那个安德烈是他的儿子，结果他给了我一耳光，让我滚。后来我又去过一次，他还是给了我一个耳光。我知道，我就是得这么告诉他。不管怎么样，我得这么说，虽然他不承认，他觉得这很丢脸。但毕竟，这些年，他让我们在发条橙镇活下来了，不是吗？"

说着，她用一种温柔的神情放下手里的枪，没再理会我。

他们不会放我出去，离开这片旷野，不管我是谁的儿子，结果都一样。

除非我能把黑鹰地下仓库交出来。

夜色如同一张巨大的收拢的网，把旷野兜得严严实实。一线光都没透出来。邪门的一个夜晚。把那些被我四处捡来的湿柴扔进火堆，一股浓烟呛得我差点闭过气，鼻涕都流出来了。我倒了一杯酒那么多的柴油上去，希望它们燃得像样一点。

"别浪费那么多，以后还有用。"梅莉一把夺过那瓶珍贵的柴油，放在旁边。

梅莉没说错，我不可能把黑鹰仓库交给灰狗雷克。我信不过任何人。

我要把沃迪送出去，送出这见鬼的发条橙镇，送出这见鬼的旷野。我觉得外面会有比这里好一百倍的生活。灰狗雷克也许会做到这一点，也许不会。我信不过他。

但可以肯定的是雷克将夺走这一切，连渣都不会剩下什么。就算他发好心放过我们，背着一条腿的沃迪，我们能到哪里去，我们怎么走出这片无边旷野，拿什么去找黑市交易把沃迪送出去？毫无疑问，那笔钱贵得惊人，还得靠好运气，遇上讲信用又有靠山的黑市商人。

一想到这个我头疼得简直要爆炸了。我在忍耐，我曾经确信我活不过这个冬天。没错，我在那片废墟里出入太频繁了，辐射地带的余尘彻底摧毁了我的肝脏，我的肺，我的全部内脏。我知道我活不长了，不管灰狗雷克是不是我爹，会不会杀我。我只想趁着自己没死，把沃迪送走，送得远远的。我答应过他，我希望在死之前做到这件事。

人一辈子总得要完成件什么事，不管这事看上去有多么傻，多么可笑，多么不切实际。

我没再理梅莉，我们各自缩在火堆的一角，用小沃迪的尸体作为分界线，如同两具更大的蜷缩的尸体倒在那儿，纹丝不动。我觉得孤独极了，眼泪慢慢流出来，顺着我的脸庞滑过的我鼻子，滚到另一侧脸，滚到地面，和那些灰尘融成一团。

我觉得孤独极了。这是个孤独的世界。

我敢打赌即便我死掉了，任何细微的风吹草动都将把我的尸体惊得弹坐起来。没办法，这就是习惯。睡梦是最让人没有安全感的奢侈行为，如果没有足够的警惕，就很容易死于非命。

当我听到那种类似于蟑螂爬过树叶的细细碎碎的声音时，我已经完全恢复了清醒的神智。火堆早就熄灭了，可是该死的！我的全身都被冻得麻木了，我竟然没法迅速动弹！

天好像快亮了，有一种死沉死沉的灰白色。

我往右边扔了一根木柴。果然，迅速的，一道风声晃了过去。我冲着那个黑影狠命地砸下了手中的铁撬棍。那声惨叫就好像你用脚踩住了一只老鼠的肚皮，难听到了极点。我弯着腰跳出了车厢，听见身后有人紧接着扑了上来，我应该是能跳开的，但我双腿还僵麻着，给他压住了，我尽可能伸出一只手胡乱而发狠地揍下去，柔软的一团，也许我击中了他的脸，这人也发出尖声嚎叫。

远处有隐约火光，影影绰绰。

"咯"的一声，附近有人用火柴引燃了火把。

我还没来得及爬起身来，就看见了周围至少有六个人影站在我面前，魁梧的体形使我彻底放弃了对抗的想法。我开始装出一副畏怯而柔弱的模样，缩在地面。

那两个挨了揍的倒霉蛋爬了起来，其中一个抹了把脸，全是鲜血，我打破了他的鼻子。

另一个则仍在尖声号叫："我的屁股！我的屁股！"他从破车厢里爬出来后用一种古怪的姿势翘着屁股让同伙看他的伤势，那个姿势就像一个基佬。

一只靴子狠狠踢在我后脑勺上，一瞬间，剧烈的疼痛仿佛把我的眼珠子都震出了眼眶。我的颅骨是不是裂开了？我觉得有八百个榴弹碎片嵌了进去！

第四章

"别打死他！"有人劝阻说。

很快他们的老大灰狗雷克过来了。那件紧身皮夹克把他的肚子撑得就像一只球，这个丑陋恶心的恶棍。我驯服而可怜地看着他，不管什么时候，只要掌握着我性命的人看着我，我都愿意把他想看到的表情展现给他。妈的我就是这样活下来的。

雷克盯着我，我不明白他那目光里究竟是什么。他看了一会儿，扔下烟头，把手一挥，偏着脑袋说："你过来。"

我爬起身来。脑袋晕乎乎的，我觉得天旋地转，跪倒在地。

雷克走了两步，回头看着我，我咬着牙极力抗拒不断在鼓胀作痛的太阳穴，跟在他后面。他等我到了他身边，一把勾住我的脖子，什么话也没说，就那样搭着我的肩把我带走了。

我们没走多远，就看到了一堆火。它快熄灭了，看上去就像是被夜色一丝丝吸走了光亮和温度。我看到火堆里的灰烬。我跪了下来。

那如同木柴一般的已成焦炭的，就是梅莉。她还抱着小沃迪。不管她被烧成什么样子我都能认出她来，虽然我平常看都懒得多看她一眼。

"你烧死了她？"

"我们来的时候她就死了。"雷克奇怪地说，"她为什么烧死自己？"

说着他就掏出了那只锡制的扁平酒壶，往嘴里猛灌了两口，然后扔给我。我也学他的模样往嘴里灌了两口，突然，一股凛冽辛辣的气味满满地充斥了我的整个胸腔，就好像往我的嘴里塞了几根到处乱扎的针，激活了我被僵冻的肺腑，我被呛到了，大咳起来。

我弯下腰的时候还能看到有黑糊糊的什么东西在往下滴。没错，这是鲜血。那帮杂碎踢破了我的脑袋。不过没什么大不了，喝了这口酒以后疼痛都不那么强烈了。而且雷克仿佛也没那么令人厌恶了。酒真是奇妙的东西。

"他们揍了你。"雷克哈哈大笑。

我不明所以地张开嘴望着他。雷克拍拍我的肩，打了个威风的手势，他的手下就迅速集结过来了。

"我警告你们！"他用手指在空中点着，"我警告你们！"

我们大家都在等他发话，结果他什么也没说，就那样僵着，就好像一个发条走到尽头的肥胖玩偶。显然他醉了，打了个响当当的酒嗝，翻了好几个白眼才想起接下来要说什么："不要再碰他了。谁敢再碰他我就先捏碎他裤裆里的那玩意儿，揪下来喂乌鸦，然后再——"

他没再威胁手下们了，而是闭着眼睛拍拍我的肩，说："因为你们以后要听他的。不管怎么样，他是我儿子。"

紧接着，他嘟囔着说："梅莉这个婊子。"

"那……艾富里呢？"人群里有人小声地问了一句。

灰狗雷克严厉地盯着那个方向，似乎想把说话的人辨认出来，过了好一会儿，他垂头丧气地说："艾富里……他死了。"

他醉得厉害，还是没忘记问我："那婊子为什么烧死自己？"

"她是个蠢货。"我嫌恶地下结论。

雷克就好像觉得我的话很幽默，发出了一阵响亮而愚蠢的笑声。

酒精在我的身体里像一条毒蛇到处乱窜，吐着腥红的信子。五脏六腑早就溃烂的身体真是吃不消这种刺激，但又觉得脚步虚浮中有一种快要飞起来的快乐。

梅莉，你这个蠢女人。我知道你为什么要烧死自己。我记得你在我临睡前说的话。

"不过，你确实不是他儿子。我有时候真不敢相信我能想出这么好的主意，也不敢相信我的肚子里能够埋住这么奇怪的秘密，这简直是上帝的奇迹。"

我是在你这样得意的笑声里睡着的。

没错，你烧死了自己，连同那个不知从哪里捡来的小沃迪。你抱着他，烧得尸骨模糊。他们已经断定小沃迪的死让你刺激过深，你活不下去了。你死了就能永远保留住那个让你骄傲的唯一秘密。没人会知道真正的沃迪还活着，我也会活下去。然后我们就在某个季节离开这个鬼地方，黑鹰仓库的物资会给我们带来最大的机会。

你一直觉得这场灾难是被你带来的。你早就有死的想法了，你只想我过得好点儿。

梅莉你真蠢！

天气真的冷得过分。旷野里的风无休无止，就像梅莉的手在搂着我，她搂得越紧，我越感到全身发冷，仿佛一身的骨肉都在被剥离掉，疼得厉害极了，忍不住，我的眼泪又掉了下来。

梅莉，这么些年我一直没怎么感觉到你爱我。你这个蠢女人。

我的头疼得很厉害，也许是发烧了。我觉得全身灼热难受到了极点。

醒来的时候我敢断定这是我一辈子从没睡过的好觉。有壁炉的房子暖和得简直让我感觉自己像一只滴着油的烤鹅。

我离开雷克的家时，有三个混混跟在我后面。现在不同了，我狠狠地给了其中一个小子响亮的耳光："听着，你们谁要是再敢跟着我，我就让他再也起不来。"

我拔出了手枪。那三个混混迅速像蟑螂一样爬走了。

发条橙镇到废墟的路上再也没有人敢跟踪我。他们知道灰狗雷克是什么人。他想吊死谁就吊死谁。

火柴丢失了。该死的，爬进黑鹰仓库的地道时，我的裤子被一只铁钉钩住了，我使劲拽才得以脱身。然后我继续向前爬，道路变宽了。奇怪，这条被各种废物堆积出来的通道，以前窄得连老鼠都会撞墙，每次都让我费尽了力气。也许是沃迪太寂寞了，他想爬到稍微离阳光近一点的地方透透气。

我这么想着，在黑暗中被猛地撞了一下。是通道被拓宽的时候，废墟上面垮了下来，重新把通道堵得只剩了一条缝。我挣扎着，极力要从那条缝里爬过去，然后，我就摸到了被沉重的石板与木头所压住的，一具尸体的一角。

一具尸体！我觉得我的心都快要爆炸了。

"沃迪！"我扯着嗓子喊了一声。没有人回应我。沃迪！沃迪！我慌乱地不断地喊着他的名字，试图把他从这堆木石里把他挖出来，但很快的，我发现这是徒劳。他露在外面的小半截身体，冰冷而僵硬。是的，沃迪死了。他再也不会和我在一起了。

我放开那具冰冷的尸体继续向前，我到了仓库。

仓库里黑得就像一团墨鱼喷的汁，什么也看不见。我结结实实摔了一跤，被地面上的一只坑陷害的。一路上都有这种坑，真他妈奇怪。我以为我的脑袋会撞到什么，结果没有，我就那么结结实实地摔倒在地上。我一边喊着沃迪的名字，一边伸手四处触摸。

真的，都空了。

一切都被搬走了，那些肉罐头，防辐射服，瓶瓶罐罐，成箱的药品，偶尔能被按亮一两盏灯的旧仪器。

都空了。全都不见了。

沃迪的尸体被他们扔在了通道里。他们还顺便炸毁了通道一角，表示这个地方已经没有再回来的必要。沃迪，是我的错。我应该背着你逃跑的，我们应该踩着雪在旷野上陪伴着，能走多远就走多远，直到被发现，直到被打死。

那时候，沃迪和我说，这个世界并不是宇宙的唯一。在我们的世界之外，还有一千亿个世界，是我们无法想象也无法接触的。

我在想，这一千亿个世界，被隔得太远的生命该有多寂寞。

梅莉走了。沃迪也走了。现在，整个世界上，只有我自己了。我永远只有一个人了。

真他妈孤独得要命。

我坐在地上，一颗心空空落落，我忍不住大哭起来。

突然我摸到了挂在腰上的手枪。我举起枪,在黑暗中慢慢地说:"沃迪，别怕，我会来陪你。"

扣动扳机的前一秒，我手软了，我没法就这么死掉。是的，灰狗雷克杀了沃迪，至少我要为他报仇，死算怎么一回事，我随时可以！

我爬出去的时候再次经过沃迪的尸体，停了三秒钟，我全身都抖得厉害，我想去抱一抱沃迪，最终，我什么也没干，就那样慢慢地爬了出去。

当我回到小镇的时候天还没黑下来。沿着街往小镇上唯一的一间酒吧走的路上，我看到灰狗雷克正站在门口剔牙，一副得意洋洋的模样。我慢慢向他走过去，尽可能不去看他的脸。手心因为把那柄枪攥太久，都流出汗来。

没等我走近他，我就听见了"砰"的一声巨响。

是一枝狙击步枪从街对面的楼顶上，准确击中了他的心脏。我看见雷克仰面摔倒的样子，就好像一只张牙舞爪的水母。这个肥得令人恶心的家伙，他的仇家太多了。

灰狗雷克从地上侧着脸看见了我，他伸出手来，在空中徒劳地胡乱抹了一把。他的手下都飞快地逃掉了，有一些忠心的兄弟松开他，拔出枪来，开始去寻找伏击者。

我走近雷克，看见他脸上的一抹微笑，莫名其妙的笑容。就好像他累得不行了被人放倒在床上时那样，有一种解脱的释然。

"我想见见艾富里。"他说。

"什么？"我瞪着他。

"艾富里。不管怎么样，他死在那里以后，我不应该丢下他。把我送过去，把我和他埋在一起。"灰狗雷克死死地揪住我的衣服，"真有你的，你把东西都转移到哪儿去了？"

大脑至少停顿了一个世纪那么长，我觉得四周的声音和光线都撤退了，耳朵里只剩下嗡嗡嗡的一片杂音。过了好半天我回过神来，才发现雷克断了气，他的手指还勾住我的衣服，肥胖而肮脏的指头僵硬了，我费了好半天才扳开。

他在说什么，东西不是他搬走的？

突然间我的心都要跳出嗓子眼了。艾富里！他让我把他送过去陪艾富里！

黑鹰仓库的通道里只有一具尸体！

我用力深深地吸了一口气。不，我还不明白这到底是怎么一回事，但我必须再次去仓库看一看。我好像看到了生命中最后一线曙光。

不知道过了多久。

我是那么小心翼翼地用一柄小铲子在刨着坑。是的，我必须很谨慎地保证别惊动上方所积压的任何垃圾。只要它们继续往下垮，我就没命了。但我必须把这具尸体挖出来。

求求你了，上帝，帮我最后一次。

当这具黑暗中的尸体慢慢被我拖到一旁的浅坑里，我知道，这是上帝听见了我的哀求声，上帝终于给了我一次好运！

我摸到了一条腿，头皮就开始发麻。要过好半天我才能够鼓起勇气。

黑暗中再一次我默默地祈祷：该死的，求你了！让这具尸体完整无缺吧！

于是摸到另一条腿时，我开始相信命运真的有好的那一面。

是的，流浪商人们找到了这里。这个鬼地方根本没我以为的那么隐蔽和安全。连雷克这样的蠢蛋都能找得到，嗅觉比猎狗还要灵敏的流浪商人也肯定能循迹而来。

他们找到了沃迪，把他送出去了，然后卷走了所有的物资。这帮贪婪黑心的商人！什么也没有给我留下，整个仓库干净得像刚砌好那样，连一点渣都没剩下来。

然后雷克带着艾富里来了，通道塌了，压住了艾富里，他就这样死了。灰狗放弃了他。

我坐在地上嘿嘿嘿地像个神经病一样笑出声来。

不管怎么样，沃迪的尸体不在这里。如果他们在这里枪杀了他，是懒得费力气把他搬出去扔掉的，这里本就该是天然的一个坟墓，不是吗？

所以，沃迪活下来了。

妈的，偏心的上帝你是会格外宠爱某些人的，这回我真相信你了。

然后，我就看到了通道尽头的灯光。

"进来，小子。"光头吉米冲我招招手，温和地笑着。

我走进去，在那间空空荡荡的房间里，看着光头吉米和刀疤山姆。他们是流浪商人，他们在旷野上四处搜罗他们能搜到的一切，然后卖给那些需要的人们。看上去像是上帝派来拯救大家的使者，事实上，他们肮脏极了。

肮脏极了。

"听着，你需要我们做到的，我们已经做到了。现在，是你兑现诺言的时候了。"

昏暗的灯光把我们每个人的表情都照得铁青铁青的，非常诡异。

我惊讶地张大嘴巴："不是你们把沃迪送出去，然后卷走了所有的东西？"

刀疤山姆恶狠狠地给了我一个耳光："小子，别想耍花招！"

我的耳朵嗡嗡直响。被踢裂的后脑勺上的伤口被震开了，我能感觉到温热的液体顺着头发淌下来，就像珍贵的净水一样，淌在我的脖子上，又湿又痒。

这是怎么样奇怪的一天！

是的，沃迪带着这批物资跑了。我几乎想象不出他是怎么运走这些东西的，他只有十一岁，而且他还只有一条腿！

但他是沃迪，是我那个聪明得过分的弟弟沃迪！我干吗要费尽力气把他送出去？因为我知道，这小家伙迟早会创出奇迹来。我就知道！

他那脑袋瓜子里装着和我们不一样的东西！

先前所见到的，地面那些古怪的小坑，一个挨一个，是某种机械装置过于沉重而压迫地面导致的吧？沃迪甚至有可能把那张报废的自动手术台改装成了一座运输机械——他以前就这么说过！

突然我有点缓过神来了。没错，把这仓库里的物资运出去，藏在别的地方或找到值得信任的交易商人，应该还有巴洛大叔的功劳。灰狗雷克不会干掉他的，再丧心病狂，巴洛大叔还得活着。他是我们发条橙镇唯一能找到的医生。那时候，艾富里还没有死呢。

甚至我怀疑梅莉和巴洛大叔有过一腿。不然，为什么他敢冒着被灰狗雷克一枪打死的危险，撒了一个谎，为我们争取到了逃跑的时间？梅莉为什么要和灰狗雷克说我是他儿子，而不是沃迪？她甚至死的时候提都没提沃迪。

我一直都没觉得她有爱过我的。而现在，现在。

大约她还心里头还是有一件事没直接告诉过我。在这个世界上，最可怜，最孤单的那个人，并不是那个断了一条腿的小家伙。

而是安德烈。

是那个终日如同一条野狗般在旷野上拼命寻找食物，永远不会被什么所压垮或击溃的，忍受着一切痛苦、折磨和侮辱，把能够找到的所有东西都献给母亲和弟弟还装作满不在乎的，这样的一个儿子。

这样的我。

我突然松了一口气。是的，好像真的没有什么值得挂念了，除了我口袋里的一支旧钢笔。不过，沃迪不会再需要它了。

额头滚烫，但我还是觉得冷极了。我有些想吐，关节也很疼痛。突然我想起梅莉说过的："我受够了。"

真的，受够了。我也受够了。这无休无止的折磨着人的生活。

他们甚至根本不知道我已经感染了丧尸病毒。

我这么孤独的一个人，活着或者死去，还有什么要紧。

然后，我听到闷闷的声音。一声枪响。

沃迪，这真是一个令人绝望的世界。你得好好地活下去，哪怕仅仅只代替我看看明年春天旷野上的第一缕阳光。

这个冬天我早就知道我熬不过去。

尾声

巨大的轰鸣声持续了好几个小时，一切机器声音都消歇下来以后，这片废墟也就终于被清理得干干净净了。

平整的旷野上，那些时空管理局的自动机器人都归队停止了工作，远处一个奇怪的身影慢慢踱了过来。这个年轻人瘦弱苍白，只有一条腿，另一条腿则是用某种奇异的钢铁机械装置，来协助行走。每走一步，身后的地面上都会留下一个小坑。

就好像心里把这条路走过了一百次，一千次，就好像这是一条回家的路，他几乎没有任何迟疑就沿着某个方向发现了一张地窖的顶盖。

他弯下腰去，掀开盖子，一股闭塞已久的发霉的刺激气息迅速涌了出来。

站在洞口，年轻人弯着腰，对着那黑黢黢的洞口，一动也不动。

如果他身边有人，一定会骇异地拉开他，然后举起手中的枪毫不犹豫地开射。

地窖里潜伏着一具丧尸，无法言语，也没行动，只是仰着头，用一双空洞的双眼，呆呆地和这年轻人对视着。他的手里还紧攥着一支满是泥尘的旧钢笔。

"安德烈，我回来了。无论活着或死去……你都是那个只知道拼命付出一切的安德烈，我知道。"

泪水模糊了沃迪的双眼。

"你永远都认得我，我就知道。"

大保镖

李亮 作品

李亮

男，北京市作家协会会员，大陆新武侠标志性作家。1980年出生，2003年毕业于陕西师范大学文学院。业余从事武侠小说创作，发表作品200余万字，散见于《今古传奇·武侠版》、《今古传奇·奇幻版》、《武侠故事》、《九州幻想》等刊物。长期致力于武侠文学化的尝试，多次获奖，多次入选"武侠年选"。出版有长篇小说《反骨仔》、《墓旅人》等。

编辑导读：

这是一个发生在拥挤的绿皮车厢里的故事，大概太接地气了，以至于与末世这样的大背景有那么点格格不入。然而拥挤的绿皮车厢，其实也是我们身处的这个世界的缩略版。通向未来的最后班车，拥挤不堪的人群，捏在手心里出汗的宝贵车票，生存的唯一希望。暗藏其间的刀光剑影，生死劫数。

小说的大部分场景有着黄金时代香港功夫片的影子，环境与打斗融为一体，营造出拳拳着肉的爽利感。是化真实世界为幻想中的一部分，还是在虚幻的搏杀中显示真实的无奈？当轰隆隆的列车启动，每个乘客和全人类的命运都将在轮轨的终点揭晓。

火车站

▼

虽然已经是劫后余生，火车站仍然拥挤。

战后幸存下来的人很少，但是留下来的能够利用的物质资源更少。从这座城市开往大西北的火车已经减少到三天一趟，可是搭乘它的人却仿佛比中国人口最多的时候还要多。现在，距离下一班的火车大概只有半个小时了。

检票口放进人来，想逃出城市的男人女人疯了似的挤进来。灰色的人潮迅速淹没了站台，填进车厢。不知从什么时候起，人们发现，原来在现在这个时代，昔日落后的大西北才是人间天堂。那里几十年如一日的落后，但是战争留下来的污染远少于东部，被战争变成了疯子的人类也远少于所谓的大城市。

即使那里干旱、贫瘠、荒芜——

但那里仍然能让人活下去。

所以，当全国都在能源危机的时候，这列老式绿色的火车，始终没有停开，并且在民间被称为"120次——救命号"。

最初的上车高潮过去后，站台上渐渐地有了一点秩序。穿蓝色制服的秩序员拎着橡胶警棍，一棍一棍地把那些想从车窗爬上去的人凿下来。大包小包的乘客继续挤在车门前，满头大汗想要比别人早一步登车。有靠站台票溜进来的人，拉着来不及等车的苦苦哀求将车票转让给自己；也有持票在手的票贩子，市侩地笑着，把手里的车票炒到很高。

一个穿着灰黑色风衣的男子快步从一个个窗口下走过，手里举着一包面包，唱歌似的叫卖："好面包，瓷实顶饿味道好，千里跋涉不能少！最后一袋，一千块钱谁要？五十几个小时的火车，不吃点东西可饿死人啦！"他大概二十多岁，白白净净的圆脸，戴一副圆圆的眼镜，齿白唇红，不笑自甜，看着就喜庆。

一千块真的好便宜。有人禁不住诱惑，掏出一张五千块钱来。眼镜男笑嘻嘻地一手接钱一手交货，又找了两千块，回头就走。

那个冤大头大叫："钱不对！给了你五千呢！"

眼镜男把钱弹一下："我说最后一袋一千块，这个又不是最后一袋。所以，市价，三千块！"一边说，风衣下摆一翻，又掏出一袋，继续吆喝，"面包！最后一袋，一千块钱就卖！"

一个女孩和他擦肩而过。女孩穿着墨绿色的裙子，大格子衬衫，背着一个大旅行包。眼镜男目不转睛地看着姑娘走过，吹了一声口哨，叫卖声更响了。

那个女孩东张西望，但是始终没有看到本应该来接自己的人。她捏着车票，站在对应的车厢前的站台上，犹豫地把背包紧抱在怀里，慌张应付着别人的搭讪。

时间过得很快，剩下的十几分钟候车时间一闪即逝。火车拉响了汽笛，喷出刺鼻的蒸汽。秩序员开始把那些只有站台票和混进来的人往外赶。列车猛的一震，向前滑去。检票列车员——一个中年妇女——收了踏梯，跳上车，正想关门，突然女孩疾行两步赶了上来。

"有票吗？"列车员大妈把女孩往下推。

"有票！"女孩发出男人的声音，突然整个人一飘，上了车。在她身后，刚才那个卖面包的眼镜男也跳上来——被女孩一挤，又掉了下来。

"等等等等！"眼镜男叫着，"还有一个呢！"

他把女孩用力往里推，女孩撞着列车员，列车员压着后边的乘客——都往里面挤去，给他腾出来一块立足之地。

眼镜男跳上车，列车员大妈愤怒地瞪着他："你们俩的票呢？"

"票在票在！"眼镜男从兜里掏出皱巴巴的车票，女孩也掏出自己的票。

"早干什么去了！"列车员查验无误，不能把他们赶下去，重手重脚地锁了门。

"我帮您！"眼镜男帮她把变了形的车门关上，看着她掏钥匙锁门，"大姐呀，多亏是您呀！换了别人哪，我可能就上不来了！谢谢啊！"

大妈瞪他一眼："你也知道！"锁好了门，得意洋洋地分开人群走了。

眼镜男还在叫："谢谢啊！……大姐这一路有机会一起坐坐啊！"回过头来，向格子衬衫的女孩伸出手来，"嗨，美女！我叫向天笑，幸会幸会。"

就在他们看不见的视野之外，两个人猛地冲过站台的封锁，追赶着列车从车尾蹿了上来。其中一个扒着车尾的铁栏杆，跳上车尾的空台。一拳打过去，将车尾的后窗户打碎了，然后他仔细地将碎玻璃掰下来，在乘客们惊恐的骂声里一个空翻，倏地钻了进去。

而另一个人则灵活地爬上车顶。他四肢着地，在满是灰尘的绿色车顶上飞快地向前蹿去，蹶着屁股，像一只野猫。

前边黑色的"城市穹庐"飞快地逼近，像猫的人已经来到最前面一节车厢的顶上，找着了换气窗，两脚踩下去，气窗的铁框已经变形，再一脚下去，换气窗连同里边的空气净化器一起掉进车厢里去。

换气扇下边的两个乘客顿时被砸得头破血流扑倒在地。那个人落下来，在沾血的换气窗上一顿，反手攀上行李架上的铁杆，倒悬着身子在人们的头顶上溜走，几个倒手就到了列车连接处。拧开门，一晃，就进了下一节车厢。

"嗡"的一声，列车穿过了城市的保护壳。荒野里明黄色的高污染空气从换气窗的破洞里涌进来，开始像一条张牙舞爪的黄龙，后来分散成了黄色的九头蛇。惊慌失措的乘客们在列车交界处堵成一个紧紧的死疙瘩，在咳嗽声里一个一个地倒下去。

十一号车厢
▼

向天笑和蓝裙女孩一起往车厢里边挤。头顶上换气窗、净化器发出令人烦躁的"嗡嗡"声，都在努力工作，可是车厢里还是又热又闷。向天笑一边挤一边说："俗话说得好啊，'在家靠父母，出外靠朋友'，这兵荒马乱的，你一个小姑娘家，自己出门多让人不放心。就拿刚才来说吧，火车开了，我要是不在后边托你那一下，你能上得来？"突然发现女孩又羞又气地瞪他，连忙赔笑，"玩笑，玩笑！我是真想帮你，能碰上就是缘分，这一走几千里的，碰上个坏人什么的，你不心疼你，我心疼啊……"

女孩猛地停住脚："你再跟着我我就喊人了！"

向天笑举手投降："别，别！我不跟着还不行么？"

女孩尽量凶狠地瞪了他一眼，转身就走，劈人波斩人浪好不容易走出三四步，觉得不对劲，回头一看，向天笑仍一步不落地贴在她后边。

"你到底想干什么？"

"那什么，"向天笑挠挠脑袋，"其实是我刚才发现你的是张座票，我的是张站票，所以想跟你搭个伴。你想呀，五十几个小时的火车，我这一路站下来，人不得变成桩子？你也不舒服呀，一路坐着，生怕一欠屁股就让人把座占了，动都不敢动。这么着，咱俩要搭个伴呢，你坐累了我坐，你站累了你坐，我又不跟你找麻烦，我又能跟你说话解闷，你就当雇一个帮你看座的吧，也让你省份心不是？"

他小嘴不停，爆豆似的喷出一串理由，又笑容可掬，完全让女孩无从反对，终于点了点头，向天笑高兴得不得了："那成了！肯定让你不后悔！包儿我先帮你拿着……"伸手去接女孩的背包，女孩连忙往回一缩。向天笑左手打右手，一点都不尴尬："那你自己拿着，我给你开路去！67号是吧！"

他眼睛真尖，就在查票的那一眨眼工夫，连这个都记住了。女孩不由有些紧张，眼看着向天笑一路"借光借光"地分开人群。

两人来到67号，座位上当然早就有人占了。向天笑挤过去，赔笑说："对不住这位，您坐了我的座了。"

那个人抬眼皮看了看他："你的座？哪写着你的座呢？"

"您看，票上写着呢。"向天笑从女孩的手里接过票，晃了一下。

"来，我看看……"那个人伸手来抢那张票。

向天笑早有准备，手一沉，用手背挡着那人的手，笑了："哥哥，都是出门的，你跟我玩这把戏？我把票给你了，你是撕了是昧了，我找谁说理去？"

"嘿，我眼神不好。你不给我看，我怎么知道这票是不是真的？要不然你叫一声，看这座位答应你不答应？"

"你这是蛮不讲理啊，椅子也没嘴，我叫它它能答应么？"

"那就没办法了。"

向天笑向后撤了一步，看了看那个女孩。女孩被这个无赖的嚣张气焰气坏了，可是完全没办法。向天笑眼珠一转，说："这么着吧，这椅子它不能出声，可是它能表示。怎么表示呢？我叫它，它能把你从它身上弹起来。"

"这椅子能把我弹起来？你吹牛逼！"

"是不是大话，咱们试试？"

"你来呀！"

"那我就叫了啊！椅子！……没动？椅子！……没反应？我叫错了？凳子！……还不行……凳子！……也不是……不是椅子不是凳子，那它是什么子啊……"

那个无赖笑得前仰后合："傻逼！"

向天笑叫："难道是儿子？……儿子！……儿子！还不行，孙子！孙子！"

无赖笑得更厉害了，竟然有人管椅子叫儿子孙子！可是忽然附近爆发出一阵大笑，无赖愣了一下，定睛一看，向天笑笑眯眯地看着他："孙子……耷拉孙儿！"

无赖勃然大怒："你占谁便宜呢？"

向天笑两手一摊："我没叫你啊，我叫椅子呢，没办法呀，你正拦在椅子前边。"

"那你叫'椅子'！干吗儿子孙子地乱叫？"

"人还有个笔名小名曾用名呢？没准椅子爱听人这么叫它呢？反正它们都是'子'字辈儿的。"

无赖气不打一处来，突然间灵机一动："那你怎么不叫'老子'呢？这也是'子'！"

"……叫什么？"

"老子！"

"什么子？"

"老子——就是爹——爸呀！"

"哎，什么事儿？"向天笑慈祥地答应了。

所有能听见这段话的人全笑了！向天笑举手示意："献丑献丑！"那无赖明白过来，气得脸都紫了，跳起来劈胸抓他。向天笑大笑一声："这不是弹起来了么？"

周围人笑得更大声。那无赖脸红了白，白了红，终于骂一声："你他妈耍我！"一拳向向天笑打来，向天笑一挥手握住他的腕子："你这人怎么一点儿幽默感都没有呢？"

他的手劲真大，那个无赖突然就懂了，点了点头说："好，你厉害。我走。"回身拉下自己的包，单手拎着，急急忙忙地挤过人群消失了。

向天笑掸一掸座位，回身赔笑："美女请坐。"

四个人
▼

仅仅在火车出站 15 分钟后，站台上又来了几个人。这时因为全天的火车都已经开走了，所以他们还来就显得很突兀。

第一个人个子很高，很胖，光头，肌肉和肥肉堆积，使他看起来更像一座会移动的大山。

第二个人戴着一副现在少有的墨镜，穿着一身破得飞边的牛仔服，长手长脚。上衣没有扣子，敞着怀，脚上的靴子很旧，可是刷得很干净。

第三个人是个穿着运动服的家伙，头上戴着连衣帽，帽沿压得很低，看不清他的脸，驼着背，双手软塌塌地垂在膝侧。

第四个人是个老头，干枯瘦小，穿着一件排扣的、磨得没了毛的毛线衣。不多的头发整整齐齐地梳成偏分。

　　四个人来到站台上，那个牛仔一眼扫过来，已经发现了同伴做的标记。

　　"对方是个女孩。"牛仔解读说，"大狗他们已经跟上去了。"

　　那个运动员在帽子底下"咕"地笑了一声："我们该怎么办？"

　　老头眺望着西北方，伸手捋了一下额头上落下来的一缕发。但是那缕头发还是会滑落，老头"呸"的一声往掌心吐了口口水，仔细地抹在头发上："小猫也去了。猫和狗都在，我们还操什么心？担心那一车的人都死在他俩的手上么？"

　　胖子却不能同意："老板说，那个女孩带的东西很重要，不能有一点失误的。"

　　老头看了他一眼："就他妈你磨蹭，咱才没赶上火车的，现在毛病还多。追啊，能找着一辆汽车的话，可以比火车快的！"

　　牛仔想了想："好，就这么办。老鬼、阿金，你们两个去找车。胖子，你和我在这儿——咱们是迟到了，可是不是还有人也要慢半拍呢？"

　　于是四个人分了两组。老头和运动员走了，牛仔坐在站台的一把椅子上，两手架在椅背上，低着头打瞌睡。胖子东张西望了一会，说："我要上厕所。"

　　牛仔单指把墨镜从鼻梁上压下来，翻着眼睛说："小心点。"

　　胖子满不在乎地甩甩手，自己往厕所去了。

　　火车站的厕所永远是脏的，百年前如此，百年后仍然如此。这时候虽然没什么人，但是前人留下的便溺还是热腾腾地放出独有的味道来。

　　很大，男厕所的经典结构：进门左手边一长溜立槽小便器，右手边一长溜大便格间。都一个挨着一个，迷宫似的向房间尽头延伸。

胖子东张西望了一下，来到一个大便的格间里。插好门，松开腰带站着小便。近几年全国极度缺粮缺水，大解小解都已经越来越缺少原料了。即使是胖子这样占着三人份补给的人，他也有一天多，才有这样的需要。

他松弛下来，自己和自己说话："再没有水喝……早晚得结石而死啊。"

突然从格间上边抛进来一个绳套，正正地套在他的脖子上。胖子吃了一惊，两只手不顾下边，连忙上来抓绳套，可是绳子已经拉紧了，"倏"的一声陷进他脖子的肥肉里。

那根绳子的力量是向上向左的，应该是有人藏身在左边的格间，以格间的上边框为轮轴拉动的。胖子憋着一口气，左手翻上来拉住绳子，右手攥成拳，猛地一拳轰过去。合成板的格间壁一下子塌了，胖子胖大的身体猛地扑过去——可是隔壁并没有人。他脖子上的绳索仍然向左边的格间延伸过去。

他的后背贴在左边的板壁上。由于刚才扑倒是本能地想保持平衡，他攀住那绳索的左手也松开了。现在他的双手在颈中一阵乱拍，却终于没有办法扣出来那已经深陷的要命的绳子。

他壮硕过人，这个时候体格的优势才显示出来。乱挣了几下，勉强镇定下来，双肘一撞，"咔"的一声，这一层的板壁又断成两截！

只要那个人藏在后边，他一定一拳打扁他！

——可是第三个格间仍然是空的？！

胖子扑倒在地，一手拄进了便池。脖子上的绳索将他向上拉起，这一回他面朝着左边的板壁站起来，双手在板壁上滑了几下，才奋力砸下去。

一拳！

两拳！

第三拳——或者说第六拳——下去，那层板壁才塌了。胖子直挺挺地扑过去，最后的希望仍然破灭……第四间格间仍然没有人！

他被绳索拉着，紧紧贴在左边的板壁上，手脚抽搐，再也不能形成什么动作。然后稍一停顿，那条绳索上力量加大，胖子又因自己的重量，压塌了板壁摔进第五间格间。

他的身体终于完全放松下来，身下便溺失禁，恶臭在厕所里仍然特色鲜明。

"砰"的一声，厕所门被人撞开，戴墨镜的牛仔冲进厕所。他刚才远远听见厕所里似乎有动静，可是那无疑已经不是第一声异响了。从他那里赶过来，他只用了十秒钟，可是当他来到的时候，厕所里已经没有人了。

或者说没有活人了吧。胖子光着屁股倒在一片粪水当中，身前是一片被夷为平地的大便格间。牛仔过来搬着他翻了个身，发现了他脖子上的瘀痕和刀伤。

那一刀切开了胖子的喉咙，但却不是想要杀死胖子。牛仔抹开那里兀自冒出来的死人的血，清清楚楚地看出，那一刀被分成了两段。上一段较深，而下一段较浅，深浅的界限就在于那一道瘀痕。

那个杀死胖子的人走得相当慌张。他甚至来不及解下绳套，而只能一刀将绳子割断。当然，他也借此机会，让胖子死得彻底些。

牛仔抬起头来去看，以他的眼力，马上看出来，胖子死得很冤——他被暗杀者糊弄了。他一直向绳索拉动的左边发动攻击，可是实际上，那个杀手应该是站在他最早遭到袭击的右边的格间里。那个人一早就利用卫生间尽头的水暖管，做了一个滑轮，改变了自己的用力方向。

这个陷阱并不缜密，如果胖子镇定下来，一定也可以破解，可是当要命的绞索勒在脖子上的时候，有几个人能多想到这一层呢？

牛仔皱了皱眉，这是一个实力到了残忍地步的对手。

相声演员

▼

"美女，怎么称呼？"向天笑双手扒着头上的行李架，吊着身子和女孩说话。

女孩犹豫了一下，抱着背包说："叫我小米吧。"

"小米？"向天笑一边在上臂上蹭着汗，一边嬉皮笑脸地说，"真可爱。你这是去西边干什么呀？看你这样子，也不像过去逃难的。"

确实是这样，满车的人——虽然都是劫后余生的难民，但是每个人都扛着抱着背着夹着大大小小的行李。破家值万贯，现在一个茶杯、一块香皂，都是很珍贵的。

反过来看小米，穿着一件大衬衣，一条漂亮的蓝绿裙子，抱着一个大书包，看上去不像一个搬家的人，倒像是战前那些节假日出游的大学生。

"我……"小米犹豫了一下，"是你吗？"那个据说会来保护自己的人，会是他吗？

"不可能！"愣了一下，向天笑肯定地说，表情严肃，"我爸哪有那么好桃花运！"

小米愣了一下，然后才反应过来，这个人是在占自己"是你'妈'"的便宜。从刚才逗那个流氓，到现在跟自己贫嘴，这个人的油嘴滑舌实在很少见。她涨红了脸，愤怒地瞪着他。

"对不起，我说顺嘴了。"

"什么说顺嘴？谁会跟人这样开玩笑？"

"相声演员。"

"相声演员也不……相声演员？"

"其实我是个说相声的。"向天笑诚恳地说，"我去西边，就是打算去那边采风，补全老段子，发现新笑话的。"

小米瞪着眼睛。

"真的。"向天笑说，"不信你考我，相声演员的基本功我都会，吹死牛儿、饶口令儿——吃葡萄不吐葡萄皮儿，不吃葡萄倒吐葡萄皮儿——张嘴就来！"

胖子不是几个人里最厉害的。这是真的。除了一把笨力气，他没有什么特殊的手段。和小猫他们几个真动起手来，他一定会在五分钟里死得凄惨无比。这么久以来，他在小组里最大的功劳，大概也就是帮着经理扛扛装备什么的。

可是他是真有力气！战争虽然终止了他的拳击生涯，可是他的训练并没有白费。只要不是碰上真正的高手，一般人根本不够他塞牙缝的。去年有一次，小组出任务的时候被一群不长眼的暴民包围住抢劫，结果在牛仔他们几个不动手的情况下，胖子一个人，两分钟的时间就摆平了 11 个手持棍棒的男人。

现在他竟然就这么无声无息地死了，让人怎么不觉得窝火？

运动员阿金皱着眉头，弯下腰查看地面上的痕迹。在那个凶手藏身的格间里，他找着了水渍的鞋印。

"二十五号的靴子。重心在左脚上。身高在 175 公分左右，体重在 110 斤以下。是个行家……嗯？"他从其中一个脚印上拈起一根头发，头发很长，有三十六七厘米的样子，发色略黄。它是搭在那只脚印上的。也就是说，是踩出脚印之后，那根头发才落上去的。

所以它属于凶手。

牛仔和阿金面面相觑,难道凶手竟然是个女人?牛仔皱起眉来,做了个手势:"别给公司留下麻烦。"阿金耸了耸肩。

牛仔自己先走了出来。不能再耽搁了,阿金和老鬼好不容易抢了车过来,他们还得赶紧去赶火车。

可是他刚一出门,就看见停在车站外的那辆老吉普车喷出一股乌黑的尾气,向前窜去。"嘿!"他大叫着向前追去。从前车窗那探出一只手来,向他比了一个下流的手势。

那只手手指修长,皮肤白皙。在车窗边上,几绺长发被风扯着乱飘。

牛仔猛地站住脚,右手在怀里一掏,拔出一把枪来,"砰"的开火了。

那只手猛地一颤,被子弹贯穿了掌心。子弹射穿那层薄薄的血肉后,又打碎了后视镜。汽车猛地一扭,那只手一下子缩回去了。牛仔再开枪的时候,被车站横过来的水泥墙挡住了视线。

"怎么回事?"运动员从厕所里跑出来,"你怎么开枪?"

"车!"牛仔气急败坏地说,"车被那个女人开走了!"

"女人?杀了胖子的那个?"

"应该就是!"

运动员突然笑起来:"老鬼还在车上。"

牛仔愣了一下,也笑了:"我靠,老鬼还在车上!"他看着阿金,"胖子怎么样?"

"放心,他妈也认不出来他了。"运动员嘻嘻地望着西边,"靠,变态的都自己走了!那些人真倒霉。"

"你是说相声的?"一下子所有人都兴奋起来,坐在小米对面的一个人惊讶地说,"现在还有说相声的?"

"那当然!"向天笑乐呵呵地说,"人总得活着呗。只要这世界上还有哪怕一个人,他还知道高兴就笑,相声就死不了。"

"是啊？"那个人兴奋地点着头，"战前的时候我可爱在电视上看相声了。可是后来打起来之后，有七八年了吧，我都没听过了。"

"唉！"向天笑郁闷地摆摆手，"这事儿说起来仇大了。有一次相声界前线劳军，全国顶尖的师父去了一大半，结果半路上飞机让人一炮揍下来了。这倒霉劲的！从那之后就元气大伤了。后来打得又凶，世道不好，慢慢的老师傅们过世的过世，年轻一代的学得半瓶子醋，新茬的后继无人，这么一来青黄不接，各门各派人才凋零，绝活失传的多了去了。"他叹着气，"所以呀，现在好不容易又停战了，我就想赶紧把民间还留下的一些资料赶紧抢救过来。"

"了不起，了不起！"

"那有什么用？"小米突然问。

"什么用？"向天笑无疑是个七情上面的人，高兴的时候，眉毛高高扬起；郁闷时眉梢垂下来，耷拉成八字；一生气，又几乎直上直下地立起来，"什么用？人活着得笑啊，尤其现在这样的世道，一个一个苦大仇深的，多累呀！"他把风衣脱下来，翻了个面穿上——原来这件双面风衣里边是灰白色的，背部的位置上墨汁淋漓地写了五个字：一笑十年少。

"人得笑！笑了，才有劲儿；笑了，才不知道害怕；笑了，才有希望！"

小米看着他满脸跑眉毛，一时有点哭笑不得。这么生死攸关的事，怎么会混进来一个搞笑的？

向天笑说得豪迈，又兴致勃勃地解说自己："……向天笑这名字本来就是我师父赐的艺名。当初我还有个师弟叫'乐翻天'，专门做我的捧哏，结果打仗走散了。"

小米突然有点烦躁，站起身来说："你先坐一下吧。"

"唉呦，谢谢！谢谢！"

他们擦身而过，向天笑笑嘻嘻地正想换位子，可是突然脸色一变，把小米一推，小米站立不稳，又往座位上倒去。她身子一歪，有一只冲着她怀里书包来的手就抓空了，在她的肘边一划而过。

向天笑一把将那只手抓住了："兄弟，在我的眼皮底下你玩的什么叶底摘桃啊？"

那只手的主人在人群后露出脸来。他有一张很长的脸，一颗硕大的、肉包子一样的鼻子，一双灰色的眼睛，正是从车尾追过来的不速之客。他的嘴很大，嘴唇很薄、很红，下唇边的皮肤呈现一种溃疡一样的粉红色。

他看着向天笑，舔了舔上嘴唇："你他妈的什么都懂，你真的是说相声的？"牙齿雪白，舌头猩红。

"那当然，"向天笑得意洋洋，"每个听众的反应，都别想逃过我的眼睛。你刚从后边挤过来，你以为我不知道？"

他慢慢地把抓着的那只手推回到那人的怀里，轻轻地放开，掌心压着那人的手，停一下，再笑着拍一拍。可是他的两眼却没有笑，只盯着那个小偷的眼睛，将震慑打到对方的心里去："你再敢打她的主意……"

骤然间，从那个人的混浊的眼睛里翻涌出一股凶狠的杀机，将向天笑的威慑全都弹了回来——

这个人不是个毛贼！

向天笑猛地反应过来，向后一退，站在他后边的旅客被他挤得"唉呀"一声拥在了一起。可是这样腾出来的空间也实在太小了，小到只容许他躲过了那个人的两爪，却被那个人落下去的手顺势抓住了自己的手腕。

向天笑吃了一惊，那个人把向天笑往自己的怀里一拉，向天笑身子一晃，被他抱了个正着，两手全被箍在两肋侧，动弹不得。那个人一张嘴，露出两枚长长的犬齿，猛地往向天笑脖子咬过去。

小米尖叫一声。只听"嘣"的一声，向天笑在半身不动的情形下，肩膀一沉一耸，正撞在他的下巴上。那个人跟跄后退，被向天笑圈手一转，反而拉住了他的左手，一拽一转一压，"哗啦"一声，已经被向天笑重重地摁在了座位间的小餐桌上。

"够了啊！"向天笑掰住他的手指，将那人整个控制着。

"小姑娘，"那个人却不看向天笑，他趴在桌子上，侧着头看着小米，嘴里噗哧噗哧地喷着血沫子，"把那个东西给我。这事就算过去了。"

"我……我没有！"

那个人咧着嘴笑起来，他的犬齿极长，一边一根白森森地泡在血里："这个人保不住你的。"

"你说什么？"向天笑突然遭到鄙视，手上加劲，"你再说一遍？"

那个人疼得整个人都拱了起来。向天笑拍拍他的脑袋："兄弟，你是冲着她来的？"

那个人猛地回过头来，眼睛看着向天笑的时候，凶光四溢。然后这个人猛地一挺身，空着的右手挥过来，手里的寒光一闪，不知什么时候已经有了一把短刀。

向天笑向后一仰，可是仍然慢了一点。那一刀划破了他的耳朵，血一下子流下来，向天笑心里一慌，手顿时松了。那个人趁势站起身来，左手已经因为刚才的挣扎，已经断了，软软地垂在身边。向天笑乱了阵脚。他虽然在社会上已经摸爬滚打了七八年，可是一来会做人，二来有本事，自己挂彩已经是罕见，而对方这么不要命，则更让他不知所措。

那个人单手抓着刀，脸因为疼痛而扭曲，看着向天笑，猛地一刀刺过来。

他们两个被人围着，本来站的就近，现在这一刀正好让向天笑避无可避。可是突然间，向天笑身后的两个人往两边一倒，向天笑已经退出三步，躲进人群，那个人的一刀刺空，只在一个倒霉乘客的肩膀上拉了道口子。

人挨人人挤人密不透风的情形下，向天笑是怎么退开的？那个人气急败坏地去追，人们看见他凶神恶煞似的，本来想给他让开条路，可是你向左我向右，汹涌起伏之下，反而彼此卡了个坚不可摧。那个人连打带骂，好不容易走了两个位子远，抬头看的时候，向天笑已经全然不见了。

那个偷车人单手扶着方向盘，将油门踩到底。吉普车疯狂地颠簸在坑坑洼洼的路上，前边是城市穹庐的出入口，他撒开方向盘，腾出手用力扳开了车里的开闸信号。闸门打开，汽车一头撞进黄色的郊外。

他把受伤的左手夹在膝盖中间，勉强压住血管。可是即使这样，他也能够感觉到血从弹口流出来，蜿蜒着爬过小指，在无名指上滴落。

他太大意了！他竟然一厢情愿地认为那几个人都是近距离攻击的行家，完全没想到，那个牛仔竟然有枪！

这个国家的枪械管理一向很严格，战前如此，战争中虽然有枪支流入民间，但后来联合国在战后专门进行过很严格的枪械回收。人们本来也对持枪的观念淡薄，因此回收得非常顺利，民间很少能有人再看到枪械了。

可是他应该想到，即使社会上只有一把黑枪流传，那也应该是落在那种人的手上！

那一枪打断了他的无名指指骨，现在那根手指就只能僵硬地耷拉在手掌上。他的战斗能力至少因此降低了15%，而他甚至还没见到那个女孩！

他咬着牙，汽车沿着铁路一路向西而去。"救命号"是穷人的车，车速不过每小时 50 公里，远逊于开足马力的汽车。

　　向天笑拉着小米消失在人群里。小米被他拖着一只手，另一只手仍然将背包抱在胸前。相声演员的步法非常奇怪，一脚跨出去，莫名其妙地就把拦路的人分开了。那些人的身体在水泄不通的情况下向两边一晃，两个人迅速穿过去，那些人又像野草一样站直了，将他们挡在身后。由始至终，那些人的脚下甚至都没有动。

　　小米一边逃，一边惊奇地看着这样的奇迹。那个杀手愤怒的吼叫在身后慢慢地远了。他们两个在狭长的、塞满了乘客的过道里飞快地走，穿过了两节车厢，才停下来。

　　向天笑的脸上还有血。耳朵上的伤虽然不重，但是却很吓人。这节车厢的人们已经不知道他们是受追杀的了，他们只对向天笑露出畏惧的神色。

　　在下一节车厢的交接处，向天笑把女孩逼在车门处，凶狠地看着她，一会才从兜里掏出一块大手绢来摁住耳朵。

　　那大手绢应该是纯白的来着，可是现在已经微黄泛灰了。向天笑闭上眼睛匀了一会气：“那个人是冲你来的？”

　　女孩瞪大眼睛，没有说话。

　　“你是什么来头？你不是一个普通的小丫头——他妈的，我早该发现的——哪还有人跟你似的这么穿衣服？你到底是谁？”想到自己几乎莫名其妙被人一刀划开喉咙，向天笑不由生气起来。

　　女孩死死地抱着背包。

　　“包里是什么？我问你包里是什么！”向天笑一把扯住背包带想夺过来，可是小米用大得吓人的力气拒绝了他。

　　“好，你不告诉我是吧？我不管你了！”向天笑愤怒地低吼，

　　“一会让那人把你扔到车底下去！”

女孩抖了一下，看他的眼神更冷了。

向天笑愤愤地拍了一下车窗，转身就走。

前面是一段空旷平坦的荒原，黄色的视野里，隐约能有一点路的痕迹。偷车人抬起左脚膝盖，顶住方向盘，右手从头上扯下发带，先将贯穿手掌的弹孔扎住，再将断掉的食指蜷曲起来，和麻木了的小指中指一起绑住。将这样一来，三根手指现成的握成拳形，一旦需要，他可以把食指拇指加入，变成一颗照样可以杀人的拳头。平时，拇指和食指还能保持 60% 左右的功用。

这个时候，整个左手都已经肿起来了。因为充血和骨折，它看上去比右手大了几乎一倍，变得很厚实。

偷车人用牙齿将绷带最后扎紧，手掌上传来的巨痛让他眼前发黑。做完了包扎，他长出一口气，将左手搭上方向盘，左腿重重地垂下去。

可是就在这时，从他的座位底下忽然射出了一道黑光。黑光就像一枝快箭，刺中了他的脚踝。

绿色希望
▼

从车厢的另一边，突然有人冲了过来。

没人能在这样逼仄的过道上"冲"，即使是向天笑，都得一步一个脚印地走。可是那个人是真的冲过来的，因为他不是在过道上跑，而是在人们的头顶上跑！

车厢最高处有两米五那么高，一般的人站着也就是一米八左右的高度。所以在人群的上边，是有半人多高的空间的。那个从车顶上逆袭进来的瘦小的人弓着身子，手脚并用，踩着人们的头顶，一路窜了过来。

车厢里的人很挤。挤得人们摩肩接踵，彼此镶嵌在一起，人头也不能随便动，远远看去好像一条高低起伏的煤屑路。可是毕竟摇摇头低低头还是可以的，那个人能一路在别人反应过来之前踏头而过，真的是敏捷极了。

被他当成垫脚石的人们在他过去四五米了才反应过来，骂声追着他一直传过来。那个人两眼闪亮，远远地看见了小米，居然还能腾出一只手来，恶狠狠地指了一下。

那一指吓得小米脸色苍白。想要逃跑，可是两只脚却好像定在了那里似的。眼看着那个人飞快地逼近，连脸上的麻子都能看清了，可是突然之间，人群中伸出一只手，正抓住他的手腕，那个人从人群上一头撞下来，两只不甘的脚在半空中一闪即逝。

"啊！"

人群中传来一声沉闷的惨叫。

小米踮起脚尖来看：向天笑的后脑勺在载浮载沉的一片脑瓜子里十分醒目。他好像弯下腰去，然后一条人影从人群中间横着飞出来，撞向过道旁的车窗。

那个人正是能在人群头上奔走的瘦子。"砰"的一声，他撞在车窗上，"哗啦"一声，又摔在小餐桌上。

可是他没事。刚才他人在半空，不过一米五六的距离，居然还能把腰一拧，调整了自己的姿势。是两脚先撞上车窗的。左脚踏裂了窗玻璃，右脚踏在窗框上，就消了大部分的力。落到餐桌上以后，双手一扣桌沿，屈背耸肩，居然就在那一尺多长的小桌上稳住了。抬起头来，呲着牙嘶嘶怒吼："他妈的，你是谁？"

人群当中向天笑嘿嘿一笑："要说起来呀，我呀，得管你爷爷叫声大哥。"

他又占人家便宜！一群躲没处躲的旅客拦在两个人的中间，脸都吓白了。

那个瘦子反应了一下，意识到自己得管人家叫好听的。不禁越发愤怒，手脚在餐桌上猛地一撑，越过前排乘客的头顶，往躲在人后的向天笑扑去。只见他人在半空，手掌一勾，从护腕里"噔噔"两声弹出一对钢爪，钢爪在半空中一刮，声音刺耳，火星四溅——

"哗啦！"

他又摔在了对面的餐桌上。这一回比刚才还狼狈，从桌子上滑下来，窝窝囊囊地大头朝下栽到一个胖女人的裤裆里。他在胖女人的尖叫声里爬起来，脸都憋紫了。

偷车人的身体猛的一震，他已经看出那条黑线是一条蛇。黑蛇。身体像一条拉长冷却的铁线，脑袋扁扁的，分叉的长舌却是粉红色。

车里怎么会有蛇的？

那条黑蛇一口咬在他的脚踝上。可是没事，他脚上穿的是牛皮的作战靴，应该没被咬透——只要那条蛇不爬到他的膝盖以上。

他左手扶着方向盘，空出右手来，偷眼打量着驾驶座下的空间。那条黑蛇蜿蜒游动，在他的两脚之间徘徊。

只有一次机会，也许他可以一把捏住它的七寸。

可是，在他的视野里，忽然有什么红点滑过——他抬起头来，不知什么时候，在他的左手手背上，已经多了一只蜘蛛。

长着红色绒毛，蓝色双螯的蜘蛛！

核桃大的蜘蛛！

他已经疼得麻木的左手几乎一下子弹起来，但是他勉强抑制住了。深入到脑沟里的作战记忆让他在最后关头控制住了自己的身体。

……不能动，不能紧张，要避免因动作而激起毒虫的过激反应。

现在，他有一条毒蛇，一只毒蜘蛛了。

该怎么办？

小米问自己。

我能够相信他么？

出来的时候，老师千叮咛万嘱咐，现在世道不太平，不能随便相信陌生人。而自己眼前这个陌生人，油嘴滑舌、世故机灵，说是一个相声演员，可是打架的本事看起来更正宗。他突然出现，毫无理由地保护自己——可能么？

可是她已经没有时间再考虑了，向天笑拉着她一路挤过人群，来到列车卫生间。非常时期，厕所都变成雅座了。小格间里三个男人正愁眉苦脸地抽烟，看见两个人一头汗地挤过来，还以为他们憋不住了，连忙挤出来让座。

向天笑把小米一把推进去，然后自己也挤进去。等到刚才让座的三个男人觉得这事有伤风化的时候，他已经在里边把门插上了。

"靠，一个狗舌头之后，现在又出来一个猫爪子！亲爱的，你到底招惹什么人了？谁都想把你扔车底下去。"

向天笑气急败坏，心疼地撩起风衣下摆。两片下摆被那个瘦子挠了三爪，不仅碎成了绺，而且还少了一大片。

小米突然下定了决心。她听见自己说："请你帮我！"

向天笑抬起头来，得意洋洋地苦笑："……好歹相识一场，你让我看着你被那些狗舌头猫爪子的家伙扔到车底下么？"

"……人家从来没说要把我扔下去好不好？"

"是么？"向天笑嘻嘻一笑，"反正没好事。谁让我看见了呢。"他放下风衣，问，"说吧，到底怎么了？"

"你先说。你说你是说相声的，可是你怎么会打架？"

"哦，这个呀！"向天笑举起手来，做了个手势，"当初在天桥卖艺,和撂跤打把势的也算一家。我师父会好多杂碎儿,我会的比他还多。刚才分人群，扔猫爪子，其实都是撂跤里沾衣十八跌的本事。"

他笑嘻嘻地看着小米，笑容让她觉得，她的决定是没错的。

"好吧，我告诉你真相：我是科技大学的学生。"小米说。

无论什么样的时局，教育都会被有识之士艰难地维持下去。在东部，最大的一所综合大学就是由原来的军校分出来的科技大学。而小米，则是科技大学的第一届学生，并且现在已经是一个研究生了。

小米的导师是基因改良作物的权威，前不久，他多年的研究终于有了成果：一种新型的、顽强的、快速生长的改良作物问世了。这种作物一旦普及，困扰战后的环境问题、粮食问题都能得到有效地缓解。

但是小米他们的科研基金是由"民天"集团提供的。实验成功后，民天集团要求他们将新作物交回集团处理。而小米的导师则意识到，民天集团就是做垄断粮食贸易的。一旦自己的成果落入民天，恐怕就会被永远地封锁起来，或者，成为集团敛财的工具。

所以在民天意识到之前，小米和她的两个同学就分别带了作物样本，分头逃往不同的地方，去寻找能够推广新作物的机构。而民天集团也迅速反应过来，派出了集团暗中培养的武装力量，来追回样本。

竟然有这样的原委。向天笑想了想："你往西？想去卫星城？他们没有派人来接应你？"

小米流着汗点点头，说："走之前,我的老师跟他们联络过。他们说，会派一个人过来接应我。"

"我靠，一个人？！他们真大方！"

"我不知道。"小米犹豫着说，"他叫敖白。"

敖白流着汗，尽量不去看那只蜘蛛。

据说人可以分为两种，一种人怕没有脚的蛇，另一种人怕有脚的蜘蛛，他无疑属于后一种。想象着蜘蛛毛绒绒的肚子滑过他手背上的那个洞的时候，他几乎要吐血。

一只玉色的蝎子翘着尾巴，殊殊殊殊地从操作台上爬过；一只灰色的蜥蜴趴在车窗上，一动不动，若有所思；一只老鼠蹲在他的肩膀上，左顾右盼的时候，胡子甚至刮过他的脖子。

仿佛在一瞬间，这辆吉普车的车厢就变成了毒虫的集中营。

敖白看到后视镜里的自己脸色灰白，冷汗都打湿了额前的长发。

这无疑不是偶然的，而是有人对自己发动了攻击。车厢是密闭的，那么，是有人事先把毒虫都放到了车里？可是那样的话，它们怎么会同时出来，而且不怕人？

是有人在控制着它们？那个人潜伏在车上？

敖白觉得自己几乎喘不过气来了。他的后背发麻，好像已经有人把枪顶在了他的后脖颈子上。偷车前他侦查过了，那个运动员下了车，车上再没有人，那个老头没有跟车回来。

可是现在车上有人？

敖白咽了一口唾沫，他嗓子发紧，很艰难地才保持了平稳的声调："谁在那儿！"

谁……在……那儿！

他转动眼珠——为了不惊动毒虫，他甚至连脖子都不能转了——前边没有，右边副驾驶座没有。

然后，在后视镜里，他看到了一只手。

一只老人的手，皮肤松弛灰暗，指甲厚而脏。它从后排座位的底部慢慢地伸出来，摊开，掌心里是一只金色的蜈蚣。蜈蚣从他的手掌上游下来，游出后视镜可视范围之外。那只空下来的手这才竖起来，向敖白招了招。

当它摆动的时候，它似乎是有表情的，一种微笑、慈祥的——邪恶的表情。

大狗·小猫·老鬼

▼

大狗掰着自己的左手，把它支在餐桌上。然后上身猛地一冲，把全身的力量都压下去。肩关节发出一声令人反胃的"咔嚓"声，脱臼的地方就接上了。

实际上很多时候，他的同伴都不叫他"大狗"的，他们更习惯于叫他"疯狗"。因为他一旦和别人打起来，往往是不要命的，疯的。所以他刚才和那个向天笑什么的斗的时候，为了取得胜利，甚至不惜牺牲自己的一条手臂。

但是，当然，他的手臂也是脱臼惯了的。在历次搏杀中，他不只一次有意卸脱自己的关节。左手的、右手的、左腿的、右腿的……因此，在心底里，他知道自己也是很聪明的——他不会真的折断自己的手臂，也不会真的不要自己的命。

他只是一个打手而已。他可不会为了公司的利益真的去牺牲自己。或者说，他的牺牲一定要能换来更大的好处才行。所以他的疯狂只是一种威慑，他的不要命只是更想要敌人的命。

他往向天笑和小猫消失的方向走去，粗鲁地推开路上的乘客。一个五大三粗的乘警从对面迎上来，手里拿着"噼啪"作响的电警棍，咆哮："刚才谁打架了？谁打架了！"

大狗无声无息地走到他的侧面，手上动作，把作战用的犬牙皮带抽出来，熟练地缠在左手上。皮带上尖锐的钢钉向外刺出来。在众人惊慌的注视中，他轻轻拍拍乘警的肩膀，乘警回过头来，大狗一头撞上他的鼻子。大块头的乘警向前一扑，鼻血喷了一地，大狗的脚在他的膝盖处猛地一踩，乘警扑在一个乘客的身上，跪倒了。

大狗抬起左臂，做了个肩部的预热，然后重重地一拳捣下来，正中乘警的耳门。可怜的男人一头撞上旁边座位的靠背，半边脸血肉模糊，一声不吭地昏倒了。

嗯，大狗又转了转肩膀，欣慰地想，稍微有点木木的疼，但是并不妨碍行动。

在下一节车厢他看到了小猫，瘦子狼狈地挂在行李架上。他的两只手已经弹出了钢爪，尖长带钩的钢刺在行李架的钢棍上方纠缠别住，将他锁在那了。

大狗走过去，跳上一张座椅的靠背，帮着小猫把钢爪分开。小猫垂下手来，气愤地喷着鼻息。刚才所有人都看着这个瘦子被那个风衣男子左一扔右一扔地乱摔，最后还被托着腰往上一送，插在行李架上，糗透了。现在下来时还这么可爱，不禁都笑起来。

小猫反手一爪挠掉了一个人的面目。那个不幸的人马上倒在地上，用他的惨叫堵住了那些嘲笑。

小猫回过手来，皱着鼻子，舔着钢爪上的血。是时候认真起来了，是时候流血了，是时候让那个泥鳅似的家伙知道，惹恼了"民天黑网小组"的人，会有什么后果了。

老鬼从座椅罩的流苏下向外望去。敖白——他已经问了这个人的名字——是一个削瘦的男青年。头发很长，穿一件黑灰白色的迷彩军装，从他钢铁般的身体控制来看，确实像一个军人。

"好吧，敖白，"老鬼嗤笑着说，"你现在要怎么办？"

敖白单手开车，右手还保持着发现蜘蛛前，那个略蜷的蓄势待发的姿势。老鬼的声音响亮而清脆，听起来甚至像个孩子，可是那明明是个老东西！

这个老毒物是个变态！敖白想，没有谁会随身饲养这么多毒虫，也没有谁习惯在车座下边坐车——怪不得自己当初没有发现他！

"你想我怎么样？"

他害怕了。老鬼兴致盎然地想。于是他从后排座底游移到前排副驾驶的座底，像一条蛇，探出半个脑袋来看敖白。

敖白的下巴上凝结着一颗硕大的汗珠。而他的胸前，汗水已经打湿了一片军装。忽然察觉他出现，青年的手微微一抖，老鬼已经及时地钻进了座底。

"嘻嘻，我看见你了！你害怕了！你错过了唯一一次杀我的机会了。"他的眼睛在座椅套的下摆花围后闪闪发光。

敖白咬着牙。这个世界最可怕的对手不是拥有惊人战斗力的人，而是没有理智的人。

这个老鬼，他兴冲冲地像在玩游戏，可是这场游戏赌的是自己的命！老鬼的毒物随时可能将致命的毒液注射进自己的身体，自己却看不到他、不能行动。

现在的局面，自己似乎只有两条路可走：第一，被这个老鬼玩死，然后车被他夺回，赶上火车，抢走新作物；第二，他杀掉老鬼，然后被老鬼的毒物毒死，但是追杀小米的人，就会少一个疯子。

他紧张地算着自己的战斗力。他全身唯一还能发动攻势的，大概就是右手了。但是右手也不能有太大的动作，否则毒物会不顾一切地攻击他。

所以，他大概真的只能有一次机会，来改变这样的局势。可是那老东西却像个老鼠似的躲着！厚重的后排沙发，几乎像面超完美的盾牌，将他完全遮挡住了。

老鼠在他颈边转来转去，细细的鼻息喷在他的脖子上。敖白畏惧地侧过头，僵硬的身体形成了一个别扭的角度。

大狗小猫一路向列车车尾走去，小猫在前面开路，他的钢爪上满是凝固的血和肉末。人们虽然不知道他们想干什么，但还是可以知道早避开为好。

人满为患的列车就像一根被餐刀剖开的香肠。小猫和大狗走过，小猫问："他们在哪？"

大狗皱着眉头："这么多人，我可闻不出来。"

"我操。一个一个的赶着去投胎呀！"小猫看着数不清的乘客越来越气，"他妈的打仗都灭不了你们的种！"

他的钢爪猛地刮开了一个乘客的肚子。那个人惊惶地看着自己内脏，扑倒在小猫脚下。

大狗看着那个人抽搐，突然笑起来："我有主意了。"

主意？敖白还能有什么主意？

老鬼在车座底下笑，他的笑声一会儿尖，一会儿闷。敖白想，他不会是笑得直打滚吧？他居然还能在座位底下打滚？

"小伙子，别动歪主意了，乖乖跟我回去，我的小宝贝儿就不会伤害你。"

敖白歪着头，不说话。

"哦，不不不！你还是想主意吧，你要是和我回去，那就不好玩了。"

敖白的脖子上青筋跳得老高。

"你会怎么办呢？让我想一想，怎么让这个游戏更有趣……"

突然，敖白发出了"噗"的一声。

老鬼吓了一跳，回过头来，正想看看他有什么动作，忽听"当当"几声，几乎同时只觉得眼皮一疼，半边眼睛疼得睁不开，一粒什么东西落在他的脸旁。他抓起来，用仅剩的一只眼睛去看——竟然是一粒扣子。

原来刚才敖白一直歪着头，并不是在躲老鼠，反而是侧头叼住了领子上的一枚扣子。他怕强行把它拽下来会震动身体，所以只能用牙齿磨断扣线，这才耗了这么久。然后他将那枚扣子吐到右手上，再用拇指中指将扣子弹出来，利用车厢的反弹折射，竟然把扣子射得钻进了这么低的座底，差点打瞎老鬼的一只眼睛。

老鬼勃然大怒，疼得右眼不住流泪。他一手捂住，怒骂说："你差点弄瞎了我！"他飞快地把车座底下的废报纸，抹布全都塞在座位与车底的缝隙上，"我决不允许你再威胁到我！我看你还有什么办法！"

"只是差点么？"敖白冷冷地问。

"对了，差点！"老鬼听出敖白的惋惜，又开心起来，"不过，你以后再也没机会了。马上给我掉头，回去和我的朋友会面！"

敖白咬紧牙关，腮后的肌肉硬梆梆地隆起。老鬼笑眯眯地看着他。这个年轻人，他还会有反抗的勇气么？他是一个真的硬骨头，还是一个发完脾气就只会哭的小鬼头？

敖白沉默着。忽然一搭方向盘，吉普车拐了一个急弯，掉头向来路驶去。

答案揭晓：这是一个没有骨气，没有本事的孩子。

白皙圆胖的女乘务员从播音室里飞出来，一头撞在对面的卫生间的门上，软软地溜倒了，只在青白色的门上，留下两行血手印。

小猫倚着门站着，将钢爪上的血吹成一片红雾。大狗在里边操起麦克风，吹了一下试音。然后说："小米老师，你出来吧。你保护那个新品种不就是想救人么？可是你再不出来，我们就要把这满车的人都杀掉了。我不打算给你太多的考虑时间，从现在开始，我们每分钟杀一个人，一直到你出来为止——你不该上火车的，这里有太多人质⋯⋯啊！"

对面的卫生间门一开，向天笑从门后露出来，手里不知从哪找了一个玻璃罐头瓶，脱手飞出，擦着小猫的脸飞过去，正中大狗的后脑勺。

小猫大吃一惊，想不到向天笑就藏身在这里，连忙窜过去要抓他，向天笑却把门猛地一合，"啪"的一声，把他撞了回去。

大狗后脑勺飙血，和小猫两个一起飞脚来踹门，可是走廊太窄，他们腿都伸不开。门里边向天笑用力顶着，塑木的门相当结实，"喀喀喀"地裂了，却一直没有垮下来。大狗气疯了，攥着自己的短刀在门上乱刺，他的刀刀身才不过五厘米长，是半圆形的弧手刀，几乎用不上直力，小猫的猫爪又是细钩形的，竟然也没有办法。

"我来自卫星城。"敖白说，当一个人的心理大坝决口后，他会变得越来越懦弱，越来越猥琐，现在他已经不惜出卖自己的同伴了，"我们奉命来接应小米老师。我负责断后，另有三个同伴在车上暗中保护她。你不要杀我，我可以帮你们去辨认那几个人，他们很擅长伪装的⋯⋯"

老鬼在车座下吃吃地笑着，从前边的后视镜里，看着敖白惨白的脸色。这个玩具正处在最好玩的时候，很快，他就会变得很没有意思了。到那个时候，他会毫不犹豫地杀了他。

辨认？那是可有可无的事情，只要他能够回去汇报说列车上还有三个人，那这样的情报也就够他领取奖金了。

掉头以后，敖白把车子开得飞快而且平稳，车底缝隙里的风冷嗖嗖地吹在他的脸上。老鬼惬意地舔着嘴唇，想象着年轻人毒发哀号的样子。可是突然，他听到车底穿来连续的声音：

"轰隆——轰隆轰隆⋯⋯"

声音虽然很小，可是气势却很大，并且越来越响。老鬼吃了一惊，为什么这声音竟像是火车的声音？

"为什么会有火车？"

"因为我们终于赶上 120 次列车了！"

老鬼愣了一下："不可能，我们刚才已经掉头了！我们应该离它越来越远的！"

后视镜里的敖白微微笑了起来："在那之前，我已经掉过头了。只不过那时候我兜的圈子大，你没感觉罢了。然后我接受你的命令掉过头来，才是又往列车的方向追赶。"

这个人竟然一直没有放弃么？老鬼简直难以置信。他推开遮挡缝隙的报纸，从后座椅下游出来，借着副驾驶的椅背遮挡，小心翼翼地探出身来。他激灵灵地打了个冷颤，只见吉普车前方，蜿蜒呼啸的正是那列开往西部的列车。

现在的局势是，列车在前边 40 米处横着开过，吉普车以比列车快得多的速度向列车驶去。敖白已经把油门踩到了底，吉普车疯了似的赶着向列车的最后几节车厢撞去。

"来吧！用你的毒虫咬死我啊！"敖白狂笑着，将把着方向盘的左手也慢慢抬起，只是在脚下踩紧油门。吉普车就像脱缰的野马，轰鸣着蹿死而去，"我担保它们的毒性没有车祸来得快！"

老鬼瞪大眼睛，只觉得自己的心跳都要停止了，眼前的列车越来越大，他终于不顾一切地扑过去抢方向盘。

他站起来了！

他来到驾驶和副驾驶座中间了！他露出身子了！

他伸出手来了——

敖白猛地把左手沉下去把住方向盘，右脚用尽全身力气向刹车踩去。吉普车发出尖锐的叫声，速度猛地慢下来，刚探过身的老鬼站立不稳，猛地向前冲去，"咔嚓"一声撞碎了车前窗。飞出去在车前盖上弹了一下，飞得更远落到地上，咕噜咕噜两个翻滚——滚进了飞驰的列车车轮。

人一下子就被绞得不见了。

吉普车在离铁道不到半米的地方停下来。被惯性甩到前边的蛇、蜘蛛等毒虫半死不活地翻着肚皮。

——早先的那一粒钮扣的作用并不是打老鬼的眼睛，恰恰相反，那只是它的掩饰罢了。那粒钮扣的第一目标实际上是车里的冷气开关。所以敖白才不得不让钮扣多折射了两次。不然的话，那个钮扣只需要两次反弹就能射进座位底。以他的指力，还真可以一下子射瞎老鬼的一只眼，只不过，还不足以一下子杀死他罢了。

在乱世里，数量有限的物质资源实际上更多地集中于更数量有限的特权分子手上。一个能自己拥有吉普车的人，往往就有能力再给车子配上好的冷气机，以使自己在这臭氧层被破坏的世界里，能够尽量少地开窗户。这一赌，敖白赌对了。

开到最大的冷气从车子的前方上方释放出来，躲在后边座位底下的老鬼，因为隐蔽没能立刻察觉，反过来，包围敖白的毒虫却早都不由自主地失去了活力，虽然还不至于当场冬眠，但是在刹车的那短短的一瞬间，终于没能对敖白完成最后一击。

敖白推开车门，迈步下车，因为紧张，腿还有些发抖。铁轨附近散落着那个变态老鬼的残肢。敖白啐了一口，眼前一亮，列车最后一节车厢自他面前隆隆驶过。

淡黄的空气里，敖白憋着一口气，一个冲刺追上列车车尾，就在大狗上车两个小时后，敖白，终于在同样的地方接近了小米。

"出来！"外边大狗气急败坏地又踢了一脚，厕所门猛地一震，向天笑在里边呲牙咧嘴地顶着。他是用双肘挂着窗台，一脚撑地，一脚顶在门上，嘴里还叫唤："不出来！男子汉大丈夫，说不出来就不出来！"

"现在怎么办？"小米抱着背包。

"我怎么知道怎么办啊？"刚才逞英雄暴露了自己的位置，现在向天笑也晕着，"不过我知道他们是谁了！如果你是在被民天集团追杀的话，那他们就应该是民天集团保安部的黑网小组，专门负责对外出击。"他包打听的性格实在让他知道不少八卦，"据说黑网小组有六个人，全都是身经百战的人物！其中有一猫一狗，最擅长追踪——靠，他们还真是形象生动啊！"

他又要滔滔不绝，小米连忙打断他："我们能不能从窗户出去，避开他们？"

"外面高污染啊姐姐！出去喘两口气就噶屁了。"

"那怎么办啊？"

大狗竖着耳朵趴在门上，听到两个人束手无策，放下心来，正想直起腰来，门后边向天笑猛地一跺脚："你别吵啊！让我想一想啦！"

门板被他踏得发出一声巨响，大狗躲闪不及，差点聋了。他一个激灵跳起来，左手捂着耳朵，右手扣着弧手刀，恼羞成怒一刀一刀地削在门上。反正那两个人也出不去，那他即使把门刮成一堆木屑，也要把他们掏出来！

削到一百三十多刀，门的正中已经被刮得千沟万壑了。小猫过来，两爪刺进去，一拉一撕，扯出来一个直径三四十厘米的破洞。

几缕黄烟飘出来，大狗狞笑着把头凑过去："小子，出来……"

厕所里没人了？！

大狗吃了一惊，一肩撞上去，门应声而开，厕所里空荡荡的，只有从窗外飘进来的污染大气。一男一女已经不见了，他们竟然真的跳窗逃走了？

大狗掩着鼻子冲到窗口，探身出去向外一看，正看到人的脚在车顶上一闪，消失了。

他鼻子灵敏，平时能靠嗅觉追踪，这时候闻着空气里的硫化物气味，呛得越发无法忍受。踉跄着退回来，小猫拉起一直掖在领子里的围巾，挡在鼻子上："我去追。"反身探出窗子，两手攀着窗框，一吊，整个人消失在窗外。

大狗向后退开，将厕所门关上，扒下旁边死人的衣服，团一团堵在破洞上。因为刚才的骚动，这一节车厢的人，还没死的全都挤到别的车厢里去了，也不知道那些罐头一样的车厢又怎么消化他们——人的潜力真是无穷啊。

他挑了个舒服的座位坐下，在人们来不及带走的物品里边翻出些吃的喝的来，一边坐下来休息，一边翻着眼睛看看车顶。小猫能够追上那两个人吗？

年轻人啊，太冲动了。他这样冲出去，即使能够把新植物抢过来，恐怕自己的呼吸道也会受伤吧。何必呢？这么拼命……

没有人能够比他更灵巧。

没有人能够在他面前玩高难度。

小猫攀上列车车顶，黄色的空气飞快地在他身边划过。他憋的那一口气还够用，只要在半分钟内，他能够将那两个人杀死！

他能做到的。现在反而是眼睛比较难受，眼泪被刺激得流出泪来，他模模糊糊地看到向天笑扶着小米在前边蹒跚地弯着腰走。在这样空旷的车顶，再没有水泄不通的乘客做向天笑的挡箭牌了。于是他快步赶过去，手腕上的钢爪撕开风，发出低低的啸声。

忽然，向天笑回过头来！小猫只觉得自己眼前一黑，一颗心沉到了滚沸的油锅里——

口罩！

向天笑竟然戴着口罩！

两副丑陋，但是又宽又厚的口罩巴在向天笑和小米的嘴上，与之配套的还有两副潜水镜。向天笑眼睛弯弯地在笑："我们的口罩里还有活性炭的哦！"他瓮声瓮气地劝小猫，"你回去吧！"

原来小米早就担心一路上出事，因此从实验室出来的时候，自己制作了这么两副简单的呼吸面具带着，这回果然用上了！

小猫拳头在钢爪下握紧，他皱起眉毛，鼻子上好笑地出现了几道竖着的皱纹。只迟疑了半秒钟，他就已经做好了决定，一爪向小米抓过去。

向天笑拨开他的手，将小米挡在自己的身后。摔跤练成的千斤坠身法让他在摇摇晃晃的车顶上站得相当稳，如果说小猫是靠着灵巧，在不停的变化调整中走动的话，那么向天笑就是靠落地生根的脚步，稳扎稳打地推进。

两个人在黄色的天空与绿色的车顶中间四臂相搏。风和钢爪撕扯，发出尖锐的啸叫，手腕和手腕撞击，发出"蓬蓬"的闷响。小猫的钢爪长过向天笑的手臂，占了上风，可是他需要进攻，需要尽快抢下向天笑的口罩。他的钢爪掠过向天笑的脸，在向天笑藤蔓缠绕一样的手法里仓促地逃回来。

向天笑不急不躁地守着狭长的车顶，让小猫寸步难进。小米在他的身后蹲着，空气从活性炭中间穿过，变得干燥发热。

风向变了，列车喷出的白烟从向天笑背后吹来，三个人在这样的雾气里若隐若现。

往后边的车门响了一下，空荡荡的车厢里突然传来沉重的脚步声。

大狗愣了一下，难道小猫这么快就解决了？他嘴里嚼着一块干牛肉，在座位上探出头，一个长发的人已经走到他的面前，问："你是黑网小组的？"

"你是谁？"眼前的这个人因为瘦而显得极高，穿着一件黑灰白色的迷彩作战服，可是留着奇奇怪怪的长发。而且，他的左手受了伤。

"小米在哪儿？"只这一句，就可以知道，他们是对立的。

大狗猛地从椅子上扑倒了。敖白的右手吞着短刀，却早有了防备，见他斜着扑向自己的左腿，向后一撤步，顺势沉手一挡，狼牙军刺迎上弧手刀，锋刃相划，火星四溅。

"不错嘛！"大狗单腿跪在地上，两刀相交被敖白的刀逼得手臂一点一点地缩回来，弧手刀几乎压在了自己的胸口上，退无可退之际这样称赞着对手。

"最后一遍——小米在哪儿？"

大狗猛地一低头，一口向敖白持刀的手咬去。他的脖子在一瞬间好像能够伸长似的，异常灵巧地将他的利齿送到了敖白的手腕上。敖白吃了一惊，连忙缩手，大狗一口咬空，一刀直送，向敖白的小腹刺去。

敖白猛一弓身，惊险万分地躲过这一刀。大狗手一沉，顺势一个前滚翻，弧手刀又向敖白右脚踢去。敖白两手撑住两侧的座椅靠背，一个筋斗翻起来，两腿一蹬，搭在下一组座位的椅背上。

大狗一个筋斗翻完，眼前不见了对手。抬头一看，敖白正像一个大字，悬在自己的头顶。

"吼！"大狗直窜起来，好像导弹升空，雪亮的弧手刀，这就要将敖白开膛破肚。

"蓬！"

小猫重重摔在车顶上，最后憋着的一口气一震，吐了出来。刚才他想借着白烟遮眼的机会去强攻向天笑，谁知那家伙比滑头还滑头，一被白烟包围，马上蹲下身来。他还在瞪着眼睛找向天笑的上半身，向天笑却已经贴着车顶找到了小猫的下半身。抄着两腿一掀，顿时将小猫摔了个四脚朝天。

小猫觉得自己的肺几乎缩成了一团，他强迫自己封闭嘴与鼻子，可是求生的本能还是让他吸入了一口气。

第一口气。

辛辣的空气从嘴里直冲进肺里。从当初的战争污染，到战后不顾一切地恢复生产排出的废气污染，这样的大城市周围沉淀的空气，足以让一个健康人马上头晕目眩。

但是里边的氧气分子总算也让小猫重新获得了一些力量，他用力捂住自己的嘴，将因为刺激而几乎发出的咳嗽堵在自己的嘴里，他的脸涨得通红，脖子和耳朵被自己的猫爪挠得全是血。

"你快回去！"向天笑弯下腰来喊着，"你坚持不了多久了，你会害死自己的！"

小猫咬着牙，躺在车顶上，一爪又向向天笑的口罩抓去。向天笑想不到他还不死心，仓促一躲，脚下不稳，一屁股坐下了。

小猫一骨碌爬起来，右爪抓下。向天笑两手撑着车顶，拼命向后一蹬，闪亮的黑爪从他鼻子尖前滑过，从他胸前滑过，从他裆前滑过，就在他两腿中间，"当"的敲在车顶上。向天笑吓坏了，小猫的另一只爪子又抡过来，幸好旁边的小米冲过来，抡起背包劈头盖脑地来打他。

小猫反手一格，顺势一拉，小米的牛仔布书包"嘶"的一声裂开了。里边的东西在狂风中撒了一车顶。其中一个绿色，晶莹的小瓶子滴溜溜地落在小猫的脚下。

那就是新作物的样本啊！小米不顾一切地弯腰去捡它，可是就在她的手掌刚刚覆上瓶子的时候，小猫狠狠地一脚踩下来，压着她的手掌，将瓶子踏了个粉碎。

小米一声惨叫，向天笑爬起来，单膝跪着，一拳捣进小猫的肚子里。小猫向后大大退了一步，一口气憋不住，又深深地吸了一口。

第二口气。

小猫只觉得眼前的一切突然变得模糊起来。肚子里一团火热，不知道是受到空气腐蚀，还是被向天笑那一拳打的。空气刺激着他的呼吸道，他终于忍不住咳嗽出来——现在好了，他不仅受到污染，而且又把那一口含氧的空气吐出来了。

小猫看着小米，女孩正哆嗦着捧起右手，手上满是血、碎玻璃、以及标本的残渣——那么，他的任务已经完成了，虽然不能把它夺回去，但是毁掉也可以算数的——他一声不吭，猛地回头摇摇晃晃地往来时的厕所窗走去。他头上青筋暴起，两眼血红，嘴巴里一股铁腥的甜味，耳朵里列车的隆隆声响，连成了一片，几乎要碾碎他的心跳，而他的肺，痛苦地抽搐着，翕动着，几乎想要撕开他的胸膛，让空气进来。

向天笑扶着小米，两个人望着小猫，只见他一手捂着嘴，佝偻的背来到车窗上方，正想攀下去，突然肩膀一沉——那是他又吸入了一口气——他对身体的控制彻底失效了。

第三口了。

然后小猫就开始咳嗽。一声一声地喘息，一声一声地咳嗽，每次喘息吸进的气都被咳嗽又送出去。他的身体在车顶上蜷得越来越紧，终于在第五次还是第六次咳嗽时，伴随着剧烈的震动，滑下车去。

他的身体在路基边一磕，骨碌碌地展开了。摊开的手脚在翻滚中折断摆动，滑稽得像他被风推着，仍在大步追逐列车。

向天笑心有余悸，说："我靠！"回头再看小米，女孩已经疼得说不出话来了。

　　敖白在座椅上翻滚，跳跃。长长的两排绿色椅子，两指宽的椅背像是过去动作电影中的梅花桩，敖白飞快地在上边左右前后地跑。在他的脚下，是大狗追逐的刀光。

　　大狗滚在过道里发刀，躺在座位上，伏在椅背上发刀，短短的弧手刀被他舞成了死神的大镰刀，刀光过处，绿色的座椅皮开肉绽，露出白色的里子。事实上，空地作战，大狗的"懒狗滚地"战法一向罕逢对手，如果不是因为被人群阻塞，无法施展，恐怕向天笑根本没有机会逃走。

　　两个人从车厢中间缠斗到车厢尽头，敖白脚下一慢，大狗顺着椅背攻上来。突然敖白往行李架上一蹿，大狗左手一挥，缠在手上的犬牙皮带放出来，准确地缠在敖白的脚踝上，往怀里一带，皮带上的铁钉勒进敖白的皮肉，敖白大叫一声，从半空里摔下来，重重落在过道上。

　　大狗大笑一声，从座椅上翻身扑下，弧手刀向着敖白斩来。猛然间，手腕一紧，右臂受大力拖动，整个人在半空中一歪，摔倒在椅子上。地上敖白一骨碌站起来，背向大狗，弓身一扯，大狗身不由己，整个人吊在右手上升起来，一刀刺进行李架。

　　原来敖白在躲闪时，一直在伺机反攻，直到刚才，终于将自己的绳索打了结，穿过行李架，布成个圈套。本想将勒住大狗脖子，但毕竟是运动中，就只套住了他的一只手。

　　大狗一条右臂拉得笔直，弧手刀刺进行李架的钢棍中间，切开一个什么人的皮箱，卡在里边了。左手待要举上来帮忙，这边敖白的绳索另一头甩开，正套在他的左手上，敖白居中一拉，大狗一条手臂垂直上举，一条手臂水平前伸，变成了一个三维坐标轴。

　　敖白这才有机会将绳索绞在左臂上缠紧，腾出右手持刀挑开脚腕上的皮带，站起来时左手右脚都沁出血来，虽然是他却也疼得暗中咬牙。

突然，大狗把腰靠在椅背上方，两脚猛地翻上来，压着连接自己与敖白的绳索猛地一踩！敖白猝不及防，给绳上传来的大力一拖，一个跟跄扑倒在大狗脚下，眼角余光扫处，正看到大狗因绳索放松而释放了双手，右手弧手刀正往自己背心劈落。

敖白一咬牙，扑在座椅上，头也不抬，只把右手军刀向上一捅，誓要与大狗同归于尽。

只听一声惨叫，大狗像尾穿在鱼叉上的活鱼似的跳起来。敖白只觉肩头一凉，已经被弧手刀割开了衣服。可是虽然如此，那刀却没有伤着他的皮肉。敖白吃了一惊，站起身来，大狗没有绳子吊着，软绵绵地倒下来，小腹上倒插着敖白的刀，而他的右手套着弧手刀却没骨头似的垂着。

原来刚才大狗用力一踩绳子，力量其实是分了两边的。这边固然将敖白拉了过来，那边却将他的右手拉脱了臼——也是他的两条手臂太习惯脱臼了——因此他那势在必得的一刀，才变成了纯靠手臂落下带动的无力一刀。

人算不如天算，大狗狡狯了一辈子，结果把自己害死了，这时候倒在座位上虚弱地吐血沫子。敖白惊魂甫定，问："小米在哪儿？"

大狗艰难地抬起眼来，眼神倒是一如既往的恶毒："小米？早让我们推到……"突然他看到敖白的脖子，眼睛一亮，"你……你和老鬼交过手了？"

敖白一愣，大狗吃吃地笑起来："你被他的老鼠咬了！……哈哈……这下你也活不了了……"他笑得上气不接下气，一口气喘不过来，死了。

敖白咬紧牙关，伸手在脖子上一摸，果然在脖子一侧，有两个小小的牙印，微微肿起来——老鼠是恒温动物，汽车里的冷气并不能让它的反应变得迟钝，所以，他还是受伤了！

就在这时，车厢尽头的厕所门一开，一个嬉皮笑脸的圆脸白净小男生探出头来，看见敖白吃了一惊："怎么又来了个新的？那狗呢？只有你一个？"明确局势后，突然变得嚣张起来，"要只有你一个的话，你就倒霉了。"摩拳擦掌地走出来，在他的身后，是一个格子衬衫，墨绿裙子的女孩。

"小米？"敖白脑子里的资料猛地浮现出来。

小米愣了一下："你是……"

敖白一瘸一拐地走过来："我是敖白，代表卫星城来保护你。对不起，我来晚了。"

牺牲和笑声

▼

车厢里一片狼籍，长长的两排绿椅子像是一环一环的年轮，将三个人夹在中间，有那么一瞬间，敖白好像是穿越了漫长的时空才来到他们面前的。

"我……我是小米……"

"在下向天笑！"向天笑像模像样地抱拳拱手，忽然听到身后车厢门响，回头看了一眼，介绍说，"他们是乘警——娘耶！快跑！"三个人扔下大狗，朝着乘警赶来的相反方向逃走。

为了安全起见，近来每列列车至少都会配备 30 名以上的乘警，20 根电警棍，以及一把手枪。其中的大部分分散于各车厢，而剩下的则会在专门的乘务车厢待命。从小猫大狗闯上列车开始，乘警们就开始了行动，可是对手的动作实在太快，在死伤数人后，他们的大部队这才集体赶到这节中部车厢。

向天笑一马当先，闯进隔壁的车箱。因为收留了先前转移过来的乘客，现在这个铁皮罐子几乎都要撑破了。看见他们几个凶神恶煞似的闯进来，一干男女越发尖叫着挤成一团。向天笑愣了一下，两手并在一起，合掌向前一刺，插进人缝中间，手臂稍微一颤，挤得密不透风的两排人突然向两边一扭，身姿拧得像个麻花，腾出个便道来。

三个人跳进去，挥舞电棍的乘警差之毫厘地被恢复了正常体形的无辜乘客挡在外边了，气得暴跳如雷。向天笑在人群里破冰船一样划开人群，后边的乘警一边奋力往过挤，一边大叫：

"抓住他们！抓住那个穿风衣的！"

世风日下，没人见义勇为，可是向天笑胆战心惊，在人群中左一拧右一扭，蛇褪皮似的脱了风衣。

"抓住他们！抓住那个穿迷彩的！"

向天笑一回头，"呲啦"一声拉开敖白衣服的拉锁。敖白吓了一跳，还没反应过来，向天笑两手拉着他的领子，向后向下一翻，剥玉米似的脱了敖白的上衣，露出他里边一件超没特色的汗衫。

"抓住他们！抓住那个穿格子衬衫的女孩！"

"啪"的一声，向天笑挨了小米一个嘴巴。

"算了……"向天笑讪讪地缩回手，委屈得眼泪在眼眶里打转，"可是咱们太扎眼了，这样的话，逃到哪，别人也认得咱们啦！"

"如果不想让人注意咱们，光改变咱们自己是不行的！"敖白咬着牙说，他突然指着后边乘警头上方的车顶大叫，"炸弹！炸弹！"

那里有一个疑似扬声器的什么小装置。可是在这趟多灾多难的列车上，乘客们早就风声鹤唳草木皆兵，听他一叫，一起信以为真。整个车箱就像沸腾的粥锅，在一片尖叫声中，猛地咕涌起来。

乘警先也被吓了一跳，然后马上被夺路逃走的乘客撞了个七零八落，群众的力量是无限的，当他们团结在逃命这一目的下的时候，没有人能够阻挡这样的潮流。

"你怎么会迟到的？"向天笑带点挑衅地问，敖白来了之后，他隐约觉得自己像是个多余的人。

这个时候，他们已经逃到了与事发车厢相距四节的安全车厢里，并且还趁乱抢占了一个两人座的短椅。敖白安排小米坐靠窗的座位，向天笑坐在外首，他倚着餐桌站着，用一个半包围的姿态，把小米保护起来。

他们还换了装，具体方式是向天笑的风衣翻过来给小米穿，小米备用的大衬衫给敖白，向天笑没的换，就借了小米的钢笔把自己的汗衫变成了文化衫——

"我帅，我知道。"

"小米，"敖白没理他，小声对女孩说，"你的导师死了。"

小米闭上眼睛，再睁开，说："……老师他早就知道会这样。"

"嗯，"敖白犹豫着，"是民天集团的人……我……我把那些人都……"

"不用说了……"小米说，"谢谢你。"

现在向天笑知道自己一定确定以及肯定地被忽略了。

"说说卫星城吧！"向天笑投其所好说，"你们真的能让这个世界发生改变吗？我是说，空气、水、粮食……和秩序？"

敖白终于把视线转向他："我不知道，我管不着。我的任务只是保护小米。"

"可是保护小米不就是为了让她的新植物改变世界么？"

"那些与我无关。我只完成任务。"

向天笑被撅回去，巨没面子，回过头来跟小米搬弄是非："这人也太没有人情味了。"

"我也这样想……"小米说，眼睛湿漉漉的，"将来的什么，我们都没有办法预料，与其去考虑那些无法把握的东西。还不如踏踏实实地把现在的事做好。"

在她的手里，有好不容易又搜集起来的一点点作物样本，绿莹莹的装在一个小瓶里。原来那瓶标本并不是固体的种子、植株，而是液体的样子，据小米说，可以根据需求再在卫星城调整普及形态的。

向天笑嗤了一声："你们两个真没意思。"

"什么是有意思？"

"瞧瞧你们那两张脸，跟谁欠了你们二百吊似的。"

"……什么是二百吊？"

"……我跟你们没话说！"向天笑站起来，附近的乘客看着他的位子一起眼冒绿光，"不打扰二位，反正追杀来的也解决完了，我也不在这碍眼，咱就回见吧啊！"他想往外走，可是被敖白拉住了。

敖白掌心滚烫："你不能走。"

"你还打算给我点工钱是怎么着？"

"不是。"敖白瞪着眼睛说，他的眼神空洞，眼圈赤红，"我受伤了，我很不舒服。我不知道我还能坚持多久，如果我不行了，还得麻烦你保护她。"

向天笑和小米都吃了一惊，向天笑伸手一摸敖白的额头，额头滚烫："你怎么不早说呢？赶紧歇一下……"

"不用！"敖白僵硬地打开他的手，"我不能歇。一坐下，我就真的完了！"他瞪着小米，"我们不能懈怠、不能犹豫、不能逃避！"

小米没说话，向天笑额边见汗："你……你在说遗言么？"

敖白背对阳光，嘴角抽动："死亡并不可怕。"

小米抬起头来说："我的老师，在我走的时候也这样说过。"

"嗤，"向天笑憋不住笑出来，"干吗呢，说得自己跟圣人似的，想殉难啊。卫星城那么发达，敖白你的伤还治不好？有我们两个在，小米你还怕有什么意外？"

他得意洋洋地指点着两个人："自己吓自己！笑一笑，什么事过不去啊！"

"黑网小组还有两个人。有一个手里有枪，另一个我还不知道他的本领。他们一定不会甘休的，大家一定要小心。"敖白没有表情地看着向天笑："笑？跟我们在一起，没有玩笑只有危险。"

向天笑身为一个相声演员，平生什么都怕，就不怕抬杠："哈哈，跟我在一起，只有笑声没有牺牲。"

敖白和小米对望一眼，一起下了结论："幼稚。"

列车上的人和事终于变得平静下来。敖白自己带有消炎药、抗生素，可是吃了以后还是严重感染了。第二天早晨太阳升起的时候，他被太阳一晃，竟然尖叫起来。向天笑把他强按到椅子上，手指接触到他脖子的时候，烫得一哆嗦。

敖白瞪着眼睛，眼里血丝密布。他脸色蜡黄，嘴唇干裂，唾液粘稠，被向天笑摁在座位上，眼神狂躁，好一会儿，神志才回到他的身上。

"……好像是狂犬病。"他低声说，胸口剧烈起伏，"我们的时间不多了。"

这时候小米才迷迷糊糊地醒过来，看到敖白这样的情况，想了一下，说："你到里边来坐。"靠窗的位置有一个阳光的死角，敖白挣扎着坐进去，小米脱下向天笑的风衣，把他连头盖着。削瘦的战士在风衣下瑟瑟发抖，向天笑和小米对视一眼，悲哀地发现自己一点办法都没有。

列车继续向西，他们的行程还有近三十个小时。

昨天一个晚上的行程后，车外的空气已经变得干净多了，不再有颜色。到了下午，旷野里甚至零零落落地有了一点两点的绿色。

"小米，你说现在外面的空气，能让人活下去么？"

小米在椅子外首坐着，一动不动，脸上映着下午的阳光，皮肤光洁，绿色映在她的眼睛里，她慢慢地说："越往西，污染越少。现在外面既然已经有了植物，那么至少人类的短暂存活是没有问题的了。"

向天笑站在餐桌前，耸了耸肩，他有这样的本事，即使再怎么困难重重，也能欣赏沿途风景。敖白的倒下让他很紧张，可是他知道希望还在。

突然他发现小米的额头上有什么东西……像……一根豆芽？

他仔细地看过去，小米光洁的额头上果然有一根小小的芽，正迎着阳光，一点一点地展开两半绿色的胚叶。向天笑吓了一跳，再看过去，那芽的胚根向下延伸，一直伸进——小米的皮肤里？

向天笑猛地弯下腰："小……小米？"

小米慢慢地问："怎么了？"

向天笑语无伦次："你……你的……那个……"他指着女孩的额头，同时发现女孩的脸上隐约有几个小小的鼓包，下面隐隐蕴着绿色。

小米慢慢摸上自己的额头，探着小芽，过了好一会儿，也惊慌起来："这是怎么回事？"

——这个女孩的反应怎么会这么慢了？

她皮肤下的绿色好像是在涌动着的，就在向天笑的注视下，一点一点变大了。向天笑突然反应过来，一横身用自己的影子挡住小米，然后，果然，那些皮肤上的鼓包不再长大了，女孩头上的小芽也有点蔫。

"光……光合作用？"向天笑利用自己少得可怜的生物常识判断，突然想到一个难以置信的可能性，急忙拉过女孩受伤的右手，把绷带解开——天！在她被标本瓶割伤的伤口处，几缕清楚的绿线正沿着她的血管延伸上去！那绿色不是血管的暗青色，而是鲜亮亮的新枝的颜色。

"你……你……"向天笑难以置信地瞪大眼睛，"你那个新植物……在你的身体里长起来了？"

小米不知不觉把额头上的小芽掰了下来，拿在手里。断口处并没有出血，只凝结了一滴无色的水珠，她也并不觉得疼："是……基因作物……不稳定互补……"

向天笑脸色大变："什么？！我……我听不懂！"可是他也大概知道，一个人身体里长出一棵树是多么恐怖的一件事，"你别再晒太阳了！"越想越觉得这件事疯狂，"你老师研究的真的是好东西么？"一边怀疑，一边把小米推得和敖白挤在一起，也拿风衣盖着。

现在，倒下的有两个人了……

"我想起个笑话来。"向天笑笑着说，"从前有两个人一起看日出。突然，他们的鼻子掉了下来；又过了一会，他们的眼睛也瞎了；又过了一会，他们的身体融化了。这时其中一个人说：'靠，原来我是个雪人，不能晒太阳的。'另一个人说：'靠，原来那是原子弹爆炸，不能当太阳晒的。'……"他的声音终于控制不住，猛地停住了。

这两个人，他们虽然只是萍水相逢，可是却是如此的与众不同。在这个被战争摧残得只剩下利益的世界里，他们两个竟然还在做着"拯救世界"这样不切实际的事情。这样的人，决不能让他们死！

可是太阳！太阳还不下山！向西的列车一直追赶着落山的太阳。虽然已经下午四点，但是恐怕再有五个小时也黑不了天。车厢里的光线太亮了，他不可能把车窗都封住！即使用风衣盖着敖白和小米，光亮对于他们的伤害也太大了！

向天笑猛地转过身，凶狠的表情吓得周围的乘客向后一仰。怎么办？到卫星城至少还有二十几个小时，天黑还有四五个小时，风衣下的两个人还有多少时间？

向天笑烦躁地原地转圈，末了，愤怒地一拳捶在车窗上——然后他发现，路边飞快地闪过一栋平房，房子旁边……有一辆汽车？

那应该是铁路维护的工房。一瞬间向天笑做出了决定：先到那个房子里把白天捱过去，然后利用汽车去卫星城！

现在列车刚好是在拐弯减速，正是他们难得的好机会。向天笑回头摇醒敖白和小米，简单一说，然后在一众乘客的惊呼声里，猛地提起车窗，拉着窗框一弹身跳了出去。

车速不快，向天笑落地时一蹲身，打了个滚，站起来快赶两步，追上小米。小米正从窗口一点一点地把敖白送出来。向天笑跑着接住敖白，拉出车厢，放在地上，回身又来接小米。

小米坐在窗框上。向天笑抄住她的腿，往外一拉——他的脚下突然绊到了一块石头，两个人顿时失去了平衡，重重地，一起摔倒了。

铁路路基上全是碎石头，向天笑一下子摔得两肘皮破血流。他不顾自己的伤势，来看小米。只见小米慢慢坐起来，好好的，一点事都没有——木木的。

列车划着一个弧线，甩出一个大弯，在他们面前呼啸着远去。他们逃出来的那个窗口里，一个闻声赶来的乘警挥着胳膊朝他们无声地大喊大叫。列车的尾部带着格外大的风从他面前驶过，绿色的阴影在他们面前飞快地闪过，然后突然眼前一亮，列车开远，一大片无边的旷野冲进他们的眼底。

向天笑站起来。开始具体的行动之后，他的心情突然变得轻松起来了。两个同伴一个感染狂犬病，一个变身"植物人"，这样的奇遇，一般人哪能遇着啊。"没事的，啊！"他宽慰着两个人，把敖白架着肩膀拉起来，"明天早晨就能到卫星城了，你们都能治好……那什么，"

他把敖白的迷彩上装给小米顶在头上，"你就别沐浴温暖的阳光了。"
小米反应变慢了，可是还能自己走，三个人沿着铁路，往被甩出几百
米的维修站走去。

远处突然腾起一道烟尘，一辆红色的轿车风驰电掣似的从铁路的
尽头开来。整个旷野突然被它发出的吼叫覆盖了。向天笑扶着敖白站
住，高兴起来：搭这辆车也许比借维修站的车更好。

他腾出一只手来，用力挥舞，那辆红色的轿车果然看到了他们，
发出一阵尖锐的刹车声，在离他们不过四五米的地方停住了。车后被
带起的烟尘向前飘荡，遮住了车子，好一会才露出红色的车身来。

车顶上厚厚积了一层浮土，车前窗灰蒙蒙的根本看不见车里的人。
向天笑点头哈腰："哎，哥们儿，帮帮忙搭个车嘿！谢谢谢谢！"

"沙——沙沙！"车前窗的刮雨刷不紧不慢地扫着，一下，两下，
车里的人影渐渐清晰起来——开车的是个运动员，副驾驶座上是个牛
仔。

"我这两个朋友……"向天笑还想说话，可是汽车突然发动了。它
的后轮刨起大片的碎石泥土，像一头突然愤怒的斗牛，猛地向三个人
冲来。

"我靠！"向天笑反应过来，左边一推小米，右边架着敖白，三
个人——不是——两个人一起倒在一边，让过了红车。只有小米，他
推了一把之后，纹丝不动，被红车撞个正着，平着弹出去，沉重地摔
在尘土里。

红车发出尖锐的刹车声，划了个圈子，在敖白向天笑的面前停下。
两边的车窗摇下来，探出牛仔快枪手和运动员阿金来。

昨天他们被敖白偷了车，耽误了行程。后来好不容易再找着合适
的车和足够的油，这才赶上来。这一路狂奔，竟然先后发现了老鬼和

小猫的尸体。

到这里终于看见列车的影子了，正一心一意地赶过去，却发现了路边向天笑三个。他们不认识敖白，可是认识敖白的伤手；也曾看过小米的照片。这才知道了目标撞上了枪口。

想到敖白向天笑他们在车上的所作所为，不由更加怨毒。

"嘿，大英雄。"牛仔右手搭在窗上，比出个手枪的样子，朝敖白瞄准，"你厉害呀！黑网小组小半年没吃过败仗了，这回在你手上可是损兵折将了。怎么着？你也半条命了？"

敖白喘着粗气，嘴角唾液粘稠，形成了白沫，使他整个人看起来狂躁暴戾。

"小米……小米！"向天笑紧张得看着红车后边的女孩，她一动不动，令人担心。可是只要他一迈步，那辆红车就马上喷出气势汹汹的尾气。运动员阿金一肘搭在车窗上，戏谑地看着他。

"你们哪儿都去不了了。"牛仔宣布说，"阿金坐上车的时候，你们谁都不会是他的对手。"

向天笑咬着牙，心里的火气被牛仔的话撩拨得越来越大，猛然间一挺身，绕过车尾，向小米奔去。可是阿金的驾驶技术真的好神，红车猛地一个摆尾，向天笑胯骨一震，整个人被车子抽了出去。

向天笑滚倒在地，红车发出一声咆哮，调头向他的左脚压来。向天笑来不及站起来，两腿蹬在车子的保险杠上，被推着倒退了三四米，后背被刮得火烧似的疼，这才找准机会，一个骨碌滚到一边，顺势站起来，疼得两手在背后一阵扒搔。

红车绕着向天笑猫玩耗子似的轰鸣，向天笑被困在一个直径不过四五米的圈子里，几次奔跑变向，都被顶了回来。阿金仍然下着车窗，轻松自在地吹着口哨。

"王八蛋！"向天笑扑上来想打他，可是红车轻轻一加速，他的一拳就打在了后车窗上，还差点被后轮压着脚。他气疯了，一脚踹在后备箱上，旋即被尾气呛得直咳嗽。

这时候已经是傍晚，可是西部的晚上来得好迟，太阳斜在西边，晚霞万里，空旷的荒原上，只有一个人一辆车在斗牛。

突然阿金发现敖白不见了。他又绕着向天笑转了个圈子，发现敖白正一瘸一拐地向远处跑。"这个胆小鬼！"阿金和牛仔换了个眼色，猛地一踩油门，扔下向天笑，向敖白追去。敖白听见后边的车响，回头看了一眼，逃得更慌了。

红车的速度渐渐飙起来，敖白蓦然间一回身，竟然又向红车迎面跑来。阿金吃了一惊，看见敖白一副拼命的样子，不由凶性大发，将油门轰到底，红车直向敖白撞来。

敖白瞪着眼睛。现在他看世界，全是一种令人疯狂的暗红色。他的耳朵里有一百列火车在同时拉响汽笛，巨大的单调的声音让他几乎快要爆炸了。他用力咬着牙，牙龈里的血从嘴角溢出来。然后突然有那么一瞬，他的神智奇迹般地清醒了一下。

他猛地一挥手，一块早藏在手里的石头正砍在车前窗上。"砰"的一声，整个驾驶座车窗布满了蛛网形的裂纹。敖白迎车而上，眼看就要撞上时，纵身跃起，单腿在车盖上一借力，整个人被脚下汽车带动的大力推拉，结结实实地砸在车顶上。

"噔！"

敖白人倒下来，右手的刀子借力一刀插进车顶。驾驶座里阿金正在开车，听到头顶一声巨响，还没明白怎么回事，就见眼前寒光一闪，刺透车顶的军刀，已经在自己眼前停了下来。

他吓出了一身冷汗，手一抖，车子狠狠地晃了一下。车顶上的敖白从车顶上滚下来，单手抓着军刺，整个人吊在驾驶座车门前，透过开着的车窗，正和阿金来了个面对面。

"死吧！"敖白一拳直捣进去，肿得像个醋钵的左拳重重闷在阿金的太阳穴上。"啪"的一声，血光四溅，也不知是阿金脸上的血还是敖白手上的血。

"死吧！"几乎就在同时，牛仔在副驾驶的位子上扣动扳机。子弹在阿金的下巴下飞过，第一枪打中敖白的左肩，第二枪打中敖白的胸口。敖白大叫一声，终于从车上摔了下来。

可是红车已经失控，阿金被那一拳打得失去了意识，车速又这么快，在开出十几米远后终于翻了，在巨响声中翻翻滚滚，摔出一溜跟头去。

"敖白！"向天笑刚弯下腰来喘一口气，就又看到敖白中枪。这边是敖白，那边是小米，一时不知道该去帮谁，犹豫一下看敖白还能动弹，连忙赶过去。

敖白身上血都和了泥，躺在那里一喘，血就从胸前伤口里涌出来。看见向天笑过来，挣扎着从怀里掏出一块芯片："我……我出来采集的资料……你……你把这个……带到卫星城……"

"卫星城？"

"那是什么？把那个东西给我！"忽然在他们身后，牛仔头破血流地从车里爬出来，手里举着枪，活鬼似的拖着一条腿逼过来，"好啊！阿金也完了！可是你们杀不了我！我一个人杀光你们！"

向天笑将敖白掩在身后，觉得两条腿抖得要站不住了——可是那不是害怕，反而是愤怒：他终于没能救下来敖白和小米，他终于又被这个世界的法则击败了！

"你这个人，你朋友都死了，你还不罢休？你还想害死我的朋友？他们只是想所有的人能吃饱饭而已，你们何必这么欺人太甚？"

"去你的，我管你那么多？别人有饭吃，我就没饭吃了！把那个新作物交出来！"

"这个不是！……这……这是卫星城的东西，小米的标本早就被那个使猫爪子的毁了！"

"毁了？"

"毁了！"

牛仔眼珠转了一下："那你们就去——"他猛地一转身，"死！"

"砰！"他这一枪打中那个从他后边走来的偷袭他的人。那个人稍微摇晃了一下，若无其事地向他慢慢走来。

那个人穿着大格子的衬衫，墨绿色的裙子，慢慢地僵硬地向他走来，裸露在外的皮肤泛着暗绿色的光泽，面目模糊，头发像藤萝缠绕垂下，伸出的手上，长着新发的枝条。她身体里新植物的长势已经不受她的控制了，夕阳里，小米就像一株会移动的灌木向牛仔走来。

"站住！"牛仔被这样的异相吓得魂都没有了，大吼着，连续扣动板机，"砰砰砰砰"，连续的子弹撞击在小米的身体上。绿色的女孩稍稍向后一仰，伸出的手猛地一甩，就像压弯的枝丫弹起，"唰"的一声，抽得牛仔满脸是血，跪倒在地。

"我就不信了！"牛仔吃了大亏，从地上爬起来，再开枪，子弹却已经打光了。去口袋里掏，弹夹却不见了。他大叫一声："你等着！"跌跌撞撞地跑到翻倒的红车那寻找失落的子弹。

"轰！"红车恰到好处地炸了。烈焰一舔，把牛仔吞没了。

最后一个敌人竟然这样解决了。向天笑茫然站起来："小米……你还好么？"

小米直挺挺地站在那里，却没有反应。向天笑试探着过来摇摇她的"手"，"手指"冰冷柔韧："小米，你别吓我。"

小米站在那儿，从裙子下边伸出根须，扎入地下。她以向天笑可见的速度变化着：腰身变粗，两腿合拢，人的轮廓慢慢消失，树的形象越来越鲜明。

向天笑不知所措地向后退了一步，小米的身体抽枝吐叶，葳葳郁郁，忽然在阳光的映照下有什么东西晶莹一闪，仔细看去，原来是那个装新植物样本的小瓶子，被两束枝条拧着挑出来。向天笑愣了一下，伸手把这个小瓶子接了下来。

"你……你让我们把这个送到卫星城去么？"

小米的枝条在风中微微点头，向天笑回头去看敖白，敖白倒在他的身后，睁着眼，手里，还握着那枚芯片。

向天笑的心一片冰凉，他抹了一下鼻子："你们就这样……就这样完了么？"他用力笑了两声，笑声在旷野里单薄得一点底气也没有，"你们真的牺牲了……你们真的不让我笑下去！"

他把芯片也拿下来，和小瓶一起放进贴身的内衣兜里，然后向维修站走去。

破客货小卡发出一阵咳嗽似的发动声，开动了。敖白向着西边的落日进发，在后视镜里，看到后边，小米变身的植株上，突然开出花来。

大朵大朵的白花在粉红色的夕阳里绽放，每一朵，都干净得让人窒息。

"那是什么意思？"向天笑低声问，"是'笑'么？"

"还是'再见'？"

"还是'加油'？"

他用力摁喇叭，高昂的汽笛声猛地响彻天际。

诺亚的烦恼

马伯庸 作品

马伯庸

作家。人民文学奖、朱自清散文奖、银河奖得主，作品涵盖历史、悬疑、文化等领域。于多家主流媒体开设历史文化专栏，被誉为"文字鬼才"。马伯庸擅长以推理对真实史料进行解构和猜想，被评为沿袭"'五四'以来历史散文创作的谱系"，自2012年起，于清华、北大、复旦、武大等多家国内重点高校，举办历史文化类专题讲座。代表作：长篇小说《古董局中局》系列、《三国机密》、《风起陇西》。

编辑导读：

　　大洪水是人类最初的世界毁灭故事，或许是远古的人们对遭遇到的大劫难充满敬畏的描述。上帝是个有钱任性的甲方，诺亚是个精明务实的乙方，大洪水是耶和华和路西法双赢的壮举，而方舟根本是一个从不曾出现过的骗局。

　　我不由想象了一下这个故事出现在亲王脑海里的瞬间，他在苦苦地思索了方舟要保存那么多物种，需要的体积和各种技术条件，并为了诺亚完成这个约定而忧心忡忡。直到有一天，精明的商人诺亚代替了完美的好人诺亚出现……新世界的可能性从此变得无限广大。

　　亲王通过这个故事告诉我们，赚钱是促进人类进步发展的原动力，交易和双赢甚至能调和上帝与魔鬼的分歧。通向成功的路有千万条，只要结局美好，过程从不重要。

1:1 起初，神创造天地。

1:2 奇点是空虚混沌，一切物理定律都还不适用。

1:3 神说，要有光，就有了光。他看光是好的，就把光速设定为 299,792,458m/s，并让之永远不变，不应参照系的改变而改变。

1:4 神称波长范围在 0.77～0.39 微米之间的光为"可见"，称这个区间以外的光为"不可见"。

1:5 有可见的，有不可见的，有光明，有黑暗，这是头一日。

1:6 神说，水之间要有上下，就造出空气来，将水分开了。

1:7 他把空气设定为 21% 是氧，78% 是氮，还有若干是二氧化碳以及其他。神称 50000 米高度以下的对流层和平流层为天。这是第二日。

1:8 神说：天下的水要聚集在一处，使旱地露出来。他将旱地的海岸线切割成可以互相弥补的形状，又让上面的地质特征相似，以便让人们认为大陆是漂移过的。

1:9 他在水里面加氯化钠、氯化钾、氯化钙以及很多其他化合物，神称这种加过杂质的水为海。神看着是好的。

1:10 他又造出不同质量的原油，将天然气和原油混合在一起，又造出硬化变黑的石炭纪森林。他看这些资源是好的，就埋在地下和水下，又使之丰富。他还造出锰结核来放置于水底。这是第三日。

1：11 神又造出古代动物的化石。他又造出几种将来会有的智慧生物祖先的原型，和他们应该会用的燧石埋在一起，以便让他们以为进化论是正确的。神看这是好的。

1：12 神就将它们埋在地下，但埋得不太深。

1：13 神说，地要生出青草，和结种子的菜蔬，并结果子的树木，各从其类，果子都包着核，除去香蕉。事就这样成了。神看这好像太简单了，就将其性能退化，并留下人类选择改良的余地，才看这是好的。这是第四日。

1：14 神说，天上要有光体，可以分昼夜，做记号，定节令，日子，年岁，提供光合作用所需的太阳能。

1：15 他便造出各种基本粒子，并让他们能够彼此影响。神认为这过于简单，世人必不存敬畏，于是又把它分成强相互作用力、电磁力、弱相互作用力、万有引力四种基本力，并让它们无法统一。

1：16 神又造了天体，称恒星为大光，卫星为小光。大的管昼，小的管夜，分别明暗，偶尔会有月食和日食，事就这样成了。

1：17 神看着是好的。于是有晚上，有早晨，这是第五日。

1：18 神说，水要多多滋生有生命的物，要有雀鸟飞在地面以上，天空之中。地要生出活物来，各从其类。有脊椎的和没有脊椎的，有翅膀和没有翅膀的，有脚和没有脚的，有鳍和没有鳍的，有爪和没有爪的，以及其他；然后让每个归属于不同的纲，目，科，属，种。

1：19 神不知道鸭嘴兽应该归从在哪一类，于是就把它偷偷藏在澳大利亚。

1：20 于是世界上生出丰富的物种，有脊椎的和没有脊椎的，有翅膀和没有翅膀的，有脚和没有脚的，有鳍和没有鳍的，有爪和没有爪的，以及其他，从三叶虫到雷龙。但神看恐龙太大了，就让他们灭绝，将剩下的骨头收集起来，做旧成化石，埋在地下，埋得不太深。

1:21 神预感到了碳-14纪年测定法，就改变这些东西的碳-14含量。

1:22 神最后照着自己的样子造了男人，照着一本模特杂志造了女人；又把他所厌恶的某个敌人的样子丑化后，照着造了猴子和猩猩。

1:23 神就赐福给他们，又对他们说，要生养众多，遍满地面，治理这地。也要管理海里的鱼，空中的鸟，和动物园里各样行动的活物。

1:24 神说，看哪，我将遍地上一切结种子的菜蔬、马铃薯、一切树上所结有核的果子、香蕉，全赐给你们作食物。

1:25 神看着一切所造的都甚好。有晚上，有早晨，这是第六日。

1:26 天地万物都造齐了。到第七日，神造物的工已经完毕，就在第七日歇了他一切的工，休息了。

1:27 神赐福给第七日，定为圣日，因为在这日神歇了他一切创造的工，就休假了。神觉得这样不够好，于是又赐福给第六日，并把它们合称为"圣双休日。"

1:28 创造天地的来历，乃是这样。

——摘自 St·Necroman 所著的《Buffalible - Genesis》

诺亚被敲门声吵醒的时候，大约是半夜两点。

他之所以知道准确时间，是因为在卧室里搁着一台自制的漏壶。这台漏壶是诺亚自己设计的，实际上就是一个底部钻了6个小孔的陶水壶。水壶里装满水，水面放着一个金枪鱼鳔作的浮标，浮标连着一个可以指示刻度的杠杆。

从原理上来说，水位的下降可以带动杠杆，进而指示出准确时间。不过问题是，在以诺城，准确时间根本没有任何意义，以诺人觉得辨别时间有太阳就足够了，至于晚上，那是睡觉的时候，何必知道几点呢？只有诺亚这样的怪胎才会发明这种华而不实的东西，惹人讪笑。

敲门声一阵急似一阵。诺亚的老婆妮娅含糊地发出一阵鼻音，又翻过身去沉沉睡去。诺亚只好自己披上衣服，一边低声嘟囔着一边走出卧室。

诺亚家的大门上钻了一个小孔，孔内塞着一小块儿天然水晶。这样他可以不必开门就能观察到门外的动静。这个设计唯一的缺点是，由于水晶的多棱折射特性，观察者无法判断门外访客的数量。

今晚月光很好，门外站着一个——也许是数个——身披亚麻色长袍的男子。他身材高大，神情肃穆沉静，修长的双手下垂在小腹，左手叠在右手之上，下巴微微上抬，看起来就像是一个等待仆役来服侍的大人物。

"谁在外面？"诺亚隔着大门没好气地嚷道。

"这里是义人诺亚的家吗？"来客的声音很浑厚，洋溢着奇妙的韵律，而且带一点鼻音。也许他并不是本地人，诺亚心想。

"对不起，你找错人了。"诺亚冷冷回答。他自己对于"义人"这个头衔一向没什么好感。

来客显然没有预料到这样的回答，他停顿了一下，威严地说道："义人诺亚，你即将有福了，你应该敞开大门，来接纳聆听，使自己变得完全。"

"我是诺亚，但不是义人诺亚。而且我不会在凌晨两点给一个陌生人开门。"

"听着，我有重要的信息要传达给你，快打开门吧！"来客的语气开始出现了一丝不耐烦。

"我怎么知道你不会在开门以后，用棍子砸我的头，抢光我的橄榄油和骡子？"诺亚丝毫没有退让，这涉及私人财产的尊严，还有半夜被人拽出被窝的愤怒。来客上前走了一步，诺亚害怕他会用他强壮的手臂把木门砸坏。所幸这种暴力行为并没有发生，来客只是凑得更近，以便声音听起来更加有威胁感。

"我一个指头就可以毁掉整个以诺城。我之所以不这么做，是因为你关系到整个人类的未来，所以我需要你自愿打开家门。"

"除非你告诉我来意，否则我要回去睡觉了。"诺亚故意在地板上跺了跺脚步，让对方明白自己的决心。这个恼羞成怒的家伙开始吹牛了，对付这种人最好的办法就是不予理睬。

又是一阵难堪的沉默，在诺亚决定真的回房间睡觉之前，来客肩膀陡然下垂，放弃似的叹了口气，说道：

"……好吧，是至高无上者要见你，希望他能原谅你的无礼。"

"谁？"

"至高无上者。"

"我是说他的名字。"

来客的表情有些扭曲，怒火从皮肤丝丝缕缕地渗透出来，他勉强控制住自己的情绪，压低声音说道："他的名字是神圣的，不可经由嘴去说出来。"

诺亚偏过头琢磨了一下，猛然一拍巴掌："哦，我知道了，是耶和华吧？那些老拉比总念叨什么'你不可妄称耶和华你神的名'。"

"你怎么敢……"

这个轻佻的猜测惹恼了来客，他怒吼一声，他退后几步，瞳孔开始变成火红颜色。强大的压力瞬间充满诺亚家大门前的街道，来客微微拱起腰，一对巨大的洁白羽翼从他的背部呼啦一下伸展开来，每一次拍动都带来一阵强劲的旋风。

月光似乎暗淡了一些，更多对耀眼的羽翼逐次展开，庄严肃穆，四下被神圣的气息所笼罩，已经开始有小石子浮在空气中。

"罪人，你改悔吧！"

威胁从来客嘴唇喷吐而出，诺亚见状不妙，连忙扯动门旁的一根绳子。这根麻绳带动门廊顶端几个设计巧妙的滑轮组，然后一个装满了劣质葡萄酒的木桶开始逐渐倾斜。这桶酒是诺亚去年研究酿酒技术时的失败作品，非常失败，以至于这酒甚至可以用来防盗。

哗啦！

猝不及防的天使被足足一桶劣酒从头淋到脚，那些刚刚展开的巨大羽翼被黏稠的劣酒精液体弄得污秽不堪，变得笨拙而遢遢，羽毛失去了滑腻的触感，圣洁的气息被劣酒刺鼻的味道所掩盖。

天使的怒火被葡萄酒浇熄了，他狼狈地甩了甩翅膀，试图摆脱这些黏糊糊的东西，但只是让事情变得更糟。几滴暗红色的液体顺着他额头湿答答的发缕滴下来，把长袍弄得像是醉鬼穿过的一般。现在的他看起来，好像一只长着数对翅膀、掉进浆糊缸里的红白两色野鸭。

"你再不走，我就要往外扔火石了。"

诺亚的声音从门内传来。

天使知道这个顽固的家伙绝不是在开玩笑，同时，他也清楚酒精的燃点并不高。

于是他明智地选择了转身离去。

不幸的是，天使无法收回翅膀，因为把浸满了葡萄酒的笨重翅膀收回身体，就像是直接穿一条刚洗过的内裤一样不舒服。于是这位午夜的天使只好拖着耷拉下来的三对翅膀离开，一路跟跄，甚至有几次还差点卡在狭窄的巷子里。在他身后是一长串葡萄酒的滴痕。

天使蠕动嘴唇，想骂几句脏话，但一想到戒律，只好悻悻地闭上嘴，这让他的心情更加沮丧。他忽然意识到，自己是飞着来的，现在却要走回去……

诺亚确认那家伙的身影消失在街角以后，这才回到卧室。他钻进被子之前低声嘟囔了一句："我想这应该能给那个假冒天使的家伙一点教训了。"然后进入了梦乡。

第二天早上7点整，诺亚从床上慢悠悠地爬起来，打了一个长长的哈欠。

妮娅已经起床很久了。在她丈夫蒙头大睡的时候，她已经打扫干净了房间、仓库、畜栏和鸡舍，喂饱了三个儿子闪、含、雅弗和三个儿媳妇，并开始准备午饭。应付这一大家子可不是件容易的事情，尤其是嫁了这么一个奇怪的丈夫以后，除了日常家务还得应付他那些层出不穷的怪念头。

唯一让她可以安慰自己的是，诺亚的父亲已经去世了，不必再伺候老人。

诺亚的父亲拉麦在5年之前死于病。临死前拉麦说："这个儿子必为我们的操作和手中的劳苦安慰我们。这操作劳苦是因为耶和华咒诅的。"诺亚一直觉得他父亲的话只是单纯的抱怨，因为他没有像父亲期望的那样成为一名面包师，而是变成了一名工匠，这让拉麦很伤心。

诺亚从小就很有反叛精神，而且充满了奇思妙想。他经常在半夜偷偷翻墙跑出去，和同伴们一起骑着喂了颠茄的骆驼在以诺城的大街上疯跑；或者制造一个可以发出巨大噪音的风车，把它竖在广场上，听不同风速发出不同音阶的声音——那个风车最高发出过 High C，然后毁于飓风。

他甚至自己提炼大麻。这是一种绿色植物，诺亚发现把这种植物的油榨出来，可以让人上瘾。他定期在以诺城兜售这些东西，很快就赢得了一大批忠实的客户。

现在诺亚在城东有一个自己的手工作坊。他每天都泡在作坊里，每隔一段时间就鼓捣出一些奇怪的东西。妮娅一开始还试图规劝他做一些值得别人尊敬的营生，后来也看开了，只要家里够吃够喝没乱子，就随便他怎么折腾都好——何况贩卖大麻油的利润非常高。

诺亚起床吃好早饭，和妮娅与孩子们——不包括儿媳妇——吻别，然后迈着悠闲的步子朝以诺城唯一的一家酒馆走去。

一路上，两侧的民房不时有居民冲诺亚吆喝："嘿！以诺城的发明家，你的那只木鸟和牛皮究竟谁先飞上天了？"或者是"诺亚你的双孔衍射试验解释了什么？是拉米寡妇的南瓜色内裤吗？"

每一句俏皮话都引起一阵哄堂大笑。以诺城的民风淳朴，对于诺亚这样整天不务正业的怪家伙根本不能理解。诺亚对这样的讪笑只是耸了耸肩，他根本不在乎，那些蠢材哪里知道科学的乐趣。

科学不光是乐趣，而且还能带来利益，诺亚怀里鼓鼓囊囊的东西就证明了这一点。

这是一家很豪华的酒馆，名字叫"神恩无限"。它其实只是一个长约25肘、宽约20肘的宽大房间，地板上铺着羊毛毯，中央的矮桌上摆着各种酒水、蜂蜜和羊奶，客人们或躺或卧，靠在柔软的地毯上开怀畅饮，不时与旁边的人高谈阔论。

诺亚走进酒馆的时候，客人们都纷纷坐起来跟他打招呼。诺亚在这里很受欢迎，因为他是唯一一个能够提炼大麻油的人。这个优点让别人对他的其他怪癖多少能够容忍几分。

诺亚笑眯眯地朝每个人问候，然后从怀里掏出一叠黄灿灿颜色的莎草纸。这些莎草纸已经吸饱了大麻油，摸起来非常滑腻。兴奋的酒客们纷纷凑过来，每人拿走一张莎草纸，把它裹到烟草叶上，再卷成筒形，急不可耐地点燃。一时间酒馆里烟雾缭绕，人声鼎沸。

当然，这一切都不是免费的。每一个取走莎草纸的人，都给诺亚一些东西作为交换。有些人给的是骡子和马，有些人给的是上好的乳酪，还有些人试图用自己的妻女作交换，最后一个被诺亚礼貌而坚决地拒绝了，他不想让妮娅伤心。

交易非常顺利，一会儿工夫诺亚就已经赚得盘满钵满，今天的收入足够他们家吃上一星期了。诺亚正打算收摊，这时候有一个人拍拍他的肩膀，用好奇的语气说："能给我一支吗？"

"哦，你有什么来交换？"诺亚问，同时观察了一下这个人。这张脸他没见过，估计是外乡人。

"你全家的幸福，你看这个如何？"

那人笑笑，说得很认真。这是一张平凡的脸，即使笑起来也不见任何情绪波动，就好像是一张平面画。诺亚的怪癖又犯了，忽然觉得这个人很有意思——他对古怪的东西或者人都有很强烈的兴趣。他递给那人一张大麻莎草纸："很好，成交，不过我想知道你怎么支付？"

"你一会儿就知道了……这东西该怎么用？"

诺亚热心地教这个外乡人如何在烟叶上扎洞，以便能够更彻底地渗入大麻油；如何把烟叶和莎草纸巧妙地卷在一起；如何用高温的煤炭块点燃；如何吸……

外乡人很快就深深吸了生平第一口大麻烟，淡蓝色的烟雾从他的鼻子里喷出，他的喉咙里发出一阵舒服的呻吟。

"很带劲吧？它可以让你头脑清晰。"诺亚得意地说。

外乡人点了点头，又吸了一口，表情无比享受。这时候他们身旁一个吸足了大麻的酒客突然把杯子扔向天空，兴奋地大声嚷了一句："天堂啊！就在这里！何必去天上求呢！"

外乡人听到这一句话，不禁皱了皱眉头："这听起来有些僭越权威，你们这里的风俗可不怎么高尚。""那是吸过大麻兴奋过头而已，不必在意，不会抢了上帝的生意。"诺亚漫不经心地回答，低下头开始清点这一次交易的收入。

"这种东西容许人类这么放纵，难道不违背神的旨意么？"

"神说将遍地上一切结种子的菜蔬和一切树上所结有核的果子，全赐给我们作食物。这当然也包括四氢大麻酚。"

"什么？"

"四氢大麻酚，就是我提炼的大麻油，这是它的学名。我想神赐给我们植物的时候，一定是连里面的化学物质都赐给我们。"

"可我记得人类共同的始祖亚当和夏娃在伊甸园里，已经把所有的东西都起了名字，难道我们不该遵循，何必去另立名目呢？"

诺亚拿起一截大麻莎草纸，解释给外乡人听："大麻是植物的名字。而我命名的，只是它其中一部分化学成分，连10%都不到，当时亚当可没细致到这份儿上。"

外乡人不再说什么。

"好吧，我就要走了，你要如何支付你的承诺呢？"诺亚问。

外乡人把烟搁下，吐出一个烟圈："你在城里有一个作坊吧？我们不妨散步过去，我会慢慢告诉你。"

"也好。"

于是两个人动身离开酒馆，把那一群已经进入癫狂状态的酒客抛在身后。诺亚带着外乡人在以诺城的大街小巷兜来兜去，这个人奇异的表情不时招致路人好奇的眼光。他们这里很少有外地人拜访，不过当他们发现陪同的人是诺亚时，就恍然大悟了——和怪胎同行的，当然也是怪胎。

当他们走入一条僻静的无人巷子时，外乡人忽然平静地说："我决定毁灭世界。"

诺亚猛然停下脚步。外乡人猜测他下一个动作就该是跪在地上哭泣了，但是这个猜测落空了。诺亚只是同情地拍了拍他的肩膀："每个人在失意的时候，都难免会这么想，我能理解。"

"我可不是在开玩笑。"

"好吧，就当你是认真的，那你如何支付我的酬劳？"

外乡人唇边露出一丝微笑："而我支付给你的报酬，就是你全家在这场灾难中的安全。"

"哦，这听起来很有吸引力。但是为什么你要毁灭世界？"诺亚没当真，但是饶有兴趣听他说下去。

"人在地上罪恶很大，终日所思想的尽都是恶，他们整天只知道酗酒、玩闹、吸毒（说到这里，诺亚比出一个抱歉的手势），我后悔把他们造出来，所以我要把所造的人和走兽，并昆虫及空中的飞鸟，都从地上除去。我后悔造他们了。"

"真是激进的观点，而且左倾，这么说你是个革命家喽？"

外乡人傲然道："不要拿那种卑微的东西来比拟我，我是自有、永有、不依附任何东西而存在的。"

"好吧好吧，那你到底是谁？"

"昨天你赶走了我的使者，所以我决定亲自来了。"

诺亚挠了挠头，上下打量了外乡人一番，有些惊讶："这么说，你就是耶和华？"

显然这个直截了当的称呼让外乡人很不舒服，他的腮帮子鼓了鼓，不好发作，最终勉为其难地点了点头。他在等待着诺亚匍匐在他脚下，浑身颤抖着恳求神的宽恕。可诺亚只是瞪大了眼睛，用一种看奇珍异兽的眼光上上下下打量着他。

"这么说，你是真的耶和华？"诺亚试图伸出一根指头去碰他，但被他巧妙而不失体面地躲开了。耶和华严肃地警告他："你不可以试探你的神，以诺城的拉比没教过你吗？"

"哦，自从我上次把硫黄、硝石和草木灰倒在祭坛上以后，他们就不让我进教堂了。"

"……这不算是大罪过吧？"

"看从什么角度来理解了。我当时只是想试验一下这种混合物在密闭环境下的高温反应，结果一个拉比在用羔羊祭神的时候替我点了火，然后爆炸了……"

"好了，好了，这与主题无关。"耶和华摆了摆手，"总之，我决定要毁掉这个世界，而且需要你的帮助。"

"可你打算怎么作？如果是要刚才那个爆炸配方的话，我可以告诉你是 1：7.5：1.5，威力最大。"

"不，不用那种简陋的东西，将会有一场大洪水，淹没整个世界。"耶和华威严地说。

诺亚忽然爆出一阵哈哈大笑，他笑得太剧烈了，以至于鼻涕眼泪哗哗地流出来，让耶和华莫名其妙。好不容易等到他停下来，耶和华问他为什么会笑，诺亚喘着气回答："真有你的……我笑得不行了……大洪水？你知道不知道如果要淹没整个世界，得要多大的降水量啊？你从哪里弄来这么多水，你又打算把水排去何处？"

耶和华挑了挑眉头："一般来讲，这是很荒谬的。但是我是神，我既然有办法创造天地，就有办法毁掉他。发动滔天洪水对我来说，只是举手之劳。"

"可整个世界的陆地面积大约是 2.98 亿平方肘，就算 3 亿吧。如果你想达到淹没的效果，就必须要准备起码 10 肘深的水，也就是 30 亿立方肘的海水。海水的平均密度……要把这么多水克服重力抬升起来，流经所有陆地，需要做的功是……我的天，你就别指望在第七天歇了一切工了。"

上帝咆哮道："不要问我技术细节，神迹是不可捉摸的。"

"这可不一定呢。就算是上帝，也不能违背自然规律办事啊。自然规律是你创造的，如果你违反了，就等于否定了自己。对神来说，这和自杀是相效的吧？"

耶和华似乎被这个逻辑给吓住了，过了半天，他才回答说："……当然啦，一切都会按照自然规律实现，我只是作为第一推动力存在罢了。"

"那就好，总得给神迹找点科学的理由，否则人类早晚会意识到神在科学体系里是不必要的。"诺亚带着满意的神气，"不过你干吗偷偷摸摸地告诉我，干吗不干脆显示一下神迹吓唬一下全世界的人？"

"该死，我不想把这件事弄得太过招摇！至少目前不想。"上帝愤怒地拍了拍袍子，这个讨厌的家伙问了太多问题。他现在终于了解，人类最讨厌的地方不是擅自吃了智慧果，而是拥有太旺盛的好奇心。

两个人的谈话陷入了停顿，于是一起沉默地向前走去。在诺亚作坊高高的烟囱进入两个人的视线时，耶和华似乎下了很大决心，缓缓开口说道："我有一份工作给你。如果你能够完成，那么就可以挽救你的全家。"

诺亚皱了皱眉头。

"等等，我们刚才不是说好了吗？你挽救我全家，只是用来换我的大麻叶子，现在怎么又多了一份工作？"

"因为这很重大。"

"没啦？就这么个理由？"

"没了。"耶和华似乎耗尽了最后一点矜持，他猛然揪住诺亚的衣领，凑到他鼻子跟前恶狠狠地喝道，"听着！不要试图挑战神的权威，不准再问一些蠢问题。我要你造一条方舟，把你全家和我想保存的该死的动物都给我放进去。这样当洪水降临的时候，你们这些混蛋就能够幸免于难，给新世界保留一些该死的种子，明白了吗？"

"不能带上那些酒馆里的朋友么？他们是我的老主顾。"

"不行！"

"那玛法和诺安呢，玛法的无酵饼做得很好吃，诺安还欠着我钱。"

"我说不行！只有你和你的全家！"耶和华几乎是用吼，诺亚觉得自己的耳朵都快被震聋了。他推开耶和华，有些胆怯地说："就是说，我替你完成这项工作，你保我一家大小平安。"

"对。"耶和华松开他的衣领，似乎松了一口气。

"听起来像是个威胁。"诺亚低声嘟囔着，"可你为什么选中我？而不是那些拉比或者城市总督？"

"只有你是一个完全的义人，而且你刚才与我同行。"

"完全的义人……别傻了。我才不信这个理由。义人们都是些拿道德标准衡量物理定律的白痴。"

耶和华的表情告诉诺亚，他内心里也是十分赞同这个说法的："好吧，事实上是这样，整个以诺城只有你具备工程学的背景，其他人甚至不知道如何把钉子敲进墙里。"

"这个理由还差不多，爱科学的人总会活得长一些。"诺亚掏出钥匙，打开作坊的大门，作了个邀请的手势，"不进来喝杯奶茶么？"

"不了，我不想在人间待得太久，这里弥漫的杀戮气息让我很不舒服。"

"那好吧，明天一早请过来这里。"

"什么？我还来做什么？你的建造工作不应该立刻开始么？"耶和华一愣。

"很多细节还得敲定才行，我们要谈的事情可多了。这可是毁天灭地的大事呀。"

耶和华按了按太阳穴，他以为自己已经受够了，想不到明天这种折磨还要继续。如果这家伙不是整个计划中不可或缺的，他早就被闪电劈死了。耶和华忽然有点明白，为什么撒旦一直没有试图诱惑诺亚，那家伙的眼光倒是一向很准，知道谁可以诱惑谁避之则吉……

等到耶和华走开七步以后，作坊的门忽然又打开了，诺亚的头从里面伸出来：

"喂，我说耶………呃，我主耶和华。"他在称呼上作了妥协。

"又有什么事？"耶和华近乎绝望地呻吟。

"我要向你忏悔。其实我不是考虑到家人安慰才答应的——你淹没整个世界这个狂想，简直太对我胃口了，太好玩了。"诺亚咧开嘴笑了笑，"我迫不及待要看看呢。"

说完以后，诺亚砰地把门给关上了。耶和华在一瞬间对自己的选择有些后悔。但神是不能后悔的。

第二天一大早，耶和华还是以那个外乡人的样子出现，他不想被以诺城的人认出来。耶和华飞快地走到诺亚作坊门口，看看左右没人，敲了敲门。

让他吓了一跳的是，门里响起一阵响亮的喇叭声，然后木门自动打开了。上帝从门后认出了一些机械的结构，不过那看起来很复杂，不像是神的造物。

"请进。"

诺亚早已经在作坊里恭候了，他悠然自得地坐在椅子上，耳朵上夹着一支削尖的石笔，手边堆着一大堆泥版和莎草纸。等到耶和华坐到他对面，诺亚推给他一杯饮料，这是用刚生出来的芦笋芽尖泡的，很是爽口。耶和华犹豫了一下，只喝了一小口。这让他想起来那名不幸的报喜天使——那位天使自从被浇了一身葡萄酒以后，一直郁郁寡欢，每天跑去凡间借酒浇愁，还学会了用翅膀划拳，这可不是好兆头。他早晚会堕落。

诺亚看耶和华没有继续喝的意思，于是开口说道："我是想听听你对整个工程的具体要求，我们工作，总要遵照神的旨意嘛。"诺亚给他戴了一个高帽。耶和华暗自松了一口气，这家伙到底还知道敬神。

"那我们从哪里开始？"

"既然要做一个方舟，那总得告诉我你想把它造成什么样子。"

诺亚把泥板和莎草纸摊开，从耳朵上把石笔取下来，摆出聆听的架势。耶和华很满意，略作思忖，然后说："你要用歌斐木造一只方舟，一间一间地造，里外抹上松香。"

"松香是打算防水用的吧？"诺亚把这些要求一一记录下来，"这个选择很好，可惜还不够好。我个人建议用竹漆，那个的防渗性更好一些。至于建材，你难道不喜欢柏木或橡木？"

"歌斐这名字听起来比较神圣——这可是一条圣船。"

"这也是一条要在全球大洪水里航行的船，没理由不把它造得尽量结实点。歌斐木的木质太疏松了，我怕一个两米高的海浪就能让它散架，然后我全家、地球上的动物还有你的名声就全沉入海沟了。"诺亚说。

上帝在脑海里想象了一下，于是妥协了："那么用橡木吧，不过在采购单上还是请标明歌斐木。"

"其实，如果使用一种铁矿石的化合物，抗风浪性会更好，我曾经试验过，只要往铁里加一些炭就行。"

"它神圣吗？"上帝只关心这个。

"你可以把它叫做歌斐钢。"诺亚随即叹了一口气，"可惜我现在还没有办法大规模生产，我的发明对于以诺城的技术能力来说太超前了，就算知道原理也没什么用。"

"我在创世的时候，可没想过这样的事，铁就足够好了。"

"这个问题我们等一下再讨论，你继续说吧。"

上帝深吸了口气，他对接下来的话很有信心，昨天揣摩考虑了很久："方舟的造法乃是这样，要长300肘，宽50肘，高30肘。方舟上边要留透光处，高1肘。方舟的门要开在旁边。方舟要分上、中、下三层。"

诺亚带着挑剔的眼光看了一眼记录："只是这些而已？"

"呃？"

"恕我直言，你现在的要求，只是造一间大屋子罢了。"诺亚不耐烦地用笔捅捅耳朵。

"我只是个客户，诺亚，客户只会提出自己的需求，而具体的则由你们来完成，不是吗？"

"那你一开始就应该告诉我，你要造的只是一个能浮起来的木房子。如果你想造一艘船，起码该告诉我你想要的吨位、船型、桅杆结构，还有你想要的最大载重量——你想装多少动物？"

"我正要说到这里呢，不要打断我！"耶和华恼火地拍了拍桌子。于是诺亚出于对唯一真神的敬畏，闭上了嘴。

"凡洁净的畜类，你要带七公七母。不洁净的畜类，你要带一公一母。空中的飞鸟，也要带七公七母，可以留种，活在全地上。"

"这是你全部想带的东西？"

"对。"

"那……我能问个问题吗？"

耶和华警惕地看了他一眼："只要问题不蠢就可以，问吧。"

"蝙蝠我们要不要带？"

耶和华似乎被噎了一下："呃？你说蝙蝠？"

"对啊，蝙蝠的分类很重要，我不知道他算畜类还是鸟类……你看他像牛一样会哺乳，还像杜鹃一样会飞。"

"算鸟吧……"耶和华的口气很不确定,他忘记当初为什么要造它。

诺亚埋头记录，然后抬起头："哦，对了，还有鸭嘴兽，我记得那是个怪胎。"

"那个不要管，它在澳大利亚过得很好。"上帝压住怒气。

"下一个问题，空中的飞鸟包括渡渡鸟吗？那家伙可不会飞。"

"算了，让它灭绝吧。"

于是诺亚把这种不幸的生物从名单上勾掉，心想大洪水之后大概就没人能见到它了。上帝唯恐他又提出什么古怪的问题，他知道对付这种家伙最好的办法，就是尽量把话说得模糊，于是他急忙抢过话头：

"飞鸟各从其类，畜生各从其类，地上的昆虫各从其类，就这样。"

"从什么类？你是指按照门—纲—目—科—属这样的层次划分吗？还是按照你说的上帝式分类法：洁净的，和不洁净的？"

"随便你……"耶和华不耐烦地嘟囔，"反正只要把那些蚂蚁、蜜蜂、蜘蛛之类的都塞进去就好了。"

诺亚若有所思地拿石笔敲了敲下颌："可是，我必须指出，蜘蛛属于蛛形纲的，和昆虫纲是并列关系。昆虫都有六条腿儿。"

"这我还真没怎么注意过，当时要造太多东西，我照顾不到细节。"上帝试图辩解。

"其实很好分辨，你捉一只蟑螂来就知道了——不过我觉得蟑螂就不必特别关照了，那玩意到哪里都活得下去，无论是大洪水还是杀虫剂都很难把他们都干掉。只要你不像掉玛那一样掉拖鞋，它就绝不会灭亡。"

"我尽量。"耶和华尽可能让自己的回答简洁，免得节外生枝，"最后一点，你要拿各样食物积蓄起来，好作、做你和它们的食物。"

"扑通"一声，诺亚从椅子上滑落下去，手里的泥板也摔到了地上，裂成数段。上帝伸出手去把他搀扶起来，却听到他的嘴里发出一连串呻吟和抱怨。

"你疯了吗？给它们每一种都准备食物？那得花多大的功夫啊！"

"青草、水果和肉，难道这些还不够么？"

"根本没那么简单。"诺亚把裂开的泥版其中一段拿给上帝看,"这家伙只吃 12 种桉树叶的树叶,它们全都生长在南半球的那块大陆上。"他又翻出另外一块,"而这个家伙,只吃特定范围内的竹叶,以诺城方圆几百公里内根本就不产这种植物,得去东边找。你不能指望方舟上给他们提供完全的食谱。"

"方舟只是为了保全物种,不是为了在里面另建一套生物圈系统嘛……"上帝回答。

"按照您的设想,我们最少有将近 150 万种动物需要带走呢。"诺亚语带讽刺地说道,"就算它们忽然全都不挑食,只吃肉和干草——你打算发多少天的洪水?"

"100 多天吧……"上帝的语气变得有些不确定。

"好,就算是 100 天吧。150 万种动物四分之三吃干草,四分之一吃肉——这是根据食物链能量传递性划分的比例——每一种动物每天喂两次,平均一次喂两弥那食物(Maneh,圣经重量单位,约等于 500 公克)那么我们至少得需要 2 千万他连得的干草和肉(Talent,圣经重量单位,约等于 30 公斤)!

"还不只如此,我们全家还得照料这些该死的洁净动物的排泄。每天光这些家伙排泄的粪便,就至少有十几万他连得。我们一家只有八口人,就算没日没夜不停地干,每天也只能清除十分之一。这样不用一星期,你就会得到一条大粪方舟。

"还有通风系统,我们必须得为每一只动物提供良好的空气循环,否则他们会被汗液、粪便臭味和腐烂食物活活熏死。这得要一整套中央空调系统,以及非常复杂的通风管道,这些都必须在设计船体的时候就考虑到。现在的技术能力,甚至连扇页和管道阀门都做不出来。"

上帝的脸色变得难看起来,他确实没考虑过这么多。诺亚摊开双手,用宽慰的口气说:"当然,这一切困难实际上都是不存在的。"

上帝猛然抬起头来，眼神里似乎恢复了希望："哦？你有主意了？"

"不，我只是想说，这一切困难的基础甚至都是不存在的。"诺亚拿起石笔来，罗列出一连串可怕的数字，这些数字在上帝眼里，比他安放在伊甸园周围会四面发火的基路伯还可怕。

"根据你给的方舟尺寸，300乘50乘30，就是说整个方舟的空间是45万立方肘。你希望留种的150万种动物，平均每一种动物只能分到0.3立方肘，这点地方甚至不够一只狒狒蹲着的，何况还得带上7对。"

"可老鼠和几维鸟占不了多少地方吧？"

"你的名单里还有大象、河马和犀牛呢。光一对非洲象，就有600多他连得重。"诺亚最后作出了结论，"总之，别指望您的小方舟能够放下这么多动物、食物和他们的粪便——我这还没考虑我全家的居住条件呢，我那几个儿媳妇可对隐私看得很重。"

上帝已经被这些计算弄晕了头，他揉着太阳穴，默不作声。

"还有，你只提及了动物，却忘记了植物。地球上植物的种类恐怕比动物还多，如果不采集他们的种子，等到洪水退去以后，这一船的东西恐怕只能靠吃蓝藻活着了。"

然后诺亚毫不留情地朝井下扔进最后一块石头：

"退一万步说，即使我们很幸运地捉到了全部动物，搜集到了全部植物种子，并且把他们都挤进方舟，它的总载重量也已经超过了浮力，它一入水就会沉下去，变成潜水艇——你要我建一艘潜水艇吗？"

"哦，不。"

"我想也是，一艘潜水艇要求的技术更复杂。实际上一开始我就猜到了，你的方舟计划在现有的技术条件下是不可能实现的。"

"今天就到这里吧。"上帝用微弱的声音说。诺亚同情地看了他一眼，动手为他卷了一支大麻烟："来吸一支吧，这支是免费的。"

上帝听到后半句，把烟接了过去。诺亚点燃烟卷，上帝贪婪地吸了几口，疲惫的神色减弱了几分。他创造了天地和自然规律，可自己却被这种规律折腾得精疲力尽。施展神迹也不是那么容易的事，否定自己可不是好玩的事情。

诺亚一直安静地在旁边等着，等到上帝情绪稍微恢复了一些，他递给他一块湿毛巾，上帝擦了擦脸。

"我看今天就到这里吧。"诺亚好心地说。

上帝长长呼出一口气，他注意到诺亚的话里似乎隐藏着什么意思："你是说，还有解决的希望？"诺亚冲他挤了挤眼睛："我可没这么承诺过，不过这么有趣的事情，只因为一点点小困难就退缩，未免太可惜了。科学家的字典里可没有'不可能'这个单词。"说完他舒坦地朝椅子靠过去，双手交叉，"碰到无法解决的事情时，我建议你立刻上床睡觉，把麻烦扔给明天的自己。"

"那好吧……明天我会在同一时间来找你——以同样的形貌。"上帝嘟囔着站起身来，转身离去，临走时他犹豫了一下，还是把那根大麻烟揣进了亚麻长袍内。

作坊那扇拥有复杂机械构造的大门甚至都没有挪动一毫米，上帝就这样凭空从诺亚的视野里消失了，仿佛从来不曾来过一样。诺亚羡慕地"啧"了一声，他知道这种现象并不违背自然规律，只是量子物理一个小小应用罢了。他的信仰并不坚定，所以无法体察到如同概率波一样弥散在空中的神的圣灵在沉思：

"必须承认，这个讨厌的家伙确实有些才能。"

诺亚回到家的时候，他老婆妮娅刚刚把所有的绵羊都赶进羊圈，他的三个孩子闪、含、雅弗正在把成堆的矿石进行分类。这是诺亚分配给他们的任务，可怜的孩子们虽然无法理解姥爹的怪嗜好，好在他们都很孝顺。他们的妻子们乐此不疲地在跷跷板上玩着游戏，并不时大呼小叫，她们每一次上下，都通过一个巧妙设计的装置给诺亚家的水缸压入一夸脱清水。

"今天的收入怎么样？"妮娅对诺亚说。诺亚从口袋里掏出所有的收入，递到妮娅的手里。她仔细地数了数，疑惑地抬起了头："和前天的数目有些不对，是你又给那些骗吃骗喝的傻瓜赊帐了吧？"

"的确是赊帐了。"诺亚老老实实承认，"不过对方可不是骗吃骗喝的傻瓜。"

"他是不是许诺给你在未来有一个可预期的丰厚回报？"妮娅盯着自己的丈夫，双手已经叉到了腰间。

"可以这么说。"

"是不是他还自称拥有尊贵身份，这种身份尊贵到不需要任何契约就足以用来维持信用？"

"呃……就算是吧。"

"那么他就是一个骗吃骗喝的傻瓜。"妮娅给出了结论。

如果说诺亚是人类第一位科学家的话，他的老婆妮娅就是人类第一位金融家——实用主义、惟利是图、对数字极其敏感，而且对信用这种东西充满了不信任感。她一直相信努力工作才是正途，对于丈夫的种种怪念头一直持消极态度，除非它们确实能够带来实质好处或用处，比如大麻。

她甚至暗地里对丈夫诺亚的每一件发明都做了记录，并计算之间的比率。妮娅的统计数字显示，诺亚平均每 10 项发明中，有 1.5 项发明具有实际用途。于是诺亚家的产业里保留了大麻烟、日晷、莎草纸和犁铧，磁线圈感应装置和胶泥活字等则被无情地砍掉了，这些发现至少在这个时代没什么用处。

"不要因为别人说了几句好话或者装可怜就心软，他们只不过是想不劳而获罢了。等价交换，这难道不是人人都该遵守的真理么？"

妮娅一边招呼孩子们进屋一边唠叨。她觉得自己的丈夫太没有经济头脑了，这个残酷的世界可不是靠良心才活下去的。科学家都太天真。

"不，不，这次可不一样呢。"诺亚兴奋地搓着手，对他的妻子进行开导，"这次可不一样。"

"哪里不同？"妮娅疑惑地看了她一眼。

"你会知道的。"

于是那天晚上一直到上床前，夫妻两个都没有再说过这个话题。直到太阳因上帝的神秘力量转去了另外一个半球，夜幕降临，他们两个脱去长袍，用橄榄油漱完口，钻进温暖的被子。妮娅转过身来，用手推了推诺亚的肩膀，迫不及待地问道："快告诉我，那到底是什么？"

"你还记得昨天晚上来的访客么？"诺亚问道。妮娅模模糊糊有些印象，不过她只是听到似乎有敲门声。

"来者是一位告喜天使。"

妮娅眼睛一下子瞪得浑圆，一骨碌从床上坐了起来："你说什么？一位告喜天使？"

"对，一位真正的告喜天使，它甚至向我展示了六对漂亮的翅膀呢。尽管从空气动力学的角度来说，那样并不适宜飞行……"

妮娅打断了丈夫的分析，她的声音甚至有些发颤："我的上帝，一位天使，你为什么不叫醒我？"

"……呃……我们之间发生了一些误会。"

然后诺亚把那个关于葡萄酒的心酸故事讲给自己的老婆听。妮娅先是愕然地愣在原地，等到她确信自己的丈夫并不是开玩笑时，怒火彷佛从地狱的缝隙喷射出来，冲诺亚咆哮道："天呐，你这个老傻瓜究竟做了什么？上帝会降下天火给我们的！他会以为我们都是些亵渎神灵的罪人！我们两个、我们的六个孩子、我们的一百二十头羊、我们的五十桶橄榄油和香料，还有六十三块银子，噢，上帝啊！"

诺亚平静地抚慰几乎陷入狂暴的妻子："事实上，跟我赊帐的，正是耶和华本人。"

妮娅的怒气戛然而止，取而代之的是一种微妙的情绪。接着诺亚把自己与耶和华的交易、以及上帝的宏伟计划告诉了妮娅，当然，忽略掉了所有的技术细节。妮娅详细地听完丈夫的汇报，最终总算相信了这一切都是真的。

"就是说，上帝真的打算毁掉这个世界，除了我们以外？"

"是的。"

"你确定上帝只把这个任务交给了我们？"

"嗯，我猜这已经够他受的了。"

"每个人都想活命，而只有我们拥有建设方舟的合约，这意味着什么你难道还不清楚吗？"妮娅强忍住内心的喜悦。

诺亚在技术以外的领域有些迟钝，他迟疑地猜测："意味着环保？"

"不，是垄断！"妮娅大吼道。

妮娅的头脑无法超越时代去给"垄断"这个词下一个准确定义，但她对于垄断所带来的丰厚利润却知之甚详，而且甘之如饴。

"那么，他的方舟什么时候开始造？"她有些迫不及待，索性盘腿坐在床上。

诺亚为难地挠了挠头，告诉她上帝的计划从技术上是无法实现时，从笨头笨脑的船体结构到那个疯狂的动物拯救计划，都经不起实践检验。妮娅有些失望，她略微沉思了一下，随即问道："那么上帝知道这一点么？"

"知道一部分，我今天给他解释了半天。不过神都是有自尊心的，我不知道他听进去多少。"

"所以他还没死心吧？"

"至少还没放弃。他的计划缺少可行性，但并不代表他的目标无法达到。一条路不通，还有其他的捷径。我有一些想法，明天会一一说给他听。"诺亚说到这个话题时神情很激动，他的头盖骨内不知道在一瞬间发酵出多少古怪主意。

"这很好。"妮娅今天第一次对丈夫表示赞许，她露出了甜美的微笑，用双手搂住他的脖子，"亲爱的，记得不要让上帝死心，就算无法解决，也要尽量让他以为还有希望。我们要牢牢钓住这位大客户，得让他确信，我们是唯一能做成这件事的人。明天早上我去烤一只羔羊你带过去，据说耶和华很喜欢。"

"我想，很快上帝大概就会要求所有的信徒奉献大麻烟了。"

夫妻两个的谈话很快结束了，源自科学和商业的激情驱动他们在睡前又缠绵了一回。最后疲惫的诺亚抚摸着女性细腻的肌肤，沉沉睡去；妮娅却看着天花板，辗转反侧，昂扬的神经冲动把试图入侵的睡神一次又一次打至遍体鳞伤。

大约夜里两点的时候，又有敲门声响了起来。一共响了三声，每一声之间的间隔都完全相同，显得十分谨慎且礼貌。诺亚睡得很死，一直处于浅层睡眠的妮娅却听得清清楚楚。

她心想该不会是那个倒霉的告喜天使又来了吧，于是匆匆起身披上一件衣服，走到门口。出于谨慎，妮娅没有学她冒失的丈夫粗暴地推翻另外一桶葡萄酒，而是从门镜望出去。

门外站着一个身穿黑袍的人，昏暗的光线下看不清他的容貌，不过妮娅注意到他露在外面的双脚似乎有某种偶蹄目动物的特征。

"到底是谁？都已经这么晚了。"

"在下是晨曦之星路西法，现在与我交谈的是以诺城的鲜花、义人诺亚的忠贞妻子妮娅吗？"

无论语气还是措辞都恰到好处，来客说完以后摘掉了自己的兜帽，露出一张精明、邪恶却不失英俊的面孔，堆满了商业气息的笑容。

妮娅愣了愣，不知道是否应该把门打开。她虽然只是个不够虔诚的普通女子，可也知道站在门外的是地狱的首领、耶和华最古老也最强大的敌人。

在那个时代，魔鬼的名声还没有后世那么声名狼藉，他们被视为耶和华信仰以外的另外一种选择。魔鬼们勤劳地在陆地四处游走，费尽心机地为地狱招来更多的灵魂，他们往往比天使更懂得营销。天使们只会不厌其烦地进行试炼和考验，趾高气扬地传达神的意旨，魔鬼们却巧妙而耐心地挖掘人类的内心世界，用各种体贴的小玩意去诱惑他们。

魔鬼的起源据说是源自于一次天使的叛乱，当时三分之一的天使参加了反抗耶和华的斗争——叛乱的动机不甚明了，有人说是因为心智的堕落，有人说是因为薪酬纠纷，还有人说耶和华在下很大的一盘棋……总之地面上的人们在谈到魔鬼的时候，只会用同情和戏谑的口气评论道："唉，那群不懂得运用工会的傻瓜。"

这也是上帝打算毁灭世界的一个充分非必要因素，他可不想和魔鬼分享市场，宁可毁了它。

"如果你是找我丈夫的话，他还在睡觉呢。"妮娅冷静地对门外的路西法说道。魔鬼毕竟是邪恶的，她可不想随随便便就敞开大门——何况还有触怒上帝的风险。

路西法优雅地弯下腰，行了一个谦卑的礼："事实上，我想跟夫人您交谈，这更合乎我的意愿。"

妮娅撇了撇嘴："你打算像诱惑我的祖先夏娃一样诱惑我么？"

"哦，不，那次纯属意外，我只是路过。"路西法认真地分辩道，用修长的手指梳了梳自己乌黑卷曲的头发。他至今还记得那一天发生的事情：亚当和夏娃原本攀在智慧树上大吃大嚼，当上帝步入伊甸园的时候，被果实赋予了智慧——狡黠的智慧——的夏娃忽然发出一声尖叫，然后指着刚刚路过园外的无辜古蛇大叫："是他诱惑了我们！是他！"

"我来到此地，是为了夫人您和您家族的利益。你们的需求就是我们的使命。"

"哦，你打算要给我什么？"

"不是我想给您什么，而是夫人您真正需要的是什么。"路西法娴熟地回答。这是一种魔鬼的智慧，它不再是以产品为导向，而是客户。这可以更有效率地攫取灵魂。

最终路西法的诚意促使妮娅打开了门，不过她保留了最低限度的警惕："对不起，未经我丈夫的允许，我不能让任何陌生人进门。你可以站在门外说。"

"没关系。"路西法笑了笑，丝毫没露出被冒犯的表情。他调整了一下姿势，用一种不经意的口气问道："我听说上帝希望你们造一艘方舟。"

"是的，这是个神圣的计划，而我们将是唯一的总包方。"妮娅毫不犹豫地表明自己的立场，把"唯一"这个希伯来单词咬的特别清楚。

路西法连忙摆了摆手："哦，您误会了，地狱一点也不想参与方舟计划。上帝是全知全能的，我们总是设法不去惹怒他老人家。"

话是这么说，可他的语气里却带着几丝讽刺。

"那你想打算阻挠这个计划吗？"

"尽管地狱和天国在一些事情上持有异议，可在方舟计划上，彼此的利益是一致的。他要毁掉世界，我们收割上帝不要的灵魂。所以夫人你看，我们的立场是相同的。我是来帮您的。"

"怎么帮？"妮娅的表情却表达着另外一个意思，"是免费的吗？"

"当然是。"路西法笑道，他的山羊胡子微微颤动，"我们得知方舟计划出现了一些问题，一些科学的问题——这不能怪上帝，他只是有些老古董，以为现在还是那个只消一句'要有光'就能搞定一切的时代。"

"哦，这点不用担心，我丈夫会解决的，他是个天才工程师。"

"方舟最终会建立起来，这一点我从来没有怀疑过。"路西法不知什么时候凑近了妮娅的耳畔，用几乎可称为耳语的音调对她说，"问题是，你们又如何保证上帝会遵守契约，并履行他对你们的承诺呢？毕竟你们只是些凡人，也许当方舟建成以后，他就一脚把你们踢出去，就好像把亚当和夏娃踢出伊甸园一样。"

妮娅的表情变得僵硬，她确实没有考虑过这一点。

"正如我刚才说的，你们最需要的是一个确保上帝会遵守契约的手段，地狱可以提供这方面的服务，一些法律上的咨询。"

妮娅恍然大悟："看不出你们魔鬼还可以做律师。"

"一回事。"路西法谦虚地摊开双手。

第二天一大早，诺亚像平常一样在八点钟起了床。妮娅已经做好了早点，有燕麦粥、腌鱼、盐渍无花果和无酵饼，还有一杯优质的葡萄酒。

诺亚吃完饭以后，准备出门。妮娅把早准备好的午饭盒子跟烟草袋递给诺亚，亲切地和他吻别，叮嘱自己的丈夫不要惹怒耶和华："我们不能失去他的信任。他让你膜拜，你就膜拜；让你感恩，你就感恩；让你不拜其他偶像，你就不拜其他偶像。总之一切顺着他的意思来，就假装我们从来没吃过智慧果一样。"

"我怀疑绝大多数人确实没吃过。"

诺亚摸了摸以诺城最聪明的脑袋，深情地亲吻了一下妻子，转身离开。上帝正在他的作坊等待。妮娅目送诺亚的身影消失在道路的尽头，然后她回到屋子里，翻出了自己那件精致的麻织布披肩和水粉，对着水池仔细地梳理起自己的头发。

不知什么时候，路西法出现在屋子角落的阴影里。他表现得很绅士，没有去打搅妮娅，只是谦恭地在阴影中等待着。在长达两小时的静候以后，妮娅终于结束了打扮，变得容光焕发。自从她嫁给诺亚当管家婆以来，很少有机会和兴致像今天这样打扮自己。

"你可比我丈夫有耐心的多。上次我只花了半小时，他就几乎像驴子一样抓狂了。"妮娅诧异地看了看路西法。后者得意地晃了晃带尖叉的尾巴："只有我们恶魔才有如此充足的耐心。"

"那么我们出发吧。"

"我会紧随夫人左右。"

就在妮娅和路西法踏出房门的时候，诺亚刚好迈进自己的作坊，而上帝已经坐在里面了。

"你迟到了。"上帝说，他的眼圈很黑。天国没有白天和黑夜，神也不需要睡眠，但神会发怒，自然也就会发愁。

诺亚从容地从怀里掏出一支烟草递过去："我是去为您采集最新鲜的大麻，所以有些迟了。"上帝脸色和缓了一些，他接过大麻烟，用一把四面转动发火的剑——那是上帝出发时随手从伊甸园门口取来的——点燃。淡蓝色的烟雾逐渐升起，几个烟圈盘旋而上，上帝的精神好多了。

"我们来说正题吧。"

"嗯。"诺亚选了个舒服的姿势靠在椅子上，"通过昨天的技术验证，我们知道方舟计划严重缺乏可行性。归根到底，这个失败是由于定位模糊的关系。所以我们得用科学的眼光重新审视这个计划。"

他随即又补充了一句："当然啦，一切都归功于上帝的大能，是出自造物主的恩幸。"上帝的表情和缓了一些，尽管他觉得这句话说的有些敷衍。

诺亚在桌子上摊开一张事先画好的莎草图纸，上面画满了线段和符号。上帝凑过去，好奇地问道："这是什么？方舟的设计图么？"

"不，不，这是一张以诺城及周边地带的气象图。"诺亚看了上帝一眼，后者看上去迷惑不解，"你看，横跨以诺城有一条冷暖气团交会线，每到秋季的时候，就会有一个南下的冷峰和以诺城上空的暖峰气团会合，到时候气压上升，气温和露点下降，在锋前和锋后常伴有大风大雨。这是我历年来观察的结果。"

"你想表达什么？"上帝决定不去管那张图，否则又会听到一大堆拗口复杂而且不讨人喜欢的术语。

诺亚回答："方舟计划的前提是什么？是一场大洪水。大洪水需要持续不断的暴雨。我这张图揭示了取得最大降雨效果的配置。"

"下个雨还要这么麻烦，我以为只要说说就够了。"上帝嘟囔道。

"拥有逻各斯之力的您完成这一切，简直就是轻而易举。"诺亚轻描淡写地恭维了一句，把图推到上帝跟前，"就像您创造天地时那样，说一句：'要有冷空气，要有暖空气，两者的峰面要在以诺城上空交会，冷锋界面上的环流转向点要沿锋面上移。'"

"这么说就够了么？"

"对，只要按照我画在地图上的槽线运动，到时候两个气团相碰，'砰'！就会有你期待的大雨了。"他双手响亮地拍了一下，以增强效果。

上帝忽然意识到了一个严重问题："可是这一场雨只能影响以诺城周围，我想要的是全世界的毁灭。这和我的预期差得太多了。"

诺亚意味深长地看了他一眼："请你听我说下去。"

"我是上帝，我可以做我想做的事情。"耶和华威严地耍着赖，"难道我不可以做两个特别大的冷暖气团，大到足可以引发整个地球的大洪水么。我已经知道了，只消说一句话就足够。"

"那是不可能的。"诺亚平心静气,"谁让你在创造世界时,创造出了多余的引力,地球表面根本无法形成那么大规模的气流。"

上帝又把自己埋在大麻烟的香气中,烟雾缭绕,表情模糊不清。诺亚忽然想起老婆的叮嘱,决定不再用邪恶的自然规律来刺激唯一的真神。

"所以,神圣光耀的主啊,不妨听听我的建议,您一定会称心如意。"

上帝含含糊糊地答应了。

"我会尽自己的力量做一条大船,尽量多地往里塞动物,而且会让周围所有的人都以为我真的打算做一条方舟,等待着毁灭世界的大洪水降临。到了适当的时机,你就下雨。"

"然后?"

"他们会把这个消息传播得到处都是,很快全世界的人就都知道了。"

"可这不是我想要的效果。"

"当然,所有的这一切,只是表面功夫,计划的真正精髓是在这里。"诺亚用食指晃了晃,表情严肃。他转身从一个柜子里取来一个沉重的盒子,盒子里是一块绿黄色的矿石。他的动作很缓慢,彷佛它是一件不可亵渎的神器。这让耶和华微微有些嫉妒。

"万能的造物主,您还记得这种东西吗?"

"石头。"上帝生硬地回答。

"这种石头却不平凡,它蕴藏着可怕的力量。"诺亚谨慎地把盒子端到上帝面前,却离自己很远。他知道这种东西的射线可能会让自己死掉,却不会伤害到神。

"有多可怕,难道比我愤怒的雷电更可怕么?"

"嗯,坦率来说,是的。我很荣幸地把它命名为圣铀,以彰显您的威力。"诺亚知道上帝喜欢神圣的东西,比如歌斐钢。他看到上帝露出满意的神情，趁机说道："在神学理论里，纯粹和圣洁是很重要的课题，对吧？"

"那是当然，一个未经污染的灵魂才有可能触及天国的大门。"

"我也是这么想的，圣铀也是一样。这只是一块不够圣洁的样品，里面的圣铀含量只有 0.72％。如果要让它发挥出威力，您需要去搜集这些石头，并把他们提纯到如同天使的体质一样圣洁。"

"你说了这么多，它到底能做什么功用？导人向善还是驱邪辟魔？"

"两者都不是。"

诺亚深深吸了一口气，接下来的话已经接近魔鬼的领域了，他必须谨慎："在下雨的同时，你让天使各自拿着两块提纯后的圣铀结合在一起——我会告诉你它们的临界质量——并扔到各个地方，它们会产生无比的威力，让全世界都陷入火海。"

这一次连上帝都倒抽一口冷气："何以如此？"

"当两块圣铀结合在一起的时候，圣灵会瞬间充满在圣铀的体内，并裂变出圣父和圣子两个位格。您知道，这三者是三位一体的，因此圣父和圣子会撞击其他圣铀，产生新的三位一体，神圣的反应连续不断。这是原理所在。"

诺亚知道即使说出真正的裂变反应也没有什么意义，还不如让上帝高兴一下。

"这样一来，您的三个目的都达到了：世界的毁灭，大洪水和方舟的幸存。"

"可你如何保证方舟的安全性？"

"那只是一件掩人耳目的道具罢了，我会挖一个足够大的地下室，用三十肘厚的铅层遮掩在外面。到时候我全家和动物都躲藏在那里。"

"但是……"

"我们不会说出去，动物又不会说话，而其他人都死了。后世的人类不会知道世界毁灭其实是圣铀干的。他们只会把洪水、方舟和世界毁灭联系到一起，忽略掉真正的因素，就如同您期望的那样。"

上帝仔细地思考了三遍，觉得这个新的方舟计划虽然不尽如意，但听起来合理可行，最重要的是神的权威也没有任何损失。尤其是关于圣铀的反应原理，让上帝觉得既新奇又神圣，一想到这么有威力的东西居然是经由自己的手创造的，他就颇为骄傲。

"您意下如何？"诺亚试探着问道。他有些忐忑不安，关于"圣铀"的理论他一早就建立起来了，可是限于那个时代的技术条件，他没办法靠自己的力量进行提纯，只能依靠上帝的无边神力来验证这个理论是否正确。

上帝用右手指关节敲了敲桌面，缓缓蠕动嘴唇："好吧，我们姑且试试看。再给我一根。"诺亚不失时机地递上去一根，殷勤地点上火。

这时候，门外忽然传来敲门声。诺亚示意上帝坐着，自己站起身来去开门。他惊讶地发现自己的老婆站在门外，打扮得十分得体。

更令诺亚惊奇的是，在妮娅身后还停着一架羊车。羊车上叠着两块巨大的青色石板，每一块都长五肘、宽四肘、厚两肘，石面光滑如镜，极适合刻字上去。石板旁还有一尊木柜，雕刻得极为华美精致，有黄金镶嵌在四个角。

"这是什么？"

"我们总得和上帝订立契约呀，我还特意去打了一口约柜呢。"妮娅说。

上帝和诺亚同时愣在了原地，他们的思路还沉浸在科学的世界里，一下子都无法理解这个突如其来的商业词汇。

妮娅看这两个男人茫然不知所措，索性挥舞起柳条鞭子，让羊车直接开进作坊里来。路西法变的公山羊悄悄挪动着蹄子，尽量不引人注目。她旁若无人地用作坊里的滑轮组与链条把两块石板吊起来，并列直立在他们面前，如同两扇巨大的光滑屏风。

"我太太。"诺亚对上帝小声介绍，上帝点点头，开始有些后悔当初从亚当身上抽出一根肋骨——早知道他应该按照雌雄同体的蚯蚓去造人，可以省掉许多麻烦。

妮娅把石板弄妥以后，走到上帝面前，匍匐跪倒在地，双手高高捧着刚刚烤好的羔羊："万能的主啊，请你接受恭顺的燔祭，使我们得蒙纳悦。"

上帝一瞬间忽然非常感动，他又开始后悔为什么不从亚当身上多抽几根乖巧的肋骨下来。羔羊散发着酥油的香气，耶和华恢复了作为神的威严神情，他伸出手去，一阵青烟飞过，烤羊消失了。神实际上并不需要蛋白质与氨基酸，但是他需要心理上的满足。

"我们诺亚家能够为主辛劳，蒙主恩宠；又能与主签下应许的契约。求您与我们同行，在板上显着我们的名，让我们与主的约定万古长存。"

上帝听了那一大串恭维，很是得意，就随口回答道："耶和华，耶和华，是有怜悯有恩典的神，不轻易发怒，并有丰盛的慈爱和诚实。我所称许的，全都灵验。"

妮娅立刻接口道："卑微的诺亚家已经准备好了约卷，您的圣约究竟是要刻在左边的石板，还是右边的石板？"

"右边吧。"上帝高高兴兴地说，浑然不觉自己跌入了一个心理陷阱。这只是一个"您要一个煎蛋还是两个煎蛋"技巧的小小应用，妮娅早就烂熟于胸，用不着路西法来教。

诺亚把自己老婆悄悄拉到旁边，抱怨道："你这是在做什么呀？我们正谈到核心技术问题。"妮娅说："我是想确保我们在这个计划里的权益，只有订立契约才能充分保证。你是那种虔诚到认为上帝不会反悔的人么？"

诺亚撇撇嘴。作为一个科学家，他对神向来是不大敬畏的，但也对技术以外的东西缺乏兴趣："我们正讨论到圣铀、圣父和圣灵的三位一体裂变问题，只有耶和华有能力提纯圣铀。这对他的计划至关重要，他不会轻易放弃的。"

"我知道，但总得用文字形式予以体现呀。你有没有把所有东西都告诉他？"

"嗯，他还不知道临界质量。这将是裂变反应的关键，如果没有达到这个质量，将只会得到一次普通的爆炸而已……"

"好了，我知道了。"妮娅打断诺亚的话，她看了一眼旁边的公山羊，路西法缓慢有致地晃动了一下山羊头颅，提示她要快一些。

于是妮娅甩脱诺亚，来到耶和华面前，恳请他与人类立约。诺亚耸耸肩，转身去泡茶。只要他的研究可以进行下去，他倒不是特别在乎耶和华签多少份协议。

上帝这时候稍微回过一些味儿来，可是自己已经允诺了。神是不说谎的，至少不当面说谎。

"可是，一定要这么着急吗？我原本想等整个计划结束以后，用彩虹来跟你们立约的……"上帝觉得有些遗憾，"雨过天晴，洪水退尽，彩虹初现，是神与人之间永恒的契约，这难道不美妙吗？"

"我还是觉得写在石板上比较可靠，彩虹那种东西只是光的折射现象罢了。"科学家的妻子毫不犹豫地否决了这个提议，"这样我也好向后代彰显主是守信的。"

上帝哑口无言，他觉得这个女人比夏娃更难缠，每一句话都朝自己扔来一圈套索。其实从私心来说，他当初把人类赶出伊甸园，一半是出于他们偷吃禁果的愤怒，一半也是因为无法忍受夏娃那张刀子嘴。

"你的丈夫刚刚提出一个很有趣的建议，是不是等到我们讨论成熟以后再来说契约的事？"上帝做了最后一次努力。

妮娅绵里藏针地说："契约将是圣铀临界质量的保证。"这是路西法教她的，上帝拥有创造世界的力量，但是这种力量欠缺精密，上帝只能"说"，然后等待结果，却无法获知过程，地球就是这么在七天内稀里糊涂地被建造起来的——正如一位哲学家说的那样：上帝是第一推动力，也仅仅只是第一推动力，他推完以后就完全撒手不管了。人类却有机会深入理解自然规律的运作机制，这是诺亚最大的价值。

上帝觉得自己没什么选择，暗自叹了一口气，走到石板面前，伸出中指，然后觉得不大妥当，又改伸出了食指，运起神力。

"都要写些什么？"

妮娅开口道："以圣父、圣子与圣灵的名义……"上帝一五一十地用希伯莱文写在石板上，觉得这个开头很不错，相当神圣，有一种古典的圣洁气息。不过因为希伯莱文没有元音，他必须费一些心思。

"兹有耶和华与诺亚家族在此立约，双方约定实行方舟计划……"

耶和华停下手指，皱起眉头："这听起来似乎我们是平等的。"

"听凭主的安排，您可以称自己为大能的甲，我们只是您的造物，称为卑微的乙。"

耶和华满意地点点头，继续在石板上写："大能的甲方希望乙方在约定时间内建造方舟一艘。该方舟需满足如下要求……"

妮娅就这样一直念着，耶和华则在石板上记录下来。诺亚端着三杯饮料不好走近，索性拖了一把椅子在旁边等候。他忽然注意到了一个细节：那辆羊车只由一头公山羊拖曳。这从物理学上来讲是不可能的，那两块石板外加约柜的重量已经超过一只普通山羊所能承受的极限——除非那山羊是特别的。

山羊没有理睬诺亚好奇的眼光，它轻轻地摆动着脑袋，嘴巴在缓慢咀嚼，彷佛在反刍。

"在整个契约期间，卑微的乙方应蒙受大能的甲方完全的保护，包括生命、财产以及未来可预期的收益……"路西法低声说。

"在整个契约期间，卑微的乙方应蒙受大能的甲方完全的保护，包括生命、财产以及未来可预期的收益……"妮娅大声说。恶魔总是以最邪恶的心态去揣测未来，所以他们拟订的合同永远是最完备的。

上帝一字不漏地在石板上刻好，细腻的石屑已经在底部堆积了一层。

"除非遇不可抗力，否则大能的甲方和卑微的乙方都应履行契约所规定的上述义务。"妮娅继续说道。上帝忽然停住了，他有些愤怒，有乌云聚集在他的头顶。

"还有谁在我面前胆敢自称是不可抗的？"

妮娅意识到这伤害到了神的自尊心，于是把"除非遇不可抗力"改成"无论任何情况"。上帝这才勉为其难地把它写上去。

契约的撰写花了将近两个小时，写满了足足两块石板的正反面。耶和华抽出指头，说："要干净。"于是事就这样成了，原本粘满了石屑的手指变得干净起来。

"请您签个名在这里，这是最后一道手续。"妮娅指着石板下端。

上帝用眼神丢了一道闪电过来，在石板下端留下一道鲜明的印记。他不太习惯做这种事。上一次是在数百年前，他跟一个杀人犯该隐签署了一项协议，允诺他不会被周围的人报复。不过那次的契约条文很简单，只是在该隐的额头做了一个记号。后来该隐建立了以诺城，绵延了十几代人。现在他和该隐的子孙签订了复杂一万倍的合同，并要求他们杀掉全世界所有的人。世事真是奇妙。

妮娅没留意上帝的复杂心情，她拍了拍手，十分高兴："这样就成了，完美的协定。我想这将是双赢的基础。"

合同的全文并没有包括第三方监督和仲裁的条款，毕竟谁能去审判可以裁判万物的主呢？妮娅只是巧妙地加了一句："双方都同意如下表述：谎言是堕落的开始。"这样一来，假如上帝毁约的话，地狱将会很开心。

上帝负手而立，环顾四周："那么诺亚在哪里？我现在需要知道临界质量。"

他的话音刚落，屋子里忽然响起一声震耳欲聋的喷嚏声。这声音是如此之大，以至于许多陶罐和水瓶都从橱子上震落在地，摔了个粉碎。

现出本来面目的路西法狼狈地从两个车辕之间站起来了，诺亚蹲在他旁边，手里攥着一袋开了口的胡椒，眼神很无辜。

"……我只是想研究一下这只山羊。"诺亚辩解道。

这是一个极其尴尬的瞬间。自从开天辟地以来，还从来没有一个时间点的尴尬浓度有如此之高。上帝对路西法怒目相对，彷佛盯着一只在午餐上盘旋的绿头苍蝇；路西法度过了最初的惊惶以后，很快恢复了常态，他理直气壮地与以前的上司对视，彷佛自己真的是一只绿头苍蝇。

这两位宿敌都没有想到，那场大叛乱以后两个人的首次会面，竟会是以这种形式发生。最后率先打破僵持局面的是路西法，他挠了挠自己头上的角，说了一个简单的单词：

"嗨。"

这让上帝更加为难了。面对这么平凡的问候，他不能狂暴地用雷电和火焰进行回击，这会显得气急败坏，太在乎恶魔的存在；他也不能平静地回复，神和恶魔不是平等的关系，怎么可以纡贵降尊互相打招呼。

这些念头在神的思维里只运转了一微秒，无比睿智的耶和华立刻找到了应付这种两难局面的办法。他装作没听见，转过头去，把话题转移到妮娅身上："诺亚的妻子妮娅啊，想不到你竟把灵魂出卖给了恶魔！"

妮娅对自己丈夫的愤怒几乎到了无以复加的程度，他那种所谓的"科学求知欲"几乎毁掉了整个合约。她没理睬上帝的问话，提起自己的裙角大步迈过石板，狠狠地揪住诺亚的耳朵。

"你这个老混蛋！你把所有的事情都搞砸了！"

诺亚不敢忤逆自己的老婆，他疼得呲牙咧嘴，只能把求助的目光投向上帝。上帝觉得自己需要说点什么，他向前两步，刚刚张开嘴唇。妮娅猛地抬起头来，用无比的气势吼道："让开！这是家务事！"

上帝后退了一步，他此时感觉到非常震惊、恼怒、耻辱，甚至还有一丝委屈——还从来没有人对他这么凶过，即使是恶魔也没有。

路西法走到他身边，饶有兴趣地和上帝并肩看着这出家庭戏剧。妮娅正在哭号着撕扯诺亚的长袍，诺亚试图抵抗，但无论神还是恶魔都不站在他这一边。

"必须得承认，你创造的这些东西挺棒的。"路西法用赞赏的口气说，"充满了太多不确定性。我试图教他们按律法办事，可到头来他们还是喜欢用武力解决一切事——包括家务事。"

上帝恨恨道："我早就知道这世界上已经没多少义人了！"

"若只有一个义人，是不是你也不毁灭这世界？"

"一个太少了，至少要一群。"

"嗯，这个问题就复杂了。一个义人不是一群，两个义人不是一群，那么要多少义人，才能称为一群呢？"

"五个？"

"难道说四个义人不算一群，要等到第五个加入的瞬间，才能叫一群吗？"路西法是成心的。

"……呃……"上帝陷入了沙堆悖论的困境，他随即改了口，"好吧，若这世界上只有一个义人，我也不毁灭它。"他立刻又加了一句，"但诺亚一家不算！他们与恶魔勾结，必须要用火与血来清偿他们的罪。"

路西法耸耸肩，提醒他："你现在可不能动他们，你们刚刚签了合约的。"上帝这才想起来刚才石板上有一条规定在契约有效期间，大能的甲方必须保证卑微的乙方的安全，而且自己已经用闪电签过了名字。

上帝抬起头，看到路西法阴谋得逞的微笑，胡子气得微微发颤。他在心里打定主意，等到自己摆脱眼下的事情，一回到天堂就派迦百列和米加勒去攻打地狱——神可不会去考虑什么生态平衡。

"你怎么敢如此大胆！戏弄昔在今在永在的唯一真神？！你岂不知我就是阿尔法！"上帝高傲地对路西法说道。

"好啦，好啦，您还是欧米茄，行了吧？"路西法用敷衍的口气回应，然后说道，"其实，这对你并没什么损害，不是吗？诺亚可以继续他的试验；妮娅仍旧能垄断所有的权益；你毁灭了世界——一般情况这本该是我的工作——而我则得到一大堆乱七八糟的灵魂。"

上帝沉思了一下，他必须承认，魔鬼的话很有道理。这个世界已经充满了强暴，他打算推倒重来，这个目标现在并没有偏离。至于那些不值钱的灵魂，上帝连看都不想看，乐得有人替他收拾。

"这么说，就算是你默认了？"

"神的行事是神秘的，是不可言说的。"上帝板着脸回答。路西法知道他已经体面地妥协了。

诺亚和妮娅仍旧在地上滚成一团，路西法走过去拉开二人，喝道："喂，不要打了，伟大的主有话要对你们说，他赦免你们沾染魔鬼的罪啦。"

这句话由魔鬼本人说出来，真是充满了戏剧性。夫妻两个停止了动作，他们一起朝上帝看去。上帝微微点了点头，算是认可了路西法的说法。

"就是说，契约依然有效是吗？"妮娅把散乱的头发撩到后面，喘着粗气。

"是的。"

"圣铀的裂变，也可以继续吗？"诺亚被打得鼻青脸肿，但还是不忘科学探索。

"没问题。而且为了确保公平，圣铀的临界质量你可以写在我的胸口。"路西法指指自己的胸膛，"等到耶和华确实践约了，我就会把这个数字告诉他。这样双方都能确保履行契约。"

这个提议既公正又合理，于是得到了其他所有人的赞同。诺亚很乐于把这些知识传播出去；妮娅觉得这可以充分保障自己的权益；上帝也得到了好处，一旦毁灭世界的计划泄漏出去，他可以全赖到魔鬼头上。

最尴尬的时刻终于过去了，两个人和一个神、一个恶魔重新坐下来。诺亚端来三杯芦笋汁和一杯硫磺水。

上帝觉得今天已经耽误了太多时间，于是他抬起一只手："明天我会派些天使过来，你告诉他们去哪里能弄到圣铀。"诺亚知道这事必须自己亲自出马，因为没理由相信那些天使懂得原子量和辐射。

"至于那头讨厌的恶魔和你的女人……"上帝瞥了在一旁嘀嘀咕咕的路西法和妮娅，对诺亚说，"我容忍他们的存在，但不代表我喜欢这么做。你最好保持一段距离，把自己的事情做完，不要节外生枝。"

"这完全取决于天国对圣铀的提纯程度，我计算过，至少得调出三十万天使，让他们变成圣分离器，还有……"诺亚只有面对上帝时，才能恢复自信和尖刻的语气。在作坊这个小小的食物链里，他觉得自己排第三。

"等到我的方舟造好，你的大雨也开始下的时候，我会设计一个引爆器。只消让那些天使把圣铀和引信丢下去就行，全世界都会毁灭的——如你所愿。"

上帝下定了决心，回去以后就把这个工作交给拉斐尔负责，他已经受够了。

　　路西法见诺亚开始跟上帝交代细节，于是悄悄把妮娅拉到一旁："你有什么想法？这个发财的机会千载难逢。"

　　"我都差不多考虑好了。我丈夫曾经发明过一台印刷机。"

　　"印刷机？"

　　"这样就可以大量印刷赎罪券，卖给以诺城的家伙们。我们是唯一被上帝选中的，只有经由我们的认可才能逃过这场大劫难。那些怕死的家伙会趋之如鹜，不惜一切代价的。"

　　"真是一个美妙的谎言，而且成本很少。"路西法赞赏道，这比他最初构想的还好，"可是如果他们知道真相……"

　　妮娅满不在乎地甩了甩头发："他们知道真相的时候，都已经死了。"

　　"真是个恶魔。"

　　路西法心想。

　　一转眼，就是许多年后……

　　"哇啊！！"

　　约翰从梦中惊醒，从稻草堆上摔了下去。睡在他身旁的彼得吓了一跳，连忙把他扶起来，问他亲切的弟兄这是怎么了。

　　"我做了一个梦，梦里充满了奇妙的景象。"约翰回答，语气很迷茫。

　　彼得对这个回答很不满意，他刚才睡的正香呢。可是基督教导他们要对人友爱，于是他只好耐着性子问道："都有些什么？"

　　"我梦见一只兽，它有两角如同羔羊，它的胸口写着一个数字，我不知道是什么意思。"

　　"哦，然后呢。"

"它经过天国，把数字给天使看。当时神天上的殿开了，在他殿中现出耶和华的约柜。天使拿着香炉，盛满了坛上的火，倒在地上。随有雷轰，大声，闪电，地震。"

彼得掏了掏耳朵。

"然后我看到第一位天使吹号，就有雹子与火搀着血丢在地上。地的三分之一和树的三分之一被烧了，一切的青草也被烧了。第二位天使吹号，就有仿佛火烧着的大山扔在海中。海的三分之一变成血。海中的活物死了三分之一。船只也坏了三分之一。第三位天使吹号，就有烧着的大星，好像火把从天上落下来，落在江河的三分之一，和众水的泉源上。第四位天使吹响了号角。有一颗巨星从天而降，落进一个无底深渊之中。立即有浓烟从渊底升起，遮天蔽日，使天空暗淡。好似点燃了一个大熔炉……"

"好啦好啦，你的想象力未免也太丰富了。上帝已经用洪水毁灭过一次人类，而且也用彩虹立了约，我们都是诺亚的子孙，他老人家不会再搞什么世界毁灭的花样啦。"

彼得教训约翰。

"可是……"

"不要啰唆了，赶快睡觉。"

约翰没再说什么，其实他还梦见又有一位天使从祭坛中出来，是有权柄管火的，向拿着快镰刀的大声喊着说，伸出快镰刀来收取地上葡萄树的果子。因为葡萄熟透了。那天使就把镰刀扔在地上，收取了地上的葡萄，丢在神忿怒的大酒窖中。

他实在无法捉摸这些景象的寓意，想得头都疼了。

"我想这一定是些玄妙的启示，回头得把他们都记录下来。"

约翰这么想着，很快也沉沉睡去。

UNDER THE DOME
穹顶之下·末日卷

作 者
刘慈欣等

总出品
漫娱文化

总策划
Tom.Li

选题策划
熊嵩

执行策划
朱俊飞

特约编辑
李高强

封面设计
第7印象

内文排版
张钰

运营发行
常蓦尘

出版社
长江出版社

图书在版编目（CIP）数据

穹顶之下．末日卷／刘慈欣等 著．

—武汉：长江出版社，2015.4

ISBN 978-7-5492-3307-6

Ⅰ．①穹…　Ⅱ．①刘…　Ⅲ．①科学幻想小说－小说集－中国－当代　Ⅳ．①I247.7

中国版本图书馆 CIP 数据核字（2015）第 092419 号

穹顶之下·末日卷／刘慈欣等 著

出　　版	长江出版社
地　　址	武汉市解放大道 1863 号　　邮政编码　　430010
E-mail	cjpub@vip.sina.com
电　　话	027-82927763（总编室）
	027-82926806（市场营销部）
出 版 人	别道玉
选题策划	长江出版社青春动漫编辑室
市场发行	长江出版社发行部
责任编辑	江水
装帧设计	Yvonne
印　　刷	湖北楚天迈创包装有限公司
版　　次	2015 年 4 月第 1 版
印　　次	2015 年 5 月第 1 次印刷
开　　本	850mm×1168mm　1/32
印　　张	8.25
字　　数	150 千字
书　　号	ISBN 978-7-5492-3307-6
定　　价	29.80 元